1921—2021

中国共产党成立100周年

一百位共产党员的红色家书

张　丁／编

中国文史出版社

图书在版编目（CIP）数据

一百位共产党员的红色家书 / 张丁编. -- 北京 : 中国文史出版社, 2021.6（2025.4重印）

ISBN 978-7-5205-2926-6

Ⅰ. ①一… Ⅱ. ①张… Ⅲ. ①中国共产党—党员—书信集—中国 Ⅳ. ①I266.5

中国版本图书馆CIP数据核字(2021)第070815号

责任编辑：卢祥秋

出版发行：**中国文史出版社**
社　　址：北京市海淀区西八里庄路69号院　邮编：100142
电　　话：010-81136606　81136602　81136603（发行部）
传　　真：010-81136655
印　　装：北京联兴盛业印刷股份有限公司
经　　销：全国新华书店
开　　本：720×1020　1/16
印　　张：19.75　　字数：204千字
版　　次：2021年6月第1版
印　　次：2025年4月第3次印刷
定　　价：78.00元

编者简介

张丁，1967年出生，中国人民大学家书博物馆研究馆员、副馆长，家书文化研究中心主任，兼任全国抢救民间家书项目秘书长。多年来致力于民间家书的收集、整理与研究工作，主编《家书抵万金》《抗战家书》《红色家书》《廉政家书》《红色家书背后的故事》《任鸿隽陈衡哲家书》《抗疫家书》《逆行者家书》《家书里的百年信仰》等家书类图书十余种。主持完成国家社科基金重点项目“中国民间家书的文化价值与抢救性收藏研究”。在报刊发表家书方面的研究文章一百余篇。

编写说明

一、本书所选家书的作者共100位，均为中国共产党党员，包括老一辈革命家、牺牲的先烈、革命军人和各界党员，基本涵盖了各个历史时期入党的中共党员，构成了100年来一代代共产党人为民族谋解放、为人民谋幸福而不忘初心、接力奋进的历史群像。

二、本书共收录家书100封，分为3部分，即：第一部分前赴后继，屹立东方（1920—1949）；第二部分凯歌行进，艰辛探索（1949—1978）；第三部分改革开放，创造辉煌（1978—2021）。每篇家书由家书原文、家书背景和作者简介组成，并穿插家书手迹图片和相关人物照片。家书排列以写作时间为序，从侧面反映了中国共产党100年来带领人民从站起来、富起来到强起来的奋斗历程。

三、这些家书除部分选自公开出版的文献外，多数是从抢救民间家书项目组委会和中国人民大学家书博物馆所征集的近6万封家书中精选出来的，经过家书捐赠者授权，有些为首次公开发表。

四、因作者文化水平各异，语言习惯不同，家书原文中有些词句略欠规范。为保持家书文本原貌，在不影响理解的前提下，对家书原文一般不做改动，只对如“的”“地”“得”的使用，“像”“象”和“罢”“吧”等的区分等，按照现代用字标准进行了修改，对个别篇幅较长的家书做了删节，其他尽可能原汁原味保持作者的语言特色。

五、家书原文中明显的错别字、漏字、衍字分别用〔〕〈〉[ ]表示。

六、家书原文中缺字、模糊不清和难以辨认的字用□□表示。

七、家书原文中（ ）里的文字为家书作者本人的注释。

八、一些时间较早的家书原文中对父母等长辈称“你”“你们”，属于作者所在地区的语言习惯，并非不加尊敬，故未作改动；个别应用“你”“你们”处，作者因特殊原因用“您”“您们”，亦未作改动。

目　录

第一部分　前赴后继　屹立东方
（1920—1949）

第二部分 凯歌行进 艰辛探索

（1949—1978）

第三部分　改革开放　创造辉煌

（1978—2021）

第一部分

前仆后继 屹立东方

（1920—1949）

向警予

1895—1928

现在正是掀天揭地社会大革命的时代

——1920 年 4 月 29 日　向警予致侄女向功治

功侄：

我来法年余，接得你两封信，第二次信文字思想迥异于前，几疑不是你写的。这样长足的进步，真是"一日万里"，不禁狂喜！

科学是进步轨道上唯一最重要的工具，应当特别注意。你现在初级师范，程度与中学相当。所习的是普通科学（即基本科学），应当门门有点常识。你于英、算、文、理能加以特别研究固好，但不要把别的抛弃了。

你不愿做管理家业的政治家，愿发奋做一改造社会之人，有思想有识力，真是我的侄侄!现在正是掀天揭地社会大革命的时代，正需要一般有志青年实际从事。世界潮流、社会问题，都可于报章杂志中求之。有志改造社会的人，不可不注意浏览。毛泽东、陶毅这一流先生们，是我的同志，是改造社会的健将。我望你常在他们跟前请教！环境于人的影响极大。亲师取友，问道求学，是创造环境改造自己的最好方法。你们于潜心独研外，更要注意这一点。万不要一事不管，一毫不动，专门只关门读死书。

熊先生与我同在蒙台女学，人甚好。范先生住距己不远之可伦坡，间与我通信，亦好。

你要的明信片，有钱即买寄。以后如能将你的一切状况时常告我，我最欢喜！近拟与熊先生们组织一通信社，以通全国女界之声气。此事如成，你们于立身修学亦可得一圭臬矣。

九姑

四月二十九日早后

向警予

家书作者向警予（1895—1928），原名向俊贤，是中国共产党的创始人之一、无产阶级革命家、妇女解放运动领导人之一。

1895年，向警予出生于湖南溆浦县商会会长之家，排行老九。1903年，8岁时，她成为全县第一个进入新式学堂的女学生。1911年辛亥革命后到长沙，先后在湖南省立第一女子师范学校、周南女校读书，改名向警予，表示对封建势力的高度警惕和反抗。1918年加入毛泽东、蔡和森等创立的新民学会，并组织湖南女子留法勤工俭学会。1919年在家乡参加了五四运动。同年12月，她同蔡和森、蔡畅及蔡母葛健豪等30余人远涉重洋，赴法勤工俭学。1920年初，向警予来到巴黎，进入蒙达尼女子公学。同年5月，与蔡和森结为革命伴侣。不久，她与周恩来、李立三等在法国成立共产党组织。

1921年底，向警予启程回国。1922年初加入中国共产党，成为最早的女共产党员之一。7月，在党的二大上，她当选为第一个女中央委员，担任党中央第一任妇女部长。主编《妇女周报》，用马克思主义理论阐述中国妇女问题，号召广大女性团结起来，为解放自身投入到革命运动中去。中共三

向警予和蔡和森

大，当选为中央委员，担任妇女运动委员会第一任书记，中共四大连任中共中央妇女部部长。1925年五卅运动爆发后，她积极组织和领导上海妇女参加斗争，发表40多篇有关女权解放的文章，指导中国的妇女运动。

1925年10月，向警予、蔡和森等受党中央派遣赴莫斯科东方共产主义者劳动大学学习。1927年3月回国后在武汉从事工人运动和党的地下斗争。1928年3月20日，由于叛徒出卖，向警予在武汉法租界三德里被捕。同年5月，在余记里空坪刑场英勇就义，年仅33岁。

高君宇

1896—1925

我就决心来担我应负改造世界的责任了

——1921年4月16日　高君宇致石评梅

评梅先生：

十五号的信接着了，送上的小册子也接〈着〉了吗？

来书嘱以后行踪随告，俾相研究，当如命；唯先生谦以“自弃”自居，视我能责以救济，恐我没有这大力量吧？我们常通信就是了！

“说不出的悲哀”，这恐是很普遍的重压在烦闷之青年口下一句话吧！我曾告你我是没有过烦闷的，也常拿这话来告一切朋友，然而实际何尝是这样？只是我想着：世界而使人有悲哀，这世界是要换过了；所以我就决心来担我应负改造世界的责任了。这诚然是很大而烦难的工作，然而不这样，悲哀是何时终了的呢？我决心走我的路了，所以对于过去的悲哀，只当着是他人的历史，没有什么迫切的感受了。有时忆起些烦闷的经过，随即努力将它们勉强忘去了。我很信换一个制度，青年们在现社会享受的悲哀是会免去的——虽然不能完全，所以我要我的意念和努力完全贯注在我要做的“改造”上去了。我不知你为何而起了悲哀，我们的交情还不至允许我来追问你这样，但我可断定你是现在世界桎梏下的呻吟啊！谁是要我们青年走他们烦闷之路的？——虚伪的社会吧！虚伪成了使我们悲哀的原因了，我们挨受的是它结下的苦果！我们忍着让着这样，唉声叹了去一生吗？还是积极地起来，粉碎这些桎梏呢？都是悲哀者，因悲哀而失望，便走了消极不抗拒的路了；被悲哀而激起，来担当破灭悲哀原因的事业，就成了奋斗的人了。——千里程途，就分判在这一点！评梅，你还是受制度〔于〕运命之神吗，还是诉诸你自己的“力”呢？

愿你自信：你是很有力的，一切的不满意将由你自己的力量破碎了！过渡的我们，很容易彷徨了，像失业者踯躅在道旁的无所归依了。但我们只是往前抢着走吧，我们抢上前去迎未来的文化吧！

好了，祝你抢前去迎未来的文化吧！

君宇，静庐

一六，四，一九二三

位于北京陶然亭公园的高君宇、石评梅雕像

这是中国共产党早期领导人高君宇写给女友石评梅的信。

高君宇（1896—1925），原名高尚德，字锡山，号君宇。山西静乐县（今属娄烦县）人。1916年，考入北京大学，五四运动时为北京大学学生会负责人之一。1919年10月，加入邓中夏主持的平民教育讲演团，很快成为该团的主要骨干和领导成员。1920年3月，在李大钊指导下，高君宇和邓中夏等组织了马克思学说研究会，这是我国最早研究和宣传马克思主义的团体之一。同年10月，北京共产主义小组成立，高君宇是这个小组最早的成员之一。

1921年加入中国共产党，为最早的50多名党员之一。同年到莫斯科出席远东各国共产党和民族革命团体第一次代表大会。1922年出席了党的第二次全国代表大会，被选为中央委员，不久任中共中央机关刊物

《向导》周刊和中共北方区机关刊物《政治生活》编辑。中共三大当选为中央执行委员会委员。1924年赴广州参加国民党第一次全国代表大会。高君宇受党的委托，曾担任孙中山的秘书。1925年3月，在北京病逝，时年29岁。

高君宇有两个世界，一个世界属于石评梅。石评梅（1902—1928），山西平定人。1919年考入北京女子高等师范学校，毕业后在北京师范大学附属中学女子部当训育主任兼体操教师，是一位追求进步、支持革命的知识分子，也是一位享誉京城的女作家。在一次山西同乡会上，高君宇结识了石评梅，两人相爱日深，书信不断。高君宇曾在写给石评梅的信中说："我是有两个世界的：一个世界一切都是属于你的，我是连灵魂都永禁的俘虏；在另一个世界里，我是不属于你，更不属于我自己，我只是历史使命的走卒。"

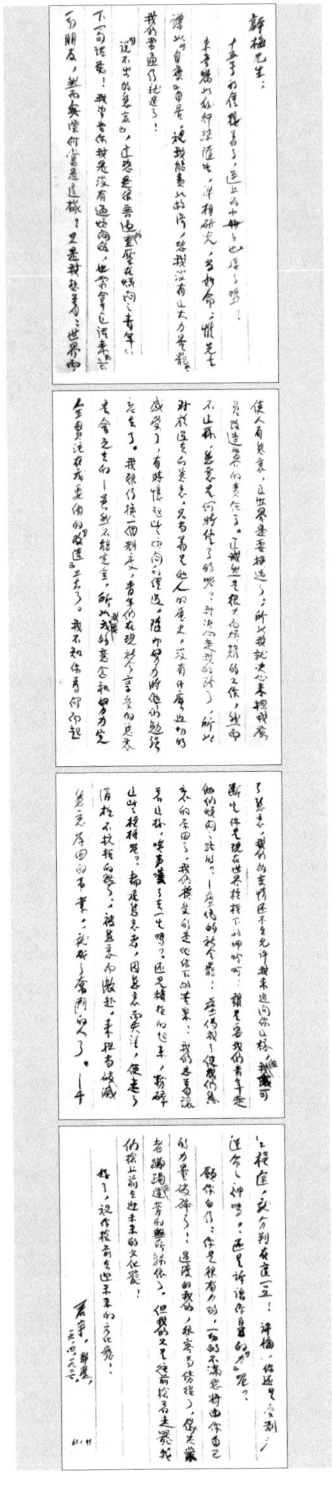

杨介人

1898—1936

你的儿子，要大大地与洋人做个对头

——1922年1月16日　杨介人致母亲

母亲大人：

儿这两三月没有往家写信，实在因为儿的事情太忙了。

儿来法国漂洋过海，做工，求学。这都是因为家中贫困不能不来外国了。儿这几年来，东跑西走，不但是为家，更是为国。咱家贫穷，我是知道的，洋人每年把咱中国黄金都运往外洋去，你是不知道的。洋人们买咱中国的麦，把麦就买贵了。咱们中国人要不想法子把洋人们打跑，咱们都成了洋奴了。你的儿子在外国亲眼看见洋人戴着钢盔，〈拿着〉刺刀和大炮、洋枪，到咱中国去了。你的儿子，要大大地与洋人做个对头。你的儿子，一二年就要回中国了。母亲不要忧念，不要挂念。我快回中国了，儿快回中国了。

你的儿媳妇，上学读书，这是应该的。女人们不读书不识字就是睁眼瞎子。你的儿媳妇不识字、不读书，是很可怜而可恶的。这怨她的娘家，她的娘自小就不叫她读书识字，叫她一辈子当个睁眼瞎子，这不可怜吗?

我的姐姐，不识字，不读书，这怨我的爹、我的爷，为什么叫我读书、上学，不叫我姐、我姑上学读书哩?这是很不对。我现在知道了，女人们不上学不识字是很不对的。洋大闺女没有不上学不读书的。

你的儿媳妇，你要叫她好好上学，叫她能写信、会算账、能看下来书信。我不能在家，她就是你的大儿。你没有闺女，你要把她当作闺女。

我的兄弟火泰，今年已十二岁了。他是你的小儿，你要叫他读书上学，不要叫长大了，连个信都看不下来，这是不对的。儿不能在家，不能教他读书。我心中时时刻刻忧念他。

我不久要回来，要在俄国过，再住一二年。俄国是穷人的国家，有钱人家的房院土地都充公了。没贫没富，男女上学，男女都做工。“谁不做工没有饭吃。”这是俄国的俗话。我上的大学也不出钱。

母亲，我要起身了，一半年就回中国了。儿想说的，千言万语，说不尽。

敬问

母亲身体安康！

咱家人口平安

儿 介臣

一月十六日，法国

杨介人

杨介人（1898—1936），字廉泉，曾用名杨介臣。1898年6月出生于河南省沁阳县崇义村一个农民家庭，祖父、父亲曾经营药材，全家主要靠行医、种地度日。1919年考取河南省第一批赴法勤工俭学留学生，12月赴法国。1922年加入旅欧中国少年共产党，1923年转为中共正式党员，同年11月赴莫斯科东方大学学习。1924年秋回国后，他一直活跃在豫北等地，是安阳党组织的主要创建者。曾任中共安阳地委负责人兼安阳县委书记。1933年，杨介人受党组织委派到天津领导工人运动，因叛徒出卖被

新修缮的杨介人故居

捕，后被关押在保定陆军第四监狱，受尽折磨。1936年12月30日，因组织越狱失败，杨介人被残酷杀害，年仅38岁。

俞秀松

1899—1939

我要救中国最大多数的劳苦群众

——1923年1月10日　俞秀松致父母亲

父母亲：

十二月十六日寄来的信，于二十二日收到。军官讲习所大约不办了，因为广东现在内部非常纷乱，滇军桂军已集中肇庆，所以我们也积极准备进行，直驱羊城当非难事。我现在的职务是关于军事上的电报等事，对于军事知识很可得到。并且现在我自己正浏览各种军事书籍，将来也很足慰父亲的希望吧。父亲，我的志愿早已决定了：我之决志进军队是由于目睹各处工人被军阀无礼〔理〕地压迫，我要救中国最大多数的劳苦群众，我不能不首先打倒劳苦群众的仇敌——其实是全中国人的仇敌——便是军阀。进军队学军事知识，就是打倒军阀的准备工作。这里面的同事大都抱着升官的目的，他们常常以此告人，再无别种抱负了！做官是现在人所最羡慕最希望的，其实做官是现在最容易的事，然而中国的国事便断送在这般人的手中！我将要率同我们最神圣最勇敢的赤卫军扫除这般祸国殃民的国妖！做官？我永不曾有这个念头！父亲也不致有这样希望我吧。

我现在的身体比到此的时候更好了，每天起居饮食比上海更有秩序而且安宁。我自己极快乐，我的身体这样康强，精神上也颇觉自慰。我是最重视身体的人，知道身体不好是人生一桩最苦楚的事，社会上什么事更不用说干了。这一点尽可请父亲母亲放心。

家中现在如何？我很记念。我所最挂心者还是这些弟妹不能个个受良好的教育，使好好一个人不能养成社会上有用的人——更想到比我弟妹的命运更不好的青年们，我不能不诅咒现在的社会制度杀人之惨了！我在最近的将来恐还不能帮忙家中什么，这实在没法想呢。请你们暂且恕我，我将必定要总报答我最可爱的人类！我好，祝父、母亲和一切都好！

秀松

中华民国十二年一月十日

于福州布司埕

再者：我们总司令部已搬迁到前道尹公署，所以我们未出发前有信请寄福州布司埕总司令部参谋处便可。或者寄福州城守前私立职工学校内民社，陈任民先生转。陈是我到福州后新结交的同志，人很靠得住。当我出发时，必有信通知家中，勿念。

松 又及

俞秀松

俞秀松（1899—1939），原名寿松，字柏青，又名余寅初，浙江诸暨次坞溪埭村人。五四运动时，是杭州学生运动领袖。后与同学宣中华、施存统、夏衍等一起创办《浙江新潮》，对社会制度和封建礼教进行猛烈抨击，宣传马克思主义。1920年5月，在上海与陈独秀、陈望道等发起成立马克思主义研究会。随后参与筹备建立上海共产主义小组，在他们拟定的《中国共产党宣言》中明确规定党的名称为“中国共产党”。8月22日，中国社会主义青年团在上海成立，俞秀松为首任书记。

1921年3月，俞秀松出席少共国际在莫斯科召开的第二次代表会，并代表中国社会主义青年团作了专题报告。会后，留俄学习，并于次年1月参加了远东各国共产党和民族革命第一次代表大会，受到列宁的接见。

1937年5月，俞秀松（右三）与新疆民众反帝联合会成员在迪化城郊过组织生活的合影

1922年3月，俞秀松回国，在杭州等地筹建团组织。同年8月，俞秀松以个人名义加入国民党，赴福州参加孙中山领导的讨伐陈炯明北伐军，担任东路讨伐军总司令部参谋处一等书记官，实际任机要工作，并参加广州战役，是中共最早参加军队与作战的军事工作先行者。上面这封家书就写于这段时间。

1925年10月，俞秀松第二次赴苏俄学习，并担任中山大学学生会主席、党团书记，同王明的宗派主义进行了斗争。1935年6月，联共中央派俞秀松等25人进入新疆，做督办盛世才的统战工作。当年12月，王明、康生等借盛世才之手将俞秀松逮捕入狱。1938年6月，被转押苏联。1939年2月21日，被苏联最高法院军事委员会错判死刑。1962年，被国家民政部追认为烈士。1996年8月，俄联邦军事检察院为其彻底平反。

邓恩铭

1901—1931

儿生性与人不同，最憎恶的是名与利

——1924年5月8日　邓恩铭致父亲邓国琮

父亲大人：

不写信又三个月了，知双亲一定挂念，但儿又何常〔尝〕不惦念双亲呢。儿一切很好，想双亲及祖母……均安康如常？

儿生性与人不同，最憎恶的是名与利，故有负双亲之期望，但所志既如此，亦无可如何。再婚姻事，已早将不能回去完婚之意直达王家。儿主张既定，决不更改，故同意与否，儿概不问，各行其是也。三爷与印寿回南，儿本当同行，奈职务缠身，无法摆脱，故只好硬着心肠不回去。印寿如到荔，问他就知道儿一切情形了。儿明天回青岛，仍就原事。余后续禀，肃此敬请

福安并叩

祖母万福顺祝

阖家清吉

男　恩明　谨禀

五月八日

邓恩铭（1901—1931），原名邓恩明，字仲尧，化名黄伯云、丁友民、佑民、又铭、尧钦、建勋等。贵州省荔波县人，水

族。1917年，他离开家乡，去山东投奔二叔黄泽沛。1918年，邓恩铭考入济南省立第一中学。五四运动爆发后，他积极响应北京学生爱国运动，被选为学生自治会领导人。

邓恩铭

1920年底，邓恩铭同王尽美发起组织“马克思学说研究会”。1921年春，参与发起建立济南共产主义小组。同年7月，邓恩铭与王尽美代表济南共产主义小组，赴上海出席中国共产党第一次全国代表大会，他以20岁的年龄成为中共一大13名代表中唯一的少数民族代表。

大革命时期，邓恩铭先后领导胶济铁路工人大罢工和青岛全市工人大罢工，组织成立青岛市各界联合会和市总工会。1925年11月，在济南被捕，遭受残酷折磨，得了肺结核病，经地下党组织多方营救出狱。1927年4月，邓恩铭赴武汉出席中共第五次全国代表大会，回山东后，任中共山东省执行委员会书记。

1928年12月，由于叛徒告密，邓恩铭在济南被捕。1931年4月5日凌晨，被国民党军警枪杀于济南纬八路刑场，牺牲时年仅30岁。

刘　华

1899—1925

苟一息尚存，我要与他们斗争到底

——1925年6月　刘华致叔父刘选皋

我的工作是非常紧张的，也是非常光荣的，我的敌人是帝国主义、中国军〈阀〉。苟一息尚存，我要与他们斗争到底。失败不过一时挫折，据我看来也算不了啥。凡是不怕难，终有公理战胜蛮横〈的〉一天。因为既经我们认清了的前途是光明的伟大的，而况此时工人拥护我，党信任我，〈我〉应该完成党的任务。岂能与敌人作白刃战时为了私事就随便抽身回家呢？二叔请你向家里人说，劝他们不要挂念我。中华民族必须解放，工人必须斗争。时艰敌迫，革命是流血的事情。我处此，纵流到最后一滴血，也〈在〉所不惜。

刘　华

刘华（1899—1925），原名炽荣，字剑华，四川省宜宾县泥溪镇人。1923年8月，刘华进入上海大学附中半工半读，如饥似渴地学习新思想、新知识，探索马列主义真理。在邓中夏、瞿秋白等人的教育和引领下，先是加入了中国社会主义青年团，同年11月加入中国共产党。1925年2月，刘华与邓中夏一起领导发动了沪西日本纱厂工人大罢工，取得胜利。随后，他被工人拥戴为上

海日本纱厂工会委员长，并被选为中华全国总工会执行委员。同年5月，参与领导五卅运动，被选为上海总工会副委员长、代理委员长。11月在上海被捕，12月17日被军阀孙传芳秘密杀害，时年26岁。

五卅运动后，刘华患病，叔父写信来，希望他回家乡一趟，这是刘华的复信。

李传夔

1906—1930

与蕙姊同阅《新青年》杂志，必有得益

——1926年5月27日　李传夔致寅弟

寅弟：

来信收到了，读悉。一是你现在住在校中了，同学甚多。同读，同游，想来比在家中快乐多了。住在学校宿舍里过小规模的团体的生活，公德最为重要，良好的习惯正可养成。如天天上日记，清洁，天天洗足。每天的光阴，分配于读书、游戏要平均，不可偏重，早眠早起等。我现在已养成两习惯，天天洗足与每饭漱口。你对于此种习惯不妨试试。最要者酒、烟、赌博等嗜好不可沾染。望来信详覆。

《英语周刊》刻已定〔订〕好，寄在家里，望暇时用心看看，与蕙姊互相研究可也。定〔订〕单随函附上。吾弟现在练字否？倘有兴趣，不妨仍临《金刚经》或他帖亦可。兄因字劣，受痛苦不少，幸以我为殷鉴，用功习字。

侦探义侠小说，我从前亦极喜阅。但此等书最好向图书室借看，不必购买。

工业图书室有《新青年》杂志[①]否（现已不出）？如有，可与蕙姊同阅，必有得益。

时间不早，我要上班去了。

祝你

快乐用功！

兄 制 夔白

十五，五，二十七

附函交蕙姊。

①《新青年》杂志：20世纪20年代前后有影响的思想文化期刊，宣传倡导科学、民主和新文学，在新文化运动、五四运动期间和中国共产党成立前后起到重要的思想启蒙作用。1915年9月15日由陈独秀在上海创刊，至1926年7月终刊，共出9卷54号。

这是李传夔烈士生前写给弟弟的信，告诫弟弟过集体生活要注意公德，养成好的生活习惯，并建议弟弟与姐姐一起阅读进步刊物《新青年》。

李传夔(1906—1930)，江苏吴县人，中共党员。毕业于上海电信学校。1930年，在南京电报局工作，为提高职工生活待遇，参加反对政治压迫集会。他发动全局职工罢工，使南京和全国各地的无线电联络突然中断。7月29日，不幸被捕。同年8月，牺牲于南京雨花台，年仅24岁。

李传夔

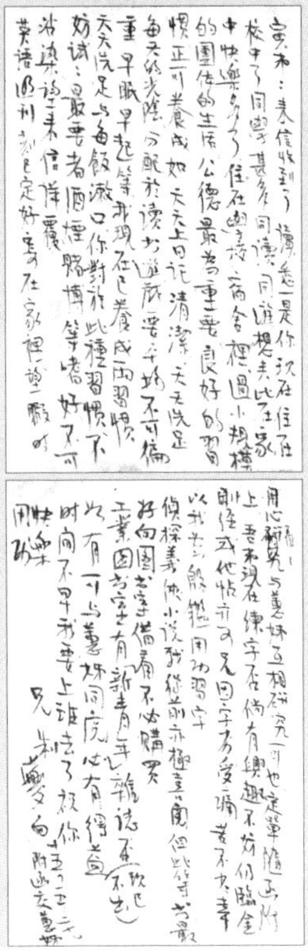

宝和：来信收到了，据悉一是你现在住在校中了，同学甚多，同读同游，想来比在家中快乐多多了。住在学校宿舍里，过小规模的团体的生活，公德最为重要，良好的习惯正可养成。如天天上日记，清洁，天天洗足，每天的光阴分配于读书游戏要平均，不可偏重，早眠早起等。我现在已养成两习惯，天天洗足与每饭漱口，你对于此种习惯不妨试试。最要者酒烟赌博等嗜好又不可沾染。读书来信详覆[illegible]英语周刊[illegible]已定好，寄在家里，望暇时用心翻阅，与蕙妹互相研究。[illegible]随函附上。吾弟现在练字否？倘有兴趣不妨仍临[illegible]，兄因字太[illegible]，受了痛苦不少，[illegible]以我[illegible]习字。侦探[illegible]小说，我从前亦极喜阅，但此等书最好向图书馆借看，不必购买。工业图书馆有新青年杂志，[illegible]有可与蕙妹同阅，必有得益。时间不早，我要上班去了，祝你用功快乐

兄 传夔白 十二月二十二[illegible]
附函交蕙妹

陆更夫

1906—1932

我很久没有得到家信了

——1926年11月6日　陆更夫致弟弟陆承志

希圣五弟：

前在高安寄上一函，想已收到。我在高安已住二十多日，现南昌（江西省城）已克服，三二日后，我将到江西省城去了！我们的军队由广州出发，我也由湖南、湖北、江西，将来不知能否到南京、上海。南昌到汉口只需二日，汉口四日到重庆，要是我回家也很容易，不过我现在不能回来！

我很久没有得到家信了，然而这是没有办法的事，不久我该可以决定交信地点，决定时再通知你！

父亲现在何处？我不知信该交什么地方！母亲近来想也安好无恙！我现在的身体很是安健，能吃苦！不害病，这是母亲和你们都喜欢的！

到南昌时再和你通信！你读书的进度怎样？你应该自己管理自己！

敬祝

母亲安好！

更夫　由万里外的江西

1926年11月6日

这封家书写于北伐战争途中，是陆更夫烈士所寄诸多家信中唯一幸存的遗墨。正面是家信全文，背面绘制了北伐战争进军线路略图。

陆更夫，1906 年生于四川省叙永县。1920 年考入叙永联立中学（现叙永一中），1923 年考入高师联中（现四川大学），同年加入青年团。在校受恽代英、肖楚女等老师影响，创办了《心波》《红涛周刊》等革命刊物，宣传革命。1925 年，考入黄埔军校四期政治科，同年加入中国共产党。次年毕业，分配在叶挺独立团做政治工作，参加北伐战争。

陆更夫随北伐军从广州出发转战数省，最后胜利到达武汉。1927 年，在中央军事学校武汉分校工作，任政治部宣传科科长，主编《革命生活日刊》。曾任军校“讨蒋大会”筹备委员，特别总部负责人，多次署名发表讨蒋檄文，轰动武汉。1927 年底，陆更夫南征回广州，与徐向前、程子华等一起领导广州起义。1928 年，赴苏联莫斯科中山大学深造。1930 年回国，先在中共北方局搞党务工作，后调上海，在周恩来领导下的中央军委工作。1931 年 10 月，受中央指派，陆更夫

陆更夫于黄埔军校武汉分校留影，摄于1927年

陆更夫（左）在黄埔军校四期时与战友留影

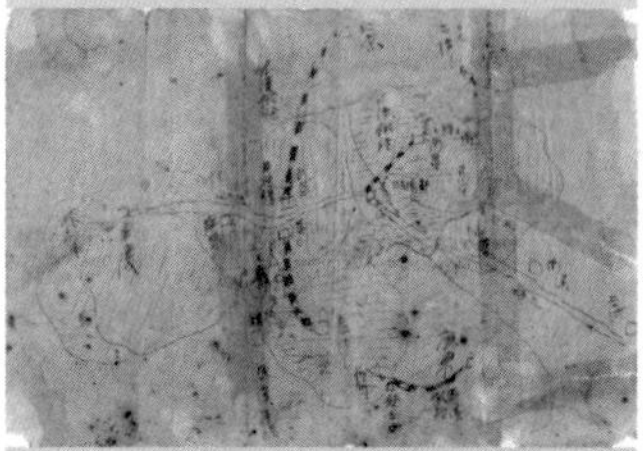

陆更夫在家书背面绘制的北伐路线图

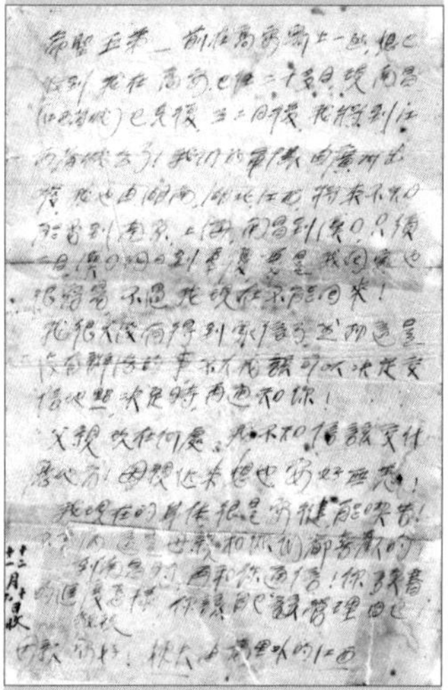

任中央巡视员到广东检查军事工作，同年12月任中共两广省委书记。1932年3月，中共两广省委机关遭破坏，陆更夫等四位常委均被捕入狱。7月15日，在广州东郊石牌村从容就义，年仅26岁。

陈毅安

1905—1930

革命党员先要革自家的命

——1927年1月18日　陈毅安致未婚妻李志强

爱字3号　十八号　正月

志强吾爱惠鉴：

接情字一号的信，我的灵魂安慰极了。几日间的怀疑，都冰消瓦释。并使我爱你的心头，成了一种不可思议不可形容的状态。

我自来到广东，已有一载有奇〔余〕了。我的行动，我的言语，都是革命的，都是光明的。不独不打牌，不吃酒，而纸烟都不吃〔吸〕的。至于不道德的行为，可说绝对的没有。尤其现在担任党代表的工作，要为人家的模范，要去指导人家，一举一动，都得特别地留心。革命党员先要革自家的命，然后可以把人家革命化。我不是一个糊涂虫，不是一个怪物，当然不要你操心。不过你的规劝，你的批评，我是十二分的诚意欢迎而接受的。不受劝改、不受批评的，可说不是一个革命党员了。

你说我们不要个人的愉快，要为一般受痛苦的着想，这话我非常的钦佩，希望你在实际行动中表现出来。我们的地位本来可以说是一个小资产阶级，虽就〔然〕受了许多的压迫、许多的痛苦，仍就〔旧〕是带了许多小资产阶级的性质，甚至还有资产阶级的行动。我们即〔既〕明了世界的潮流，有了阶级觉悟，我们的行动言语就要无产阶级化，就要做一个为无产阶级利益而奋斗的革命党员。这不过是将你所发表的意思补充一下，有不当之处，请不客气地批评。

你说你同你的朋友冲突，这事我说你也有一点不当处。你在这次事实当中要去寻找你应得的教训。她们不是一个反革命，她们都是你的朋友。对于反革命当然是不客气的，不姑惜〔息〕的，以革命的手段对待她〈们〉。她们即〔既〕是你的朋友，就要指导她们，规劝她们，使她们也走上革命的大道。这样如不发生效力，就要用旁的方法去刺激她们，使她们知道不正当的事情，是做不得的。你要指出她们的黑暗，因为她们羞耻的关系，所以她们就不顾一切要起来暴动了。尤其你不应该打她们，这是你的大错误。我们当了一个革命的党员，就要知道做革命工作的方法。我们要看于〔如〕何使得革命工作顺利，处处要对〔从〕革命观点上着想，这点我是希望你特别努力的。

我生日那天，我连兵士送了许多的礼物，我的朋友也是一样，我用去了几十块钱，我负了一身的债。过阳历年的时候，我奖了兵士十元，生日奖一十五元，以及应酬等项用去了几十元，我真是没有办法。我对士兵做工作是很顺利的，如严师又如慈母，这事也是不要你操心的。

我本来想到广州去游玩一下，因为要在韶州[①]工作，不能推闲一点，我营有两连开到了马坝，我连开差到始兴县去了，在两三天内就可以返韶州。将来是否也要开到马坝，现在还不能逆料，看将来如何，当有函告。来信请仍由常兄转吧。

我最亲爱的妹妹！我的心灵！我不知道要对你说些什么话！我不知道要如何安慰你?！唉！你不要挂念我！你自己珍重吧！此复。

顺祝

革命敬礼！

毅安 草复

①韶州：今广东省韶关市。

家书作者陈毅安（1905—1930），湖南湘阴人。1920年考入湖南省立甲种工业学校，在校期间开始接触马克思主义，1922年加入社会主义青年团，1924年加入中国共产党。1926年10月从黄埔军校第四期毕业，不久任国民革命军教导师第三团第三营第七连党代表，驻防韶关。1927年4月随部北伐，9月参加秋收起义，后随部到井冈山，任工农革命军第一师一团连长、营长，参加创建井冈山革命根据地的斗争。曾任红五军副参谋长、参谋长。1930年任红三军团第八军第一纵队司令员，长沙战役中任前敌总指挥，在掩护军团机关转移时，壮烈牺牲，年仅25岁。

收信人李志强，1905年生，湖南省稻田女子师范毕业。1923年与正在湖南省甲种工业学校读书的陈毅安相识，此后两人主要依靠书信联系，一再推迟婚期，1929年在井冈山结婚。

1931年3月的一天，李志强接到了一封寄自上海的来信，然而两张信纸上竟空无一字！这让李志强伤心欲绝。因为写信的人是她的丈夫陈毅安。之前丈夫就曾对她讲过：

陈毅安，1927年初摄于广东韶关

陈毅安和李志强合影，1927年春摄于广东韶关

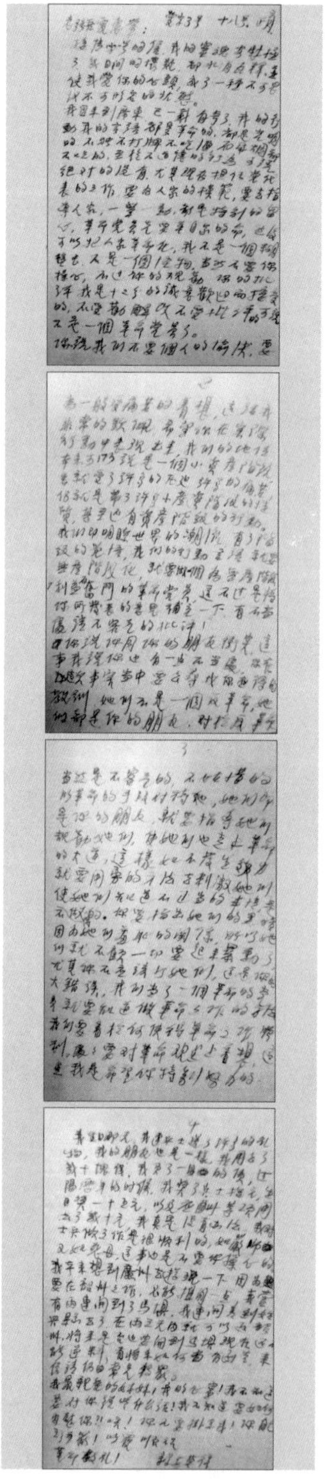

“如果哪天你要是收到我的一封无字书信，就说明我已经离开人世，你就不要再等我了。”

夏明翰

1900—1928

甘愿抛头颅、洒热血

——1928年3月 夏明翰致母亲、妻子、姐姐等

【致母亲陈云凤】

你用慈母的心抚育了我的童年，你用优秀古典诗词开拓了我的心田。爷爷骂我、关我，反动派又将我百般折磨。亲爱的妈妈，你和他们从来是格格不入的。你只教儿为民除害、为国除〔锄〕奸。在我和弟弟妹妹投身革命的关键时刻，你给了我们精神上的关心、物质上的支持。

亲爱的妈妈，别难过，别呜咽，别让子规啼血蒙了眼，别用泪水送儿别人间。儿女不见妈妈两鬓白，但相信你会看到我们举过的红旗飘扬在祖国的蓝天！

【致妻子郑家钧】

亲爱的夫人钧：

同志们曾说世上唯有家钧好，今日里才觉你是巾帼贤。我一生无愁无泪无私念，你切莫悲悲凄凄泪涟涟。张眼望，这人世，几家夫妻偕老有百年。抛头颅、洒热血，明翰早已视等闲。

“各取所需”终有日，革命事业代代传。红珠留着相思念，赤云孤苦望成全，坚持革命继吾志，誓将真理传人寰！

【致姐姐夏明玮等】

大姐为我坐监牢，外甥为我受株连，我们没有罪，我们要斗争，人该怎么做，路该怎么走，要有正确的答案。我一生无遗憾，认定了共产主义这个为人类翻身解放造幸福的真理，就刀山敢上，火海敢闯，甘愿抛头颅、洒热血。

夏明翰

夏明翰(1900—1928),字桂根,又名陈日习。湖南衡阳人,生于湖北秭归。1917年考入湖南省立第三甲种工业学校机械科。1920年秋,夏明翰在何叔衡的帮助下结识了毛泽东,成为毛泽东创办的湖南自修大学的第一批学员,开始大量阅读进步书刊,并在1921年冬加入中国共产党。后参与领导工人罢工和农民运动。

1927年2月,夏明翰追随毛泽东到武汉,担任全国农民协会秘书长,兼任毛泽东和中央农民运动讲习所秘书。同年6月,夏明翰被调回湖南工作,任省委委员兼组织部部长。不久,参与领导秋收起义。1928年初,夏明翰调任中共湖北省委常委。3月18日,因叛徒出卖不幸被捕,两天后在汉口余记里刑场英勇就义,年仅28岁。

夏明翰宁死不屈,在刑场挥笔写下了生命中最后的绝命诗:“砍头不要紧,只要主义真。杀了夏明翰,还有后来人!”他用鲜血和生命捍卫了自己坚定的共产主义信念。这首共产党人的正气歌气壮山河,教育和激励了一代又一代的年轻人。

夏家兄弟姐妹等先后走上革命道路,并奉献出年轻的生命,可谓满门忠烈,这与母亲陈云凤的教育支持是分不开的,因此毛泽东曾说“夏明翰有一个好母亲”。

贺锦斋

1901—1928

死不足惜也

——1928年9月7日　贺锦斋致弟弟

吾弟手足：

我承党的殷勤培养，常哥[1]多年的教育以至今日。我决心向培养者教育者贡献全部力量，虽赴汤蹈火而不辞，刀锯鼎镬[2]而不惧。前途怎样，不能预知，总之死不足惜也。家中之事我不能兼顾，堂上双亲希吾弟好好孝养，以一身而兼二子之职，使父母安心以增加寿考，则兄感谢多矣。当此虎豹当途、荆棘遍地，吾弟当随时注意善加防患，苟一不慎，即遭灾难。切切，切切。言尽于此，余容后及。

兄　绣

一九二八年九月七日于泥沙

附诗二首：

云遮雾绕路漫漫，一别庭帏欲见难。
吾将吾身交吾党，难能菽水再承欢。

忠孝本来事两行，孝亲事望弟承担。
眼前大敌狰狞甚，誓为人民灭虎狼。

---

①常哥：即贺龙（1896—1969），贺龙原名贺文常，字云卿，湖南桑植人。中国人民解放军的创始人和主要领导者之一，中华人民共和国元帅。

②刀锯鼎镬：刀、锯：古刑具，也指割刑和刖刑；鼎镬（音 huò）：古炊具，也指烹刑。泛指各种酷刑。

贺锦斋

贺锦斋(1901—1928)，原名贺文绣，湖南桑植人，是贺龙的堂弟。1919年进入贺龙部队当卫士，由于作战勇敢，由士兵逐级递升至团长。1926年5月，贺龙响应广东革命政府的号召，率部参加北伐战争，贺锦斋任国民革命军第九军一师团长、代理旅长，指挥所部参加了澧县、斗湖堤、武胜关、逍遥镇等战斗，屡建战功。

1927年6月，中国共产党把在汉口的工农革命武装编入贺龙的部队，使该部扩编为国民革命军第二十军，贺龙任军长，贺锦斋任第一师师长。8月1日，跟随贺龙参加南昌起义，率部主攻第五方面军总指挥部警备团，全歼守敌。起义部队南下广东途中，指挥所部参加了瑞金、会昌等战斗。起义军在潮（安）汕（头）地区失败后，与部队失去联系，他克服千难万险，辗转至上海，寻找党的组织。同年冬，加入中国共产党。

1928年3月，贺锦斋随周逸群、贺龙返回湘西建立革命武装和根据地，曾率部在桑植葫芦壳设伏，消灭贵州军阀部队数百人，活捉其旅参谋长。同年7月，中共湘西前敌委员会和中国工农革命军第四军成立，贺龙任书记和军长，贺锦斋任前敌委员会委员、第一师师长，率部在石门、澧县一带发动群众，袭击敌团防武装。9月8日，在石门泥沙镇战斗中，为掩护贺龙率部突围，贺锦斋亲率警卫营和手枪连奋勇冲杀，壮烈牺牲，年仅27岁。

陈　觉

1903—1928

我们的遗志自有未死的同志来完成

——1928年10月10日　陈觉致赵云霄

云霄我的爱妻：

这是我给你的最后的信了，我即日便要处死了，你已有身〈孕〉，不可因我死而过于悲伤。他日无论生男或生女，我的父母会来抚养他的。我的作品以及我的衣物，你可以选择一些给他留作纪念。

你也迟早不免于死，我已请求父亲把我俩合葬。以前我们都不相信有鬼，现在则唯愿有鬼。“在天愿为比翼鸟，在地愿为并蒂莲，夫妻恩爱永，世世缔良缘。”回忆我俩在苏联求学时，互相切磋，互相勉励，课余时间闲谈琐事，共话桑麻，假期中或滑冰或避暑，或旅行或游历，形影相随。及去年返国后，你路过家门而不入，与我一路南下，共同工作。你在事业上、学业上所给我的帮助，是比任何教师任何同志都要大的，尤其是前年我本已病入膏肓，自度必为异国之鬼，而幸得你的殷勤看护，日夜不离，始得转危为安。那时若死，可说是轻于鸿毛，如今之死，则重于泰山了。

前日父亲来看我时还在设法营救我们，其诚是可感的，但我们宁愿玉碎却不愿瓦全。父母为我费了多少苦心才使我们成人，尤其是我那慈爱的母亲，我当年是瞒了她出国的。我的妹妹时常写信告诉我，母亲天天为了惦念她的在异国的爱儿而流泪，我现在也懊悔此次在家乡工作时竟不去见她老人家一面，到如今已是死生永别了。前日父亲来时我还活着，而他日来时只能看到他的爱儿的尸体了。我想起了我死后父母的悲伤，我也不觉流泪了。云!谁无父母，谁无儿女，谁无情人!我们正是为了救助全中国人民的父母和妻儿，所以牺牲了自己的一切。我们虽然是死了，但我们的遗志自有未死的同志来完成。大丈夫不成功便成仁，死又何憾！

此祝

健康 并问

王同志[①]好！

觉 手书

一九二八，一〇，一〇

①王同志：指陈觉、赵云霄的婚姻介绍人王希闵，当时也被关押在长沙陆军监狱，与陈觉同日遇害。

陈 觉

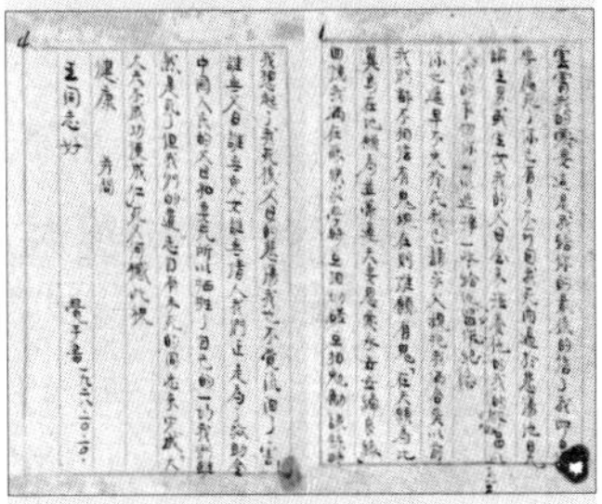

作者陈觉（1903—1928），原名陈炳祥，湖南省醴陵市人。收信人赵云霄（1906—1929），又名赵凤培，河北阜平人。两人都是1925年加入中国共产党，同年冬进入莫斯科中山大学学习，学习期间结为夫妻，1927年又一道回国参加革命。

1927年11月，赵云霄随陈觉到湖南醴陵参加了年关暴动。不久他们被调回中共湖南省委机关，组建湘南特委。1928年4月，由于叛徒告密，他们分别被敌人逮捕，关押在长沙陆军监狱。10月，陈觉就义，年仅25岁。次年3月，赵云霄就义，年仅23岁。

赵云霄

1906—1929

要知道你的父母是怎样死的

——1929年3月24日　赵云霄致女儿启明

启明我的小宝贝：

启明是我们在牢中生了你的时候为你起的名字，这个名字是很有意义的。因为有了你4个月的时候，你的母亲便被湖南清乡督办署捕于〔到〕陆军监狱署来了。当时你的母亲本来立时死的罪，可是因为有了你的关系，被督办署检查了四五次，方检查出来，是有了你！所以为你起了个名字叫启明(与你同样同生一个叫启蒙)。小宝宝！你是民国十八年正月初二日生的，但你的母亲在你才有一月有〔又〕十几天的时候，便与你永别了。小宝宝！你是个不幸者，生来不知生父是什么样，更不知生母是如何人。小宝宝！你的母亲不能扶〔抚〕养你了，不能不把你交与你的祖父母来养你。你不必恨我，而〈要〉恨当时的环境！

小宝宝！我很明白地告诉你，你的父母是共产党员，且到俄国读过书(所以才处我们的死刑)。你的父亲是死于民国十七年阳历十月十四日，即古历九月初四日。你的母亲是死于民国十八年阳历三月二十六日，即古历二月十六日。小宝贝！你的父母，你是再不能看到，而〈且〉也没有像〔相〕片给你，你的母亲所给你的记〔纪〕念只有像〔相〕片和衣物及一金戒指，你可作一生的唯一的记〔纪〕念品！

小宝宝！我不能扶〔抚〕育你长大，希望你长大时好好地读书，且要知道你的父母是怎样死的。我的启明，我的宝宝！当我死的时候你还在牢中。你是不幸者，你是这个世界上的不幸〈者〉！更是无父母的可怜者。小明明！有你父亲在牢中给我的信及作品，你要好好地保存。小宝宝！你的母亲不能多说了。血泪而成。你的外祖母家在北方，河北省阜平县。你的母亲姓赵，你可记着。你的母亲是二十三岁上死的。小宝宝！望你好好长大成人，且好好读书，才不负你父母的期望。可怜的小宝贝，我的小宝宝！

你的母亲于长沙陆军监狱署泪涕

一九二九年三月二十四日

陈觉、赵云霄夫妇

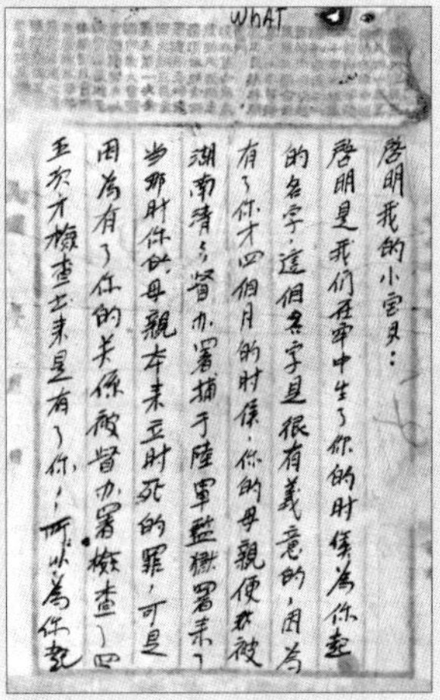

啓明我的小宝贝：

啓明是我们在牢中生了你的时候为你起的名字，這個名字是很有義意的，因為有了你才四個月的时候，你的母親便被湖南清鄉督办署捕于陸軍監獄署来了，当那时你與母親本来立时死的罪，可是因為有了你的关係被督办署検查了四五次才検查出来是有了你，所以為你起

作者赵云霄（1906—1929），又名赵凤培，河北阜平人。出生于较富裕的书香家庭。1924年7月，考入河北省立保定第二女子师范学校。其间，在共产党员李培芝的影响下，阅读《向导》《新青年》等进步书刊，接受革命思想，参加了驱赶反动校长的活动。同年冬，加入中国社会主义青年团。鼓励家乡妇女，反抗封建压迫。1925年夏，加入中国共产党。

1925年冬，赵云霄由党组织选送到莫斯科中山大学学习。这期间，与一起学习的湖南共产党员陈觉互相鼓励，结为革命伴侣。1927年9月，两人一道回国。同年11月，赵云霄随陈觉到湖南醴陵参加了年关暴动。不久他们被调回中共湖南省委机关，组建湘南特委。1928年4月，由于叛徒告密，他们分别被敌人逮捕，关押在长沙陆军监

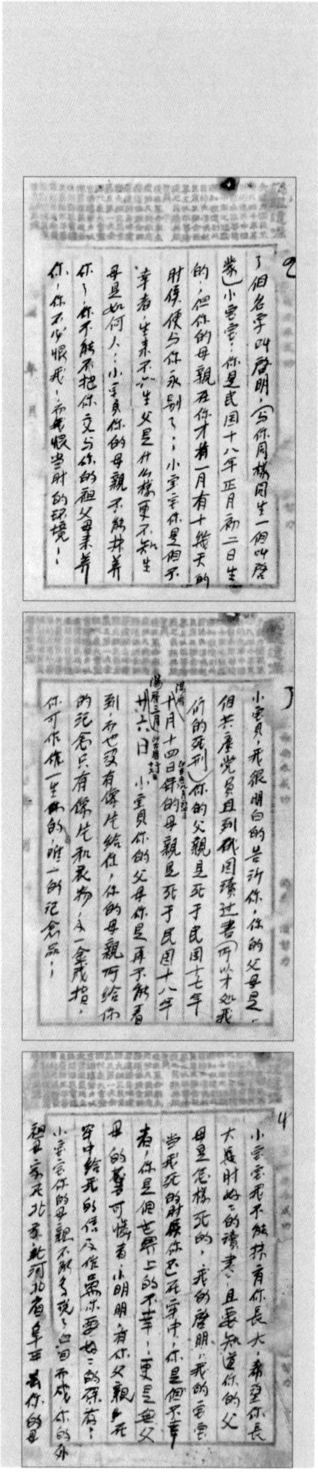
了一个名字叫启明，（与你同样同生一个叫启崇）小宝宝：你是民国十八年正月初二日生的，但你的母亲在你才有一月有十几天的时候便与你永别了！！小宝宝你是一个不幸者，生来不知生父是什么样，更不知生母是如何人！！小宝贝你的母亲不能抚养你了，你不能不把你交与你的祖父母来养你，你不少恨我，而要恨当时的环境！！

小宝贝，我很明白的告诉你，你的父母是一个共产党员，且到俄国读过书（所以才处我们的死刑）你的父亲是死于民国十七年十月十四日，你的母亲是死于民国十八年三月廿六日。小宝贝你的父母你是再不能看到，而也没有像片给你，你的母亲所给你的纪念只有像片和衣物，与一金戒指，你可作你一生的唯一的纪念品！！

小宝宝我不能抚育你长大，希望你长大时好好的读书，且要知道你的父母是怎样死的，我的启明，我的宝宝，当我死的时候你还在牢中，你是个不幸者，你是个世界上的不幸！！更是无父母的可怜者。小明明，有你父亲与我在牢中给我的信及作品，你要好好的保存！小宝宝你的母亲不能多说了，由回而成你的外祖母家在北京，北河北省阜平　看你的母

狱。同年10月，陈觉就义，年仅25岁。次年3月，赵云霄就义，年仅23岁。

陈觉牺牲前，未能见到自己的孩子。赵云霄因怀有身孕，刑期推迟5个月。次年2月，赵云霄在狱中生下一名女婴，即此封家书的收信人“启明”。3月26日，赵云霄为孩子喂完最后一次奶，从容赴死。在牺牲前两天，赵云霄给女儿写下了上面这封绝笔信。令人痛心的是，被祖父母从监狱接出后抚养的小启明，并没有像母亲希望的那样“长大成人”，终因体弱多病在4岁时夭折。

高文华

1907—1931

我们是最公正无私的人

——1929年12月22日　高文华致父亲

亲爱的父亲：

今天已是十二月二十一号，只有九天就要过年了。雪下得这样深，天气是这般的冷，在我倒不觉得什么，就困苦了家里了。我每每喜欢下雪，不是吗？雪景是多少〔么〕美丽，银白的宇宙，咳！银白的屋，银白的天空，银白的地面；一切是白了，一切都闪闪地发亮了，就连那粪坑、秽堆都穿上了最光荣最洁白的雪了；虽然它的本身是那么糟，但是在我眼里却只看见一个整个的银白的宇宙了！因此，我是十二分的喜欢！喜欢这样的雪永远永远压盖着宇宙。父亲，你说我是怎样地回转到小孩一样的心地了。

父亲，我诚然很年青〔轻〕，我应该还是个小孩才好呀！但在过去偏偏又是老大得了不得，几乎什么都像八十岁的老公公了，我自己也总喜欢去学着老，总以老的为好的，老资格为光荣的事体；但现在转变了，我处处都想学着小孩子，学着她〔他〕那种天真、自然的形状，我只觉得我应该请小孩子做我的先生呀！

父亲的身体如何？母亲的身体如何？我非常想念。我总希望母亲也能看穿些，快活些；不必兢兢于一切，不必过分忧愁忧思呀！这是一时的情形，这是一个必然的过程；做人不吃苦，人是不能算人的，我们也真像吃青果一样的有滋味，我们在辛涩的里面有甜味。我们虽然苦，但我们的良心没有受罪；我们虽然苦，我们依旧有我们至高无上的精神的愉快；总之，我们是真理的追求者，我们是最公正无私的人，我们是最快活的人呀！

十八年[①]过去了，这是一封十八年底的家信，照理应该将我这一年来的读书情形、心里的变动、环境的转化等等，详详细细地报告给父亲听听，但是，父亲啊！这又怎样报告起呢？父亲，我只有一句话告诉你："我竟将十八年荒废了去了。"我只有恳求你宽恕我的堕学，只有请你准许我的要求："给我在十九年里有一个自新努力读书的机会吧！"

再谈了，祝父亲母亲康健愉快，弟弟妹妹身体好！用功读书！

并颂

新年快活！

儿子潮 上

1929.12.22

①十八年：指中华民国十八年，公元1929年。

高文华

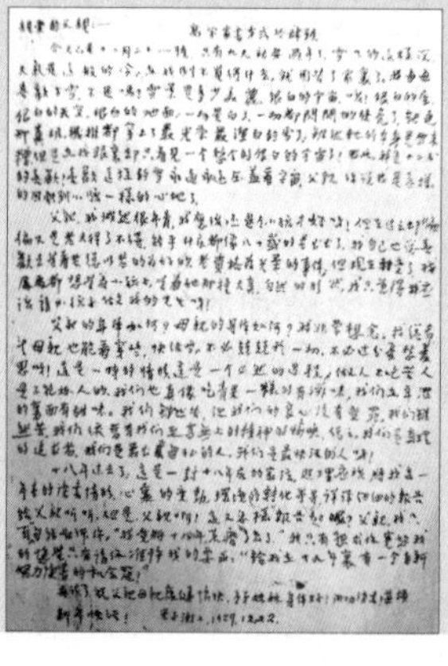

高文华（1907—1931），江苏无锡人，化名程清，笔名高潮。1922年考入南京东南大学附中。1925年考入黄埔军校第三期学习，参加讨伐军阀陈炯明的东征战役。同年加入中国共产党。1926年参加北伐战争。北伐后期，进行秘密的反蒋活动。1927年3月，离开军队回到无锡。"四一二"反革命政变后，转入农村，组织发动群众，从事农民运动。同年11月，任共青团无锡县委书记。1928年3月被捕，被关押在南京老虎桥江苏第一监狱。1931年7月16日病逝于狱中，时年24岁。

殷　夫

1909—1931

我没有办法再可以想了

——1930年7月7日　殷夫致姐姐徐素云

素姊：

上次写给你的信，大概已经收到了吧？我等着你的回信，真是比等什么爱人的信还要迫切啊！姊姊，我真想用一切方法来向你表示我目前的困境：

我工作是忙碌的，在整天的太阳火中，我得到处奔跑！但是天哪，我所有的只是件蓝色爱国布大衫、两件厚布的衬衣，你想我怎样过得这夏天呢？所以我迫切地请求，给我想法〈寄〉十元或十五元的钱吧！我没有办法再可以想了。

听说你和母亲要去南京，怎么还没有来呢？我的意见是：近来时局太坏，南京又不是什么太平地方，最好还是不要去，这笔旅费倒还不如让我做件夏衣呢！（再：夏布衫及衬衫已在去年为恐怖所吞没[1]，所以没有了，附告）

今年秋，或许有去莫京[2]希望，时间很短，半年即回的，完了。

祝

你和母亲好

白[3]

七，七

①这里指1929年殷夫在上海丝厂罢工斗争中的被捕事件。

②莫京：指苏联莫斯科。

③白：即徐白，殷夫的别名。

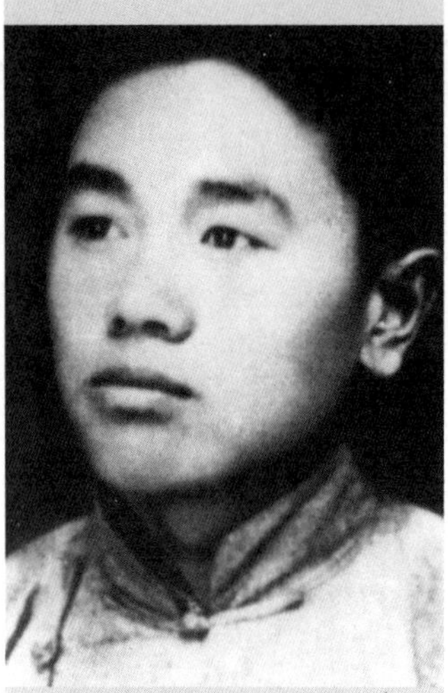

殷　夫

这是殷夫写给二姐徐素云的家书。徐素云，1926年入党，曾任象山县立女子小学校长，多次掩护弟弟从事革命活动。

殷夫（1909—1931），浙江象山人，本姓徐，名孝杰，字柏庭，学名徐祖华。笔名有殷夫、白莽、文雄白、任夫、殷孚、沙菲、沙洛、洛夫等。1923年到上海读书，接触了革命，秘密加入中国共产主义青年团。1927年“四一二”反革命政变发生，他被同学告密，被捕入狱。囚禁3个月，他写了长篇叙事诗《在死神未到之前》。当年秋，加入中国共产党。1928年秋，因参加革命活动再次被逮捕。后被保释，转移到象山，继续从事革命活动。

1929年3月，他离开象山，回到上海，投入地下斗争，从事青年工人运动。1930年发起成立中国左翼作家联盟，并任团中央刊物《列宁青年》编辑。同年5月，与胡也频、柔石、冯铿等人作为“左联”代表，参加在上海秘密召开的全国苏维埃区域代表大会。1931年1月17日第四次被捕，2月7日被杀害于龙华，年仅22岁。

冷少农

1900—1932

无负于家庭，无负于社会

——1931年1月8日　冷少农致儿子冷德苍

苍儿：

收到你的信，使我无限的欢欣！使我无限的惭愧！你居然长这样大了，你居然能读书写字，并且能写信给我了。我频年奔走，毫无建白〔树〕，却得你这一个后继希望，这使我是多么的欢欣啊！然而你的长大和你的教养，我都未负一些责任，同时却有累了你的祖母、伯父、母亲。虽然是社会和时代所造成，我的内心实不免万分惭愧，在惭愧中还要你为我向你的祖母、伯父、母亲们深深致谢！

时代的年轮不息地旋转，你生在中产的家庭，得饱食暖衣地读书写字，这种机会是非常难得的，希望你好好地努力，以期无负于家庭，无负于社会。同时你要常时留心到远的或近的人们，有许多是不〔没〕有法得读书写字，有些更是没有法解决衣食。你就要想到你读书写字的目的，是要为这一批人求一个适当的解决。这一层，我更望你朝斯夕斯地不要轻轻放过。

一个人除解决自身的问题而外，还须顾及到社会人类，而且个人问题须在解决社会人类整个的问题中去求解决。所以家庭（即社会）之养成，□□□要你将来肩负巨□之责任，是有□□□□德在等着。于此，你除好好地努力读书写字、养成能力而外，还须健全你的身体，每日除读书写字而外，还须做有规则、有益健康之运动与游戏，使智识与体力同时并进，预备着肩负将来之艰巨。

你的祖母、伯父、母亲是十分爱你〈的〉。我虽然离开得远，不能向你作切实的表示，但是也不能说我不爱你。不过，他们之爱你，是望你将来成为一个特出的人物，一切以自己以家庭利益为重的特出于一般人的人物；我之爱你，是望你将来为一极平凡而有能力为一般劳苦民众解决不能解决之各项问题、铲除社会上一切不平等之人物。苍儿！社会之新光在照耀着你，希望你猛进！

至于你对我所说的一切，我当然□领会得，我既以这样的远大期许你，我为完成我的期许，我为一般被压榨穷苦无告的人们而期许你。对于你的要求，我将尽力地站在正确的立场，而允许你，而设法为你实现。苍儿！再会！

在新年的晨光中，为你祝福！

你的权哥同此。

农

元月八日

冷少农及其家人

这是我党隐蔽战线的英雄冷少农烈士写给儿子的唯一一封信，寄托了对儿子无尽的爱和深切的期望。冷少农离开家时，儿子冷德苍才5个月大。几年不见，冷德苍已有6岁，开始学习写信，就给爸爸写了一封信。1931年1月8日，冷少农给儿子回了上面这封信。

冷少农，1900年生于贵州瓮安县城南冷家堡一户清寒的农家，17岁考入贵州公立法政专门学校，毕业后，先在民意日报当编辑，后到贵州筹饷局任职。1925年，冷少农南下广东投身革命，报考黄埔军校。毕业后，加入了中国共产党，分配到黄埔军校政治部主任周恩来办公室，担任秘书。大革命失败后，冷少农根据周恩来的指示，利用与国民政府军政部部长何应钦的同乡关系，打入国民政府总监部和军政部任秘书，实际身份是中共中央军委派驻南京情报中心小组组长。他利用自己在重要部门任职的便利条件成功获取了许多重要情报，其中想方设法获取了国民党第一、第二、第三次“围剿”中央苏区的机密军事情报，为中央红军取得反“围剿”胜利发挥了重要作用。1932年3月，由于叛徒出卖，南京地下党组织遭到破坏，冷少农身份暴露被捕入狱。同年6月9日，在南京雨花台英勇就义。

从25岁离家投身革命，到32岁牺牲，冷少农没有回过家，再也没有见过自己的家人。1934年12月，中央红军长征经过贵州省瓮安县境时，周恩来曾专门派人到冷少农家看望和抚恤。

毛泽东签发的冷少农牺牲证明

周平民　周健民

1902—1937　1914—1933

热河边境已失去一大块地，中国前途极为危险

——1932年10月3日　周平民、周健民致父母

父母亲大人膝下：

敬禀者，男平民前由上海北返，曾在河北省密云县寄上吉林移山人参半斤、参茸丸四粒、参须一盒、信一封及碧波[①]寄家人参八两，不知大人此刻收得否？当即由密云随成长奎[②]司令出古北口与男健民相晤，时健民病虽已愈廿日，然身体甚瘦弱。幸途中有大车可坐，且每日行路甚少，至多者日行五六十里（仅两三日），寻常仅行二三十里，且行三四日休息一二日，故尚不感疲劳。得以休养兼又日服补药，故日来已完全恢复健康。今日上午已抵热河省中心重要商埠之赤峰县，民众极表欢迎。县长系浙江人，与决死团[③]主席黄镇东为小同乡，故其对南来同志尤为热烈，除捐助黄私人枪马外，并捐皮大衣八十五件，洗澡□头费八十元，今年可不忧冷矣。□在赤峰休息数日始前进，赤峰已在口外千里，但距通辽前方尚有千里，尚须一月始可到达。

热河本极苦寒，我军又无给养，火〔伙〕食须由沿途人民负担。得住上等人家即可吃□□大饼及酒肉，中下等人家多吃小米（如□子）、白菜、洋芋等，甚至有油盐俱无仅以生大葱海椒白菜佐餐者（仅遇一二处）。初吃小米，颇感不便，现已吃惯，毫不觉其苦也。南来连碧等十八人初组织政治训练组，男平民任第一科（上尉）科长，男健民任宣传员（准尉）。（碧波任第二科上尉科长。）继因行军期间暂派各处服务，碧波派卫队营营部任书记，男平民派参谋处任文牍并兼任行营秘书事务。男健民亦派参谋处任牒报，均非作战职务，故将来即到前方已绝无若何危险，祈大人不必罣〔挂〕

虑也。热河边境已失去一大块地，中国前途极为危险。余事容到一定住地时再行禀告。

专肃敬请

福安暨阖家均好

男 平民、健民同叩

十月三日

①碧波：即闵碧波，也叫闵乐山（1909—1937），出生于杨家乡闵家坝，与周平民既是师生又是战友。

②成长奎（1898—1932），山东人，即成庆龙。曾任东北抗日救国军骑兵第四路军司令。1932年9月英勇牺牲，年仅34岁。

③决死团：即上海青年自愿决死抗日救国团，是宣传抗日救亡活动的组织，黄镇东任主席。

周平民

周平民，又名执中、国正。生于1902年，四川省内江县人。1916年，在内江县立中学就读，开始阅读《新青年》《每周评论》等进步书刊，参加学生进步活动。毕业后，任小学校长。1924年参加地下党举办的“民团干部传习所”学习，受到革命思想的熏陶。1926年上半年加入中国共产党。从此，他以教书做掩护，积极从事农民运动，并担任支部书记和中共内江县委委员职务。1929年在杨家乡、石子乡等地领导农民开展抗粮、抗捐斗争。1930年8月县委机关遭敌人破坏后，秘密前往上海。

1931年九一八事变后，任“上海青年自

周健民

愿决死抗日救国团”秘书。1932年8月随蒙边骑兵队赴开鲁抗日前线，被分配在辽吉黑民众后援会开鲁办事处工作。1933年2月日寇进犯热河，由于国民党采取不抵抗政策，热河失陷，后随救国团主席黄镇东赴上海。同年冬，赴南京投考军事学校，继续从事抗日救亡活动。1934年8月在浦口进行革命工作时，由于叛徒出卖，不幸被捕，关押在南京江东门军政部中央军人监狱。在狱中，他惨遭严刑拷打，与敌人进行坚决斗争。他在身心遭受严重摧残的困境中，仍以顽强毅力坚持学习，盼望出狱后为党继续工作。由于反动当局残酷虐待，1937年被折磨致死。

周健民，又名振华、国辉，是周平民的弟弟。1927年考入内江县立中学。1929年开始参加农民运动，1930年随周平民离开内江到重庆，后辗转到上海，与哥哥一起参加了“上海青年自愿决死抗日救国团”。在江苏昆山和无锡经过培训后，于1932年8月北上，以满腔热情投入抗日救亡的洪流中。1933年春，种种迹象表明日寇将要侵占热河。2月初，经鲁北地区[①]专员朱天培

① 此处指通辽开鲁县北部及赤峰东北部一带，当时属于热河省管辖。

要求，后援会推荐周健民、庄昆容、许中华等人到鲁北前线工作。2月7日清晨，周健民等人随朱天培乘车赴鲁北，由于此次行动被汉奸刺探获悉，周健民不幸中弹牺牲，时年19岁。

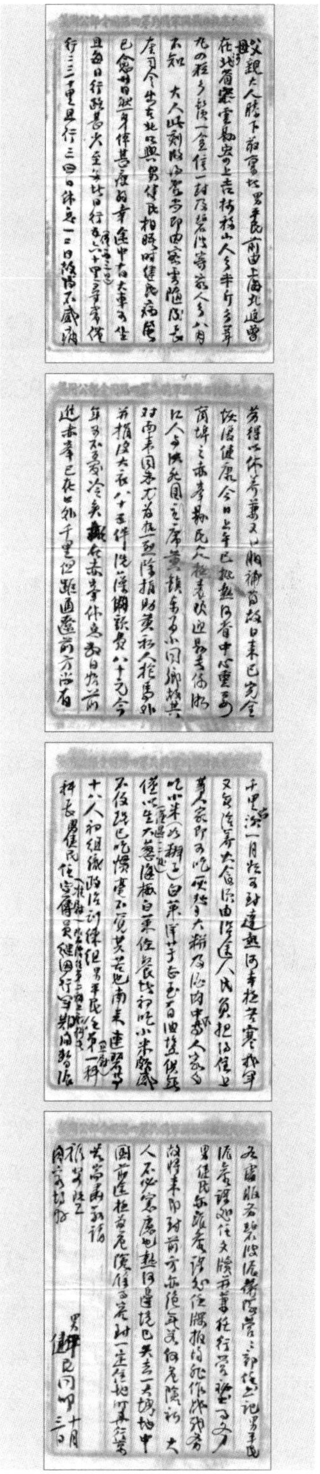

王若飞

1896—1946

一息尚存，终当努力奋斗

——1933年1月　王若飞致表姐夫熊铭青

铭兄[①]：

岁尾年头，最易动人怀抱。况我今日处境更觉百感烦心，念国难之日急，恨己身之蹉跎。冲天有志，奋飞无术。五更转侧，徒唤奈何！虽然楚囚[②]对泣，唯弱者而后如此。至于我辈，只有隐忍以候。个人生命，早置度外。居狱中久，气血渐衰，皮肉虚浮，偶尔擦破，常致溃烂。盖缘长年不见日光，又日为阴湿秽浊所熏染。譬之楠梓豫章之木，置之厕所卑湿之地亦将腐朽剥蚀也。又冬令天短，云常不开；又兼房为高墙所障，愈显阴黑，终日如在昏幕中，莫能细辨同号者面貌。人间地狱，信非须〔虚〕语。有人谓矿工生活，是埋了没有死，大狱生活，是死了没有埋。交冬以来，吾日睡十四小时（狱规：晚六时即须就寝，直至翌晨八时天已大明方许坐起），真无殊长眠。当吾初入狱时，见一般老号友对于囚之死者，毫无戚容，反谓“官司打好了”，深诧其无情。后乃知彼等心理皆以为与其活着慢慢受罪，反不如死爽快也。

以上琐碎叙述大狱生活，吾兄阅后，或将以为弟居此环境中，将如何哀伤痛苦，其实不然。弟只有忧时之心。一息尚存，终当努力奋斗。现时所受之苦难，早在预计之中，为工作过程所难免，绝不值什么伤痛也。因此弟之精神甚为健康，绝不效贾长沙[③]之痛哭流涕长太息；唯坚忍保持此健康之精神。如将来犹有容我为社会工作之机会，固属万幸，否则亦当求在狱能比较健康而死，弟并无丝毫悲观颓丧之念也。与吾同号者，尚有五人，彼等官司皆在十年以上，时常咨嗟太息，以为难望生出狱门，我尽力慰解彼等，导之有希望，导之识字读书，导之行乐开心（下棋唱歌），一面使彼等有生趣，一面使我每日的生活亦不空虚。当彼等诅咒此大狱生活时，我尝滑稽地取笑说：“我们是世间上最幸福的人。每天一点事不做，一点心不操，到时候有人来请睡，一睡就是十四点钟；早上有人来请起，饭做好了就请我们吃；难道还不够舒服吗？”同时又叙述遭受天灾或兵灾区域难民的痛苦，冰天雪地中沙场战士的生活，我们较之，实已很舒服。自然任何人都愿在沙场征战而死，不愿享受大狱的舒服。吾之为此言，一面取笑，一面亦示人世间上有其他痛苦存在，不可只看到自己也。即如吾兄现时之生活，想来亦必有许多难处，不过困难内容性质与弟完全不同耳。弟处逆境，与普通人不同处，即对于将来前途非常乐观。这种乐观，并不因个人的生死或部分的失败、一时的顿挫，而有所动摇。弟现时所最难堪者，为闲与体之日现衰弱，恨不能死于战场耳！每日天将明时，枕上闻军营号声，不禁神魂飞越！嗟乎！吾岂尚有重跃马于疆场之日乎？

一九三三年一月

①铭兄：即熊铭青（1898—1949），贵州贵阳人，国民革命军成都中央军校上校政治教官，后任国民政府中央政治大学教授。他是王若飞的表姐夫。

②楚囚：原指被俘的楚国人，后用来借指处境窘迫的人。

③贾长沙：指西汉著名文学家贾谊，因曾任长沙王太傅，故称贾长沙。后为梁怀王太傅，因怀王坠马死，贾谊常伤心哭泣，不久去世。

作者王若飞（1896—1946），贵州省安顺市人。1919年10月赴法国勤工俭学。1922年6月，同赵世炎、周恩来等发起成立“旅欧中国少年共产党”，曾任中央执委会委员，同年秋加入法国共产党。1923年赴苏联莫斯科东方大学学习，同年4月转为中国共

1945年8月25日，毛泽东、周恩来、王若飞(右二)赴重庆谈判前与张治中、赫尔利等在延安机场留影

产党党员。1925年回国，次年调上海任中共中央秘书部主任（即秘书长），参与处理中央日常工作。大革命失败后，先后任中共江苏省委常委、农民部部长和宣传部部长。1928年6月，赴莫斯科出席共产国际第六次代表大会，后任中共驻共产国际代表团成员，并入列宁学院学习。1931年回国，任中共西北特委特派员，参与领导西北地区包括陕、甘、宁、晋、绥、新等地农民斗争，开展土地革命。

1931年11月21日，王若飞在包头因叛徒出卖被捕。在近六年的铁窗生涯中，他始终坚贞不屈，表现出了一个共产党员的崇高气节。1937年5月全国抗战爆发前夕，王若飞被党组织营救出狱。同年8月到延安，先后任中共陕甘宁边区宣传部部长、统战部部长。1938年起任中共中央华中工作委员会、华北工作委员会秘书长，兼任八路军副参谋长。1940年起历任中央秘书长、中央党务委员会主任等职。

抗战胜利前后，王若飞作为中国共产党代表之一，多次参加同国民党的谈判。1945年6月，在中共七大上当选为中央委员。1946年4月8日，王若飞携带着中共代表团就宪法、国民政府组成等问题同国民党谈判的最后方案，同秦邦宪、叶挺、邓发和黄齐生等，乘飞机离开重庆返回延安，准备向中共中央请示汇报。因天气原因，能见度很低，飞机中途迷失方向，不幸在山西省兴县黑茶山上撞山坠毁，同机13人全部遇难。

陈潭秋

1896—1943

生活困苦绝不是一人一家的问题

——1933年2月22日　陈潭秋致三哥、六哥

三哥、六哥：

流落了七八年的我，今天还能和你们通信，总算是万幸了。诸兄的情况我间接地知道一点，可是知道有什么用呢？老母去世的消息，我也早已听得也不怎样哀伤，反可怜老人去世迟了几年，如果早几年免受许多苦难啊！

我始终是萍踪浪迹、行止不定的人，几年来为生活南北奔驰，今天不知明天在哪里。这样的生活，小孩子终成大累，所以决心将两个孩子送托外家抚养去了。两孩都活泼可爱，直妹（徐全直）本不舍离开他们，但又没有办法。现在又快要生产了。这次生产以后，我们也决定不养，准备送托人，不知六嫂添过孩子没有？如没有的话，是不是能接回去养？

再者我们希望诸兄及侄辈如有机会到武汉的话，可以不时去看望两个可怜的孩子，虽然外家对他们痛〔疼〕爱无以复加，可是童年就远离父母终究是不幸啊！外家人口也重，经济也不充裕，又以两孩相累，我们殊感不安，所以希望两兄能不时地帮助一点布匹给两孩做单夹衣服。我们这种无情的请求望两兄能允许。

家中情形请写信告我。八娘子及孩子们生活情况怎样？诸兄嫂侄辈情形如何？明格听说已搬回乡了，生活当然也很困苦的，但现在生活困苦，绝不是一人一家的问题，已经成为最大多数人类的问题（除极少数人以外）了。

（我的状况可问徐家三妹。）

弟 澄 上

二月二十二日

陈潭秋

家书作者陈潭秋(1896—1943)，中国共产党早期创立者之一。1933年2月，由于形势日益吃紧，中共中央临时政治局被迫由上海向中央苏区转移。陈潭秋时任中共江苏省委秘书长，受组织安排将赴中央苏区工作。临行前，他给在湖北老家的三哥、六哥写了这封信。

陈潭秋，名澄，字云先，号潭秋，湖北黄冈县陈策楼人。1916年就读于国立武昌高等师范学校。1920年秋，他和董必武等人创建了武汉共产主义小组，组织马克思主义学说研究会。1921年7月，陈潭秋与董必武一起去上海参加了中共一大。回武汉后先后任中共武汉地委、武昌地委、湖北地委主要负责人。1927年4月至5月出席中共五大，当选为候补中央委员。大革命失败后，任中共江西省委书记。1928年任中共中央组织部秘书、江苏省委组织部部长、中共顺直省委委员兼宣传部部长。1930年8月任“满洲”总行动委员会书记，9月参加中共六届三中全会被选为候补中央委员，会后任中共“满洲”省委书记，12月被捕。1932年7月经党组织营救获释，任中共江苏省委秘书长。1933年任中共福建省委书记。1934年1月，当选为中华苏维埃共和国中央执行委员会委员，2月任粮食部部长。

1935年陈潭秋到共产国际工作。1939年5月回国，任中共驻新疆代表和八路军驻新疆办事处主任。1942年被军阀盛世才秘密逮捕。1943年9月27日被害。

吉鸿昌

1895—1934

夫今死矣！是为时代而牺牲

——1934年11月24日　吉鸿昌致妻子胡红霞

红霞吾妻鉴：

夫今死矣！是为时代而牺牲。人终有死，我死您也不必过伤悲，因还有儿女得您照应。家中余产不可分给别人，留作教养子女［干］等用。我笔嘱矣，小儿还是在天津托俞先生照料上学，以成有用之才也。家中继母已托二、三、四弟照应、孝敬，你不必回家可也。

鸿昌　手启

1934年12月24日11时钟

吉鸿昌

吉鸿昌（1895—1934），原名恒立，别号世五，河南扶沟人，著名抗日将领。18岁加入冯玉祥的队伍，开始戎马生涯。1931年，吉鸿昌因不愿替蒋介石打内战，被蒋解职并勒令出国“考察”。1933年5月，与冯玉祥、方振武在张家口建立了察哈尔民众抗日同盟军，任第二军军长、北路军前敌总指挥兼察哈尔省警备司令。从同年6月开始，吉鸿昌率部北征，所向披靡，三战三捷，收

1933年7月察哈尔民众抗日同盟军收复多伦

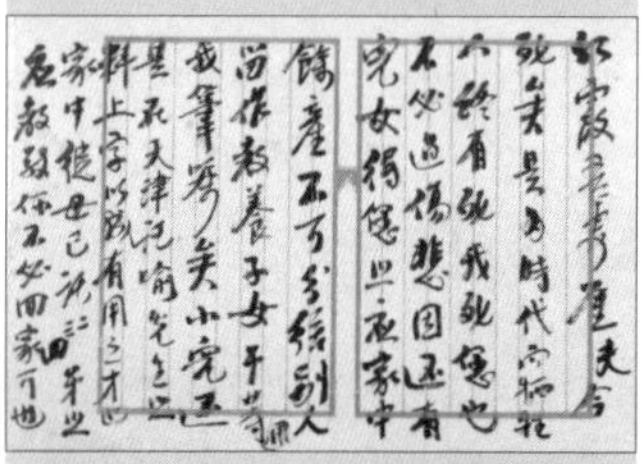

复察东失地。22日，收复康保城。同年7月，收复宝昌、沽源和多伦。察东四县全归同盟军之手，成为九一八事变以来中国军队首次从日伪军手中收复失地之举，对全国抗日民众产生极大鼓舞。1934年1月，吉鸿昌加入中国共产党，不久在天津组织中国人民反法西斯大同盟。11月9日，在天津法租界被逮捕。14日，被“引渡”给国民党政府，关进天津陆军监狱。22日，被秘密押解至北平军分会军法处。24日，被枪杀于北平陆军监狱，时年39岁。

殉难前几个小时，吉鸿昌将军向敌人要了笔墨和信纸，写了一封正气凛然的遗书和三封短札，致夫人胡红霞的短信便是其中之一。写完信后，吉鸿昌从容走上刑场，在刑场上写下浩然正气的就义诗，并慷慨陈词：“我为抗日而死，不能跪下挨枪，我死了也不能倒下！给我拿个椅子来，我得坐着死。”坐在椅子上又向敌人说：“我为抗日死，死得光明正大，不能在背后挨枪。你在我眼前开枪，我要亲眼看到敌人的子弹是怎样打死我的。”当刽子手在他面前举起枪时，他凛然高呼：“抗日万岁！”“中国共产党万岁！”壮烈牺牲。

刘伯坚

1895—1935

生是为中国，死是为中国

——1935年3月16日 刘伯坚致凤笙大嫂等

凤笙大嫂[①]并转五六诸兄嫂：

本月初在唐村写寄给你们的信、绝命词及给虎、豹、熊[②]诸幼儿的遗嘱，由大庾县[③]邮局寄出，不知已否收到？

弟不意现在尚留人间，被押在大庾粤军第一军军部，以后结果怎样，尚不可知，弟准备牺牲。生是为中国，死是为中国，一切听之而已。

现有两事须要告诉你们，请注意！

一、你们接我前信后必然要悲恸失常，必然要想方法来营救我。这对于我都不须〔需〕要。你们千万不要去找于先生及邓宝珊兄来营救我。于、邓虽然同我个人的感情［虽］好，我在国外叔振[④]在沪时还承他们殷殷照顾，并关注我不要在革命中犯危险。但我为中国民族争生存争解放与他们走的道路不同。在沪晤面时，邓对我表同情，于说我所做的事情太早。我为救中国而犯危险，遭损害，不须〔需〕要找他们来营救我、帮助我，使他们为难。我自己甘心忍受。尤其须〔需〕要把我这件小事秘密起来，不要在北方张扬，使马二先生[⑤]知道了，做些假仁假义来对付我。这对于我丝毫没有好处，而只是对于我增加无限的侮辱，丧失革命者的人格。至要至嘱（知道的人多了就非常不好）。

二、熊儿生后一月，即寄养福建新泉芷溪黄荫胡家；豹儿今年寄养在往来瑞金、会昌、雩都、赣州这一条河的一只商船上，有一吉安人罗高，廿余岁，裁缝出身，携带豹儿。船老板是瑞金武阳围的人，叫赖宏达，有五十多岁，撑了几十年的船，人很老实。赣州的商人多半认识他。他的老板娘叫郭贱姑，他的儿子叫赖连章（记不清楚了），媳妇叫作梁照娣。他们一家人都很爱豹儿，故我寄交他们抚育。因我无钱，只给了几个月的生活费，你们今年以内派人去找着，还不至于饿死。

我为中国革命没有一文钱的私产，把三个幼儿的养育都要累着诸兄嫂。我四川的家听说久已破产，又被抄没过，人口死亡殆尽。我已八年不通信了。为着中国民族，就为不了家和个人。诸兄嫂明达，当能了解，不致说弟这一生穷苦，是没有用处。

诸儿受高小教育至十八岁后即入工厂做工，非到有自给的能力不要结婚，到卅岁结婚亦不为迟，以免早生子女自累累人。

叔振仍在闽，已两个月余不通信了。祝诸兄嫂近好！

弟 坚

三月十六日于江西大庾

---

①凤笙大嫂：刘伯坚爱人的兄嫂。

②虎、豹、熊：即刘伯坚的儿子刘虎生、刘豹生、刘熊生。

③大庾县：今江西省大余县。

④叔振：指刘伯坚的妻子王叔振（1906－1935），陕西三原人，中共党员。1927年4月与刘伯坚结婚。1935年3月刘伯坚牺牲后不久，王叔振在福建长汀被害。

⑤马二先生：指冯玉祥（1882－1948），字焕章，国民革命军陆军元帅，西北军领袖。

刘伯坚

家书作者刘伯坚（1895—1935），四川平昌人，早年就读于成都高等师范学堂。1920年赴欧洲勤工俭学。1921年与周恩来等发起组织中国少年共产党，1922年转为中国共产党党员。1923年被党组织派往莫斯科东方大学学习。1926年5月，冯玉祥在苏联参观考察时，共产国际决定争取联合冯玉祥，并委派刘伯坚等20余名留学生回国参加这一工作。刘伯坚先后任冯玉祥部政治部副主任、主任一职，与西北军上层人物建立了很好的统战关系，如杨虎城、吉鸿昌、邓宝珊、赵博生、董振堂等都与他成了朋友。

1927年4月，蒋介石公开背叛革命，冯玉祥也开始反共清党，将刘伯坚等240余名中共党员“礼送”出境。离开冯玉祥部后，刘伯坚先后任中共湖北省委组织部部长、江苏省委常委、宣传部部长等职。

刘伯坚和王叔振的结婚照

1928年刘伯坚再次被派往苏联学习军事，并出席了中共六大。1930年回国到中央苏区，任苏区工农红军学校政治部主任。1931年底，参与领导宁都起义并任红五军团政治部主任，后任中革军委总政治部宣传部副部长。中央红军长征后，留在苏区坚持斗争。

1935年3月4日，留在苏区的部队遭敌人重重围攻，刘伯坚不幸身中数弹，左腿负伤，落入敌人手中，被关押在大庾粤军第一军第一师第一团团部。粤军团长劝刘伯坚要顺应“潮流”，“识时务者为俊杰”，遭到拒绝。粤军团长后来对人说：“刘伯坚这个人，真不愧是特殊材料制成的共产党员！”3月21日，刘伯坚在大庾县金莲山上被敌人杀害，时年40岁。

赵一曼

1905—1936

不要忘记你的母亲是为国而牺牲的

——1936年8月2日　赵一曼致宁儿

宁儿：

母亲对于你没有能尽到教育的责任，实在是遗憾的事情。

母亲因为坚决地做了反满抗日的斗争，今天已经到了牺牲的前夕了。

母亲和你在生前是永久没有再见的机会了。希望你，宁儿啊！赶快成人来安慰你地下的母亲！我最亲爱的孩子啊！母亲不用千言万语来教育你，就用实行来教育你。

在你长大成人之后，希望你不要忘记你的母亲是为国而牺牲的！

一九三六年八月二日

你的母亲赵一曼于车中

亲爱的我的可怜的孩子：

母亲到东北来找职业，今天这样不幸的最后,谁又能知道呢?

母亲的死不足惜，可怜的是我的孩子，没有能给我担任教育的人。母亲死后，我的孩子要代替母亲继续斗争，自己壮大成长，来安慰九泉之下的母亲！你的父亲到东北来死在东北，母亲也步着他的后尘。我的孩子，亲爱的可怜的我的孩子啊!

母亲也没有可说的话了，我的孩子要好好学习，就是母亲最后的一线希望。

一九三六年八月二日

在临死前的你的母亲

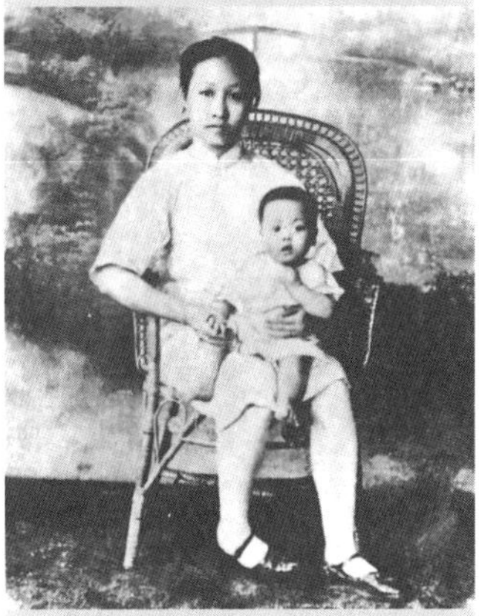

赵一曼与宁儿

赵一曼，原名李坤泰。1905年生于四川省宜宾县一个富裕之家。1923年加入中国社会主义青年团，1926年转为中共党员。经党组织推荐，赵一曼报考武汉中央军事政治学校，被该校女生队录取，成为中国历史上第一批军校女学员。1927年“四一二”反革命政变后，女生队被迫解散，赵一曼辗转来到上海，同党中央取得联系。9月，由党组织派往苏联莫斯科中山大学学习。1928年4月，经党组织批准，与校友、中共党员陈达邦在莫斯科结婚。当年10月回国。1929年1月赵一曼在湖北宜昌生下一个男孩，起名“宁儿”。

1932年春，赵一曼到东北从事秘密抗日活动。曾任珠河中心县委委员、东北人民革命军第三军二团政治部主任，领导抗日武装斗争，威震珠河。1935年11月在战斗中受伤被捕，被送到哈尔滨关押。日寇使用各种酷刑摧残赵一曼，但她始终不渝，毫不动摇。1936年8月2日，被押送到她曾战斗过的珠河县处死。途中她给儿子写了上面这两封遗书。第二封遗书与她被捕后编造的假口供相一致，为的是保护儿子，免受迫害。当日，赵一曼在珠河县小北门外英勇就义，时年31岁。

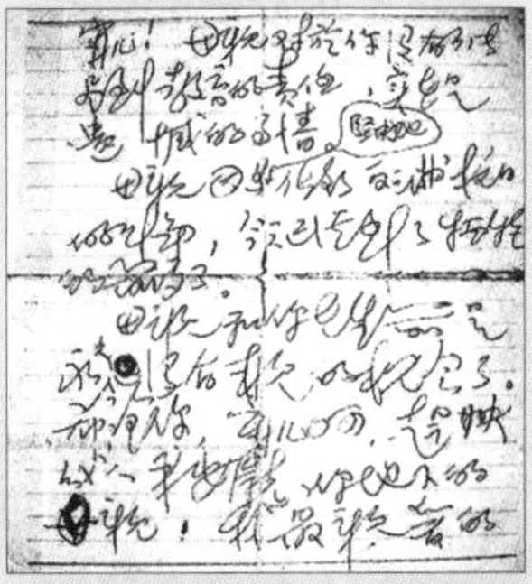

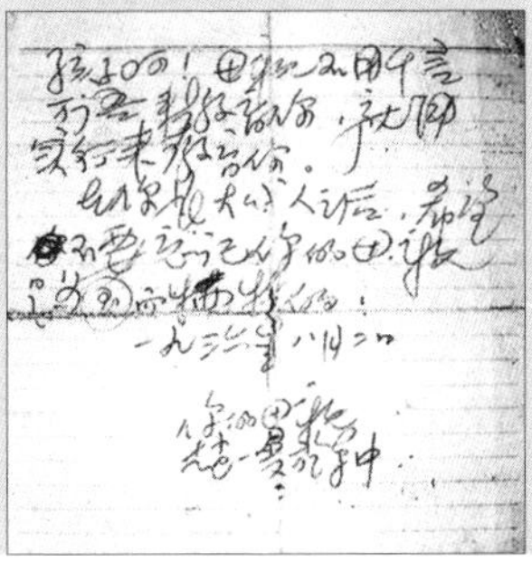

韩雅兰

1905—1943

为国家民族求解放

——1937年4月18日　韩雅兰致父母亲

亲爱的父亲、母亲：

儿过去曾寄过几次信给大人，想早赐阅矣。但至今未见大人的训示，想大人必因儿不告而走之故怪罪于儿，生气不理了，所以儿对此点终不能安心。

最近有友人从西安来此，听说父亲和母亲对儿之走很觉伤心，祖母恐怕更难过。儿听了也万分凄惨。大人平时最知儿之心情，也最疼爱儿的，这点儿早已深知，同时也是儿一〔以〕往对家庭留恋的主要原因之一。当那年玉妹被捕之事发生[①]，大人连年节都不过了，星夜地赶到上海，为她设法，使儿等更感到父母爱儿女之心太迫切了。那时父亲回家后，曾给儿一信。嘱咐儿应安心读书，不要再像玉妹一样教大人担心睡不着。那时儿接读信后，难过了几天，想想我们真有点对不住父母之爱。此后儿是时刻都不会忘记父亲痛心的话。然而儿不愿做个时代的落伍者，不愿落人后，同时又被感情支配着，这极痛苦大人是不会了解的。谁料前年又遭受圣域这样的侮辱[②]。为了不［让］使大人难过，为了孩子的问题，忍耐一切痛苦到现在。但是从那时起，儿已认清自己应走的正大的光明的道路，更认清了一个女子不应只靠一个丈夫。若完全依靠丈夫，结果会落得求死不得求生不能的苦境。亲爱的慈祥的父亲母亲，假如儿没有大人的疼爱和体贴，假如没有求得一点不受人欺侮的知识，那儿现在也只有死路一条了。圣域他固然给了我苦头吃，然而他也毁灭了他自己。儿想，他所受的损失或者比儿还要大呢。儿已受够了痛苦，人不能就这样消沉下去，自己毁灭自己。儿要为改造不合理的社会而奋斗，为后来女子求幸福，也要和男人一样为国家民族求解放，做一点有意义的事业，总比被人家气死有价值得多。这就是儿此次来延安的主要原因，请大人想想，章乃器、沈钧儒他们都起来挽救国家，儿受家庭社会的养育一场，怎能坐视不顾？所以儿决定来此学习一点真实学问，去应社会，求中国民族解放的方法。

大人爱儿也必知儿之性，对任何事，决不会轻举妄动，儿都经过长期的考虑过。这次到三原晓得了此地招生的事，儿曾经仔细地考虑过后才决定走的。因为时间的关系，不能回西安面商于大人。想大人看现在全国人民抗日的热情，也许会不再生儿之气。总之，儿不是不懂事的，盲目地瞎跟人跑的、跟人说的，儿现在所走的爱国的路，想必能得社会人士的谅解的。恳祈大人恕儿不告之罪，而仍以从前的爱儿之心来爱儿，则儿幸甚。

这里③的物质生活比较外面苦些，但精神方面则比外面快乐得多。什么话都可讲，很自由很坦白。凡是到这里来参观的没有不对这里发生好感的。前天来了两位大学教授，同时也是《申报周刊》编辑，他们参观的结果，印象非常的好，今天已经走了。最近外边到此地来的参观的非常多，时常有人来。

这里学校对于学习方面，教员讲得很好，同时很注重研究性质，学生能充分发表自己的意见，因此得的益处很多。儿觉得在这里的几月学习比外边学校几年的学习还要得的益处多。

由西安来的学生很多，各地都有，赵师长④的女和子都在这里，好些熟人，所以请大人放心。不要以为儿做得不对。这样多的人都和儿所做的一样，此地的女生已有三四十人。

敬祝

健安

漂泊的女儿 敬禀

4.18

---

①指作者的弟媳杨玉珊，1927年加入中国共产党，1934年在上海被捕。其父得知这个消息后，赶往南京、上海，企图设法营救，未果。

②此处指1935年写信人的丈夫王圣域纳妾之事。

③指陕北延安和抗大。

④指杨虎城部三十八军第十七师师长赵寿山。抗战期间，原杨部被改编为三十八军和九十六军，赵任三十八军军长。1941年加入中国共产党。解放战争期间任西北野战军副司令员。解放后先后任青海省人民政府主席、陕西省省长等职。

韩望尘与女儿韩雅兰合影,20世纪30年代初摄于上海

作者韩雅兰，1905年生于陕西省蒲城县。20世纪20年代在陕西省立女子师范学校读书期间参加中国共产党。1930年赴上海，进入复旦大学中国文学系学习，1936年6月毕业。同年秋，由上海返回西安，在西安女子中学教书。1936年底，赴延安参加中国人民抗日军事政治大学第二期学习。抗大第二期是1937年1月开学到8月结束。韩雅兰是抗大第二期第四大队女生区队的学员。

韩雅兰离家之前没有将此事告知父母，到延安后虽曾几次写信回家说明，但一直未接回信。她怕老人生气，故于4月18日写了这封信，讲述了自己去延安的缘由并介绍延安抗大的情况以便让父母谅解、放心。

1937年七七事变后，韩雅兰奉党的指示返回西安从事地下工作，参加陕西妇女抗日救亡运动。后患病，于1943年6月病逝，终年38岁。

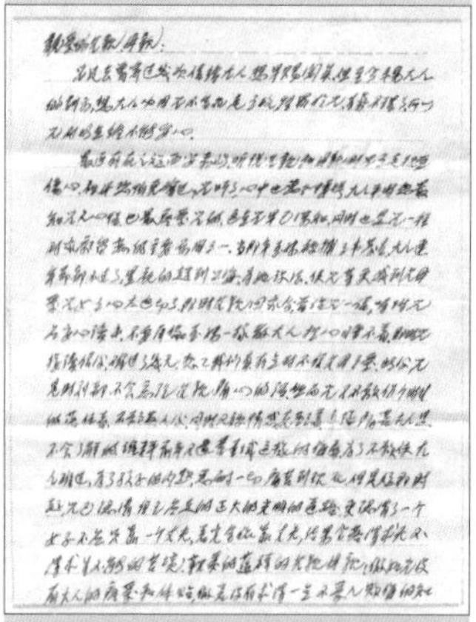

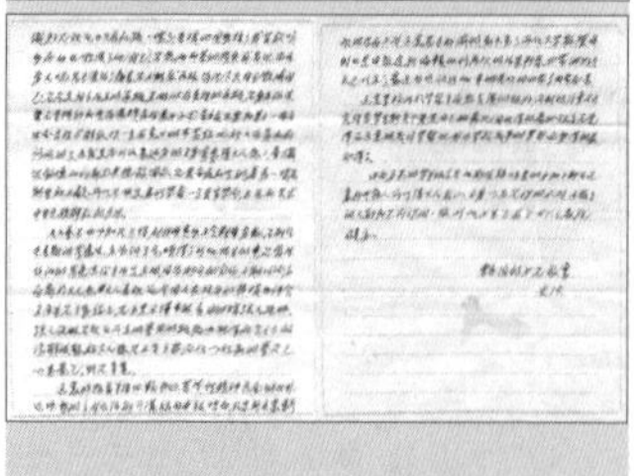

左　权

1905—1942

准备将来也不要一个铜板

——1937年12月3日　左权致母亲

母亲：

亡国奴的确不好当，在被日寇占领的区域内，日人大肆屠杀，奸淫掳抢，烧房子，等等，实在痛心。有些地方全村男女老幼全部杀光，所谓集体屠杀，有些捉来活埋活烧。有些地方的青年妇女，全部捉去，供其兽行。要增加苛捐杂税。一切企业矿产，统要没收。日寇不仅要亡我之国，并要灭我之种，亡国灭种惨祸，已临到每一个中国人民的头上。

现全国抗日战争，已进到一个严重的关头，华北、淞沪抗战，均遭挫败，但我们共产党主张救国良策，仍不能实现。眼见得抗战的失败，不是中国军队打不得，不是我们的武器不好，不是我们的军队少，而是战略战术上指挥的错误，是政府政策上的错误，不肯开放民众运动，不肯开放民主，怕武装民众，怕改善民众的生活。军官的蠢拙，军队纪律的坏，扰害民众，脱离民众等。我们曾一再向政府建议，并提出改善良策，他们都不能接受。这确是中国抗战的危机，如不能改善上述这些缺点与错误，抗战的前途，是黑暗的、悲惨的。

我们不敢〔管〕怎样，我们是要坚持到底，我们不断督促政府逐渐改变其政策，接受我们的办法，改善军队，改善指挥，改善作战方法。现在政府迁都[①]了，湖南成了军事政治的重地，我很希望湖南的民众大大地觉醒，兴奋起来，组织武装起来，成为民族解放自由战争中一支强有力的力量。因为湖南的民众，素来是很顽强的，在革命的事业上，是有光荣历史的。

我军在西北的战场上，不仅取得光荣的战绩，山西的民众，整个华北的民众，对我军极表好感。他们都唤着“八路军是我们的救星”。我们也决心与华北人民共艰苦，共生死。不敢〔管〕敌人怎样进攻，我们准备不回到黄河南岸来。我们改编为国民革命军后，当局对我们仍然是苛刻，但我全军将士，都有一个决心，为了民族国家的利益，过去没有一个铜板，现在仍然是没有一个铜板，准备将来也不要一个铜板，过去吃过草，准备还吃草。

母亲！你好吗？家里的人都好吗？我时刻记念着！

敬祝

福安

男　自林[②]

12月3日于洪洞

①1937年11月20日，中国国民政府迁都重庆。

②自林：左权的乳名。

左　权

作者左权，原名左纪权，号叔仁，1905年3月15日生于湖南省醴陵县平桥乡黄茅岭一个农民家庭。1924年考入广州孙中山大元帅府军政部主办的陆军讲武学校，编入第一队，参加了镇压商团叛乱。同年11月陆军讲武学校一、二队学员转入黄埔军校。1925年2月，左权在黄埔军校加入中国共产党，同年12月到莫斯科，先后在中山大学、伏龙芝军事学院学习。1930年6月回国，先后担任中国红军军官学校第一分校教育长，以后历任新十二军军长，红一方面军总前委参谋处长，红五军团第十五军政委、军长，红一军团参谋长等职，参加了长征。

1937年8月，中国工农红军改编为国民革命军第八路军，左权任八路军副总参谋长。1940年参与领导了著名的百团大战。1941年取得保卫八路军黄崖洞兵工厂的“黄崖大捷”。1942年5月25日，在指挥八路军总部机关转移时，被敌人的炮弹击中牺牲，时年37岁。

左权自19岁离家，就再也没有回过家。1949年，解放军南下，朱德总司令要求入湘部队绕道醴陵去看望左权将军的老母亲。英雄母亲才知道自己日思夜想的小儿子已为国捐躯7年了。

王孝慈

1905—1992

抗战是我们的神圣职责

——1938年10月25日　王孝慈致弟弟向宗圣

吾谦爱弟：

来信收阅，备悉一切。“抗战”是我们伟大的母亲，她正在产生新的中国、新的民族、新的人民。我们要在战争环境中受到锻炼，我们要在敌人的炮火下壮大起来。抗战是我们的神圣职责。我们的健康、智慧及勇敢要在抗战中诞生，要在抗战胜利中光扬发大〔发扬光大〕，我们要为驱逐日敌寇出中国抗战到底，我们要为争取中华民族解放事业奋斗到底。

俊安说：“他至死也不愿退出黄河！”这句话听了让人如何兴奋、如何激动!这种意识不仅表现了他是我们的好子弟，而且表现了他是中华民族的好男儿，他是黄帝轩辕氏的好儿女，他不仅是我的儿子，同时也成了〈我〉的战友。因此，我当更对他关切、对他爱护，我托了朋友，抗战的朋友照顾他的生活了，祈你们勿念！

你是一位不满十七岁的青年，正应当在人生的大道上努力前进！你现在度着教书的生活，我认为这是不利于你的前途的。我不愿你把你的教师生活继续下去，你应立即奔上抗日的战场，在战斗的环境中创造你的人生，开辟你的前途！俊安是我的爱子，我既赞成他的行动，这绝不是无意味的称赞。你了解吗？也希望你打破庸俗人的见解，勇敢地走上民族解放的战场，与俊安、与阿兄、与全中国抗战的朋友们、与全世界拥护正义的人士们，手携手地向光明、向真理的大道前进！

西娃[1]念书是次要的问题，脱离旧乡村旧家庭，走向新环境、新时代的大道，却是首要的事情。你了解我的意思吗？人是环境的产物，客观的环境是人们真正的学校，铁工厂里出铁匠，蒸馍铺里出的蒸馍技师，宋家出的吊粉的，冯家出的拧绳的。封建的旧家庭产生的是家庭奴隶，大工厂里产生的〈是〉赁银奴隶。在阶级斗争过程中即产生阶级解放战士，在全民族抗战的战场上便产生了中华民族解放的英雄。以上的道理，你懂得吗？我希望你们能把西娃送到陕北边区去，或送到我处来，或送到西安纱厂当女工去，这都是正当的办法。老实说一句话，西娃在家中待下去，必定要变成家庭奴隶。我记得西娃在小时是那样的活泼，但在去年我见她时，她是那样的不活泼而无生气。真使我伤感，这不是某个人的罪过，这是时代的罪恶，这是环境束缚的结果，你倘若要在吾家乡待下去，也要和西娃变成一样的不活泼，所区别者，不过男女性的分别而已。

“四月解冰八月飞霜”这是人们形容辽县气候的话。可是我们住的和顺，现在还是七月，早已下霜了，人们都需要穿棉衣，我们这里到冬天的寒冷就可想而知了。我不久要去河北省，特此告你，来信仍寄旧址。

附及[2]：

这封信是一九三七年十月二十五日，在和顺石拐写给老五的。距今已二十三年了，老五在抗战时，在兰村战斗中负伤而后牺牲了。一九六一年六月二十三日孝慈记

①西娃：指王孝慈的大女儿，1923年生。

②此封家书是用毛笔书写的，在信的末端有一段附及内容，是王孝慈60年代回家乡用钢笔字补记的。附及内容中的一九三七年十月二十五日，应该是1938年10月25日，可能是推算错误。

王孝慈，1905年生，陕西渭南人。1925年在西安上中学时积极参加反帝反军阀斗争。1927年入西安中山军事学校学习，同年加入中国共产党。1928年参加渭华起义，

王孝慈，摄于1953年

曾担任延长、宜川特区党委书记。1930年至1937年从事地下工作，曾三次被国民党逮捕，入狱6年，遭受严刑拷打，但他始终坚贞不屈，保持一个共产党员的革命气节。

1937年10月，王孝慈跟着陈赓到了阳泉，被任命为正太路沿线特委组织部部长，率领阳泉矿工抗日游击队开展武装斗争。同年11月平定抗日游击队成立，任政委。1938年后先后担任晋中地委组织部部长、冀西地委书记、太南区党委组织部部长。在此期间，他的儿子向俊安参加了八路军，走向抗日战场，父子并肩作战。

1938年10月，王孝慈给他的五弟向宗圣写信，鼓励他走出家乡奔赴抗日前线："你应立即奔上抗日的战场，在战斗的环境中创造你的人生，开辟你的前途！"向宗圣，1920年生，王孝慈的五弟，即信中的老五。原在家乡陕西渭南教书，在其兄王孝慈的感召下，1938年底离开日寇从未染指的家乡，奔赴山西抗战前线，参加了八路军。1942年5月23日，在山西忻县兰村与日寇的激战中被炮火击中，不幸牺牲。

1945年4月，王孝慈作为正式代表参加了党的七大。新中国成立后，历任天津铁路局党委副书记、全国铁路工会副主席、北京铁道学院（今北京交通大学）院长、甘肃省副省长、甘肃省政协副主席和全国政协常委。1989年离休，1992年8月在北京逝世。

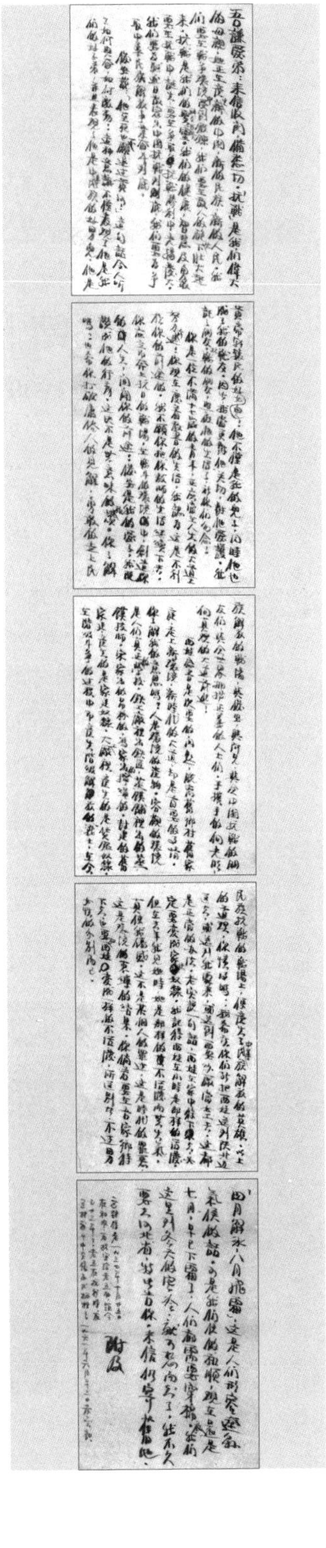

王雨亭

1892—1967

你要踏上民族解放战争的最前线

——1939年6月4日　王雨亭致儿子王唯真

真儿：

这是个大时代，你要踏上民族解放战争的最前线，我当然要助成你的志愿，决不能因为“舐犊之爱”而掩没了我们的民族意识。别矣，真儿！但愿你虚心学习，勿忘我平时所教训你的“有恒七分，达观三分”，锻炼你的体魄，充实你的学问，造就一个强健而又智慧的现代青年，来为新中国而努力奋斗！

中华民国廿八年六月四日写于香港旅顺

王雨亭

王雨亭

七七事变后，全国抗日救亡运动不断高涨，旅居海外的华侨纷纷毁家纾难，踏上归国的路程。1938年10月，旅居菲律宾的华侨王雨亭，送自己年仅15岁的儿子王唯真回国参加抗战，途经香港和儿子分手的时候，在儿子的小笔记本上留下了自己的临别赠言。短短的几句话，舐犊情深，一位父亲对儿子的期望，以及对祖国和民族的热爱跃然纸上。

家书作者王雨亭（1892—1967），福建泉州人。1908年赴马来西亚谋生。早年加入同盟会。1932年与著名侨领庄希泉一起在菲律宾创办《前驱日报》，王雨亭担任总编辑。七七事变爆发后，王雨亭受廖承志和成仿吾委托，先后介绍上百名华侨青年回国到延安陕北公学和抗日军政大学学习。1938年，王雨亭加入中国共产党。

1939年8月，王唯真到达西安，被安排在安吴堡青训班学习。1940年10月，作为延安“青年剧团”唯一的华侨青年，王唯真加入了中国共产党。1941年8月，因有绘画才能，王唯真被推荐到延安《解放日报》画战争形势图。一个偶然的机会，王唯真被发现英语不错，从而调到新华社工作，先后担任英文翻译和广播科国际新闻编辑。

1949年北平解放，王雨亭陪同陈嘉庚从香港来京参加筹备第一届全国政治协商会议，父子在京重逢，格外高兴。当王唯真把10年前的“临别赠言”拿给父亲看时，王雨亭感慨地说：“唯真，当年你选择奔赴延安的路走对了！”

胡孟晋

1912—1947

谁不留恋家庭的甜蜜

——1939年11月28日　胡孟晋致妻子张惠

最亲爱的惠啊：

我们又要离别了！当你听了离别的声音，或者不高兴吧！

亲爱的，谁不愿骨肉的团聚，谁不留恋家庭的甜蜜。要知道国家民族重要，〈比〉个人前途重要，因此又要别离亲人，而远征他乡了。

为了你的寂寞，为了你的思念，千里外的我，暂时停了救国的工作，越津浦跨淮南，到达别离一载的故乡来。二月来的团聚欢谈，畅言国事，解释问题，你的政治水准提高了，民族意识加强了，革命的阵营中，增加一位健将了。

畸形发展的中国，教育不普及，人民的知识简单，而妇女尤甚，只要家而不顾国。大难当头，应踊跃赴前线杀敌，而妇女们阻碍其夫或其子之伟志。希望你将无知识的妇女组织起来，宣传和教育她们，使伊等知道“皮之不存，毛何〔将〕附焉〔焉附〕?”“国之不存家何在?”使她们不至含泪终日，倚门遥望前线上的夫、子早日归来呢！（望胜利归来。）

惠，最亲爱的人，你是妇女中的先进者，对于我这次的外出，请不要依恋，要知道你爱人的走，不是故意地抛弃你，而是为着革命，为着独立自由幸福的新中国而努力奋斗的啊！

家庭经济之困难，生活之痛苦，我是深知的。要革命成功，须经过困难艰苦的阶段，当此环境中是要立定脚跟，具坚强之意志，任何之外诱，不可动摇的，“国危见忠臣”，在困难中锻炼成真正的革命者啊！

富贵反多忧。钱是要人用，不要给钱用了人。在此抗战时，多少富翁成寒士，由此看来，金钱不足恃也。对于穷人要客气，要同情他；对富人也要与对普通人一样；对于守财奴，少与之来往，因为他只认钱，不认人，这些人不要看起他，但与之面子往来而已。

惠啊，我们要认清时代，当此革命时期，家庭衣食可维持就够了，不要有其他念头。要知道整千整万的难民，千百万的劳苦大众，生活是多么的痛苦啊！人生是要做伟大事业，而不是做了金钱的奴隶啊！太看重金钱的人是最污脏的，不要与之往来。

爱人啊，你在无事的时候，多多阅读书报，可使你知识进步，多多想工作的方法，切不要空想，也不要太挂念在外的我，劳神伤身，于事无益。好好教养二个小孩，切忌打骂。处家事，对外人，言语态度等事，可参考我的日记和通信，要切实地做，不然我的心思枉费了。请你真正地做吧，否则，太对不起在外的人呢！

最亲爱的人，你不要太念我，你的厚情我是知道的，我不是个薄情的人，请你放心，决不辜负你的热情啊！

在外的我，身体自知珍重，一切当知留心，请你安心在乡努力妇女解放的事业，成为女英雄，我在外对革命之伟业亦更加努力啊！别了，别了！

此致

敬礼

廿八，十一，廿八

群 于舒百

胡孟晋，原名永荣，生于1912年，卒于1947年。原籍安徽庐江，后移居舒城百神庙钟家畈村。8岁入小学，12岁考入舒城县立桃溪高级小学，在校期间学习勤奋，成绩优异。毕业后入舒城中学读书，后又高分考入安徽省立池州（乡村）师范学校（高级师范

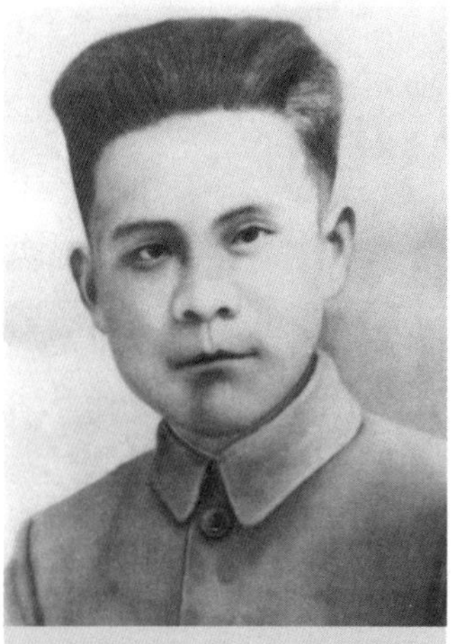
胡孟晋，摄于抗战前

张惠，摄于抗战前

班），曾任该校校刊编辑。1936年毕业回舒城，在当地办学，推行陶行知先生的教育思想，倡导白话文。胡孟晋在池州师范时，经朋友介绍，认识了张惠，双方情投意合，不久成婚，婚后生活甜美，感情甚笃。

1938年春，胡孟晋加入中国共产党。1938年底至1939年初，任新四军四支队政治部战地服务团民运队五组组长，随军东进，协助汪道涵同志开展统战工作，组织群众救亡团体。1939年7月，新四军五支队成立时，他调任司令部秘书，随司令罗炳辉、政委郭述申转战淮南津浦路一带。

1939年11月28日，胡孟晋结束了在家乡舒城的两个月假期，即将返回前线。面对依依不舍的妻子张惠，他强忍离别之伤痛，尽力勉慰妻子，写下了一封辞别书。

1942年，为坚持皖江地区的抗日斗争，胡孟晋奉命去巢湖以东开辟工作，任湖东县中心县委委员、五区工委书记。1945年春，他调任湖东中心县委组织部任副部长。抗战胜利，《双十协定》后，新四军第七师奉命北撤，胡孟晋随军开赴苏北，先后任苏皖边区政府民政厅干部科科长、中共边区政府直属机关党总支书记。此时他已身患重病，仍坚持工作。

1946年秋，蒋军重点进攻解放区，华中分局和边区政府后方机关北撤山东。胡孟晋随队北移，后又北渡黄河，驻冀南故城，1947年夏不幸病逝。不久，张惠决定北上将烈士遗骸运回家乡。经舒城县人民政府函请山东省暨河北故城县同意，她仅用一床棉被，自行千里将烈士遗骸运回。县领导无不敬佩称奇，并给予一口棺材重新装殓，安葬于故乡舒城钟家畈村，立碑纪念。

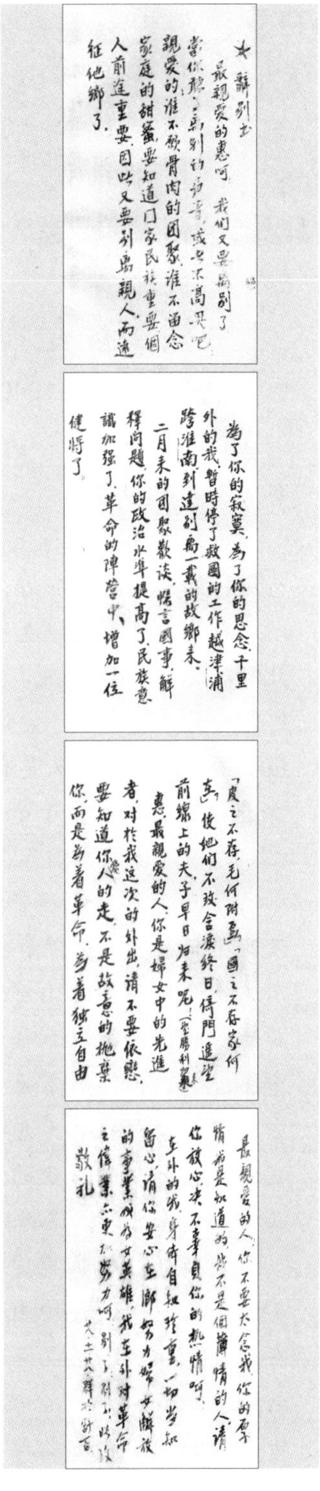
★辭别书

最親爱的惠呵，我们又要离别了，當你聽了离别的声音，或也不禁哭吧。親爱的，谁不願骨肉的团聚，谁不留念家庭的甜蜜，要知道國家民族重要，個人前途重要，因此又要别离親人而遠征他鄉了。

為了你的寂寞，為了你的思念，千里外的我，暫時停了救國的工作，越津浦跨淮南到達别离一載的故鄉来。二月来的團聚歡談，暢言國事，解釋问題，你的政治水準提高了，民族意識加强了，革命的陣营中，增加一位健將了。

「皮之不存，毛何附焉」「國之不存，家何在」，使她们不致含淚終日，倚門遠望前線上的夫子早日归来呢！（望勝利萬歲）

惠，最親爱的人，你是婦女中的先進者，对於我这次的外出，请不要依戀，要知道你人的走，不是故意的抛棄你，而是為着革命，為着独立自由

最親爱的人，你不要太念我，你的厚情我是知道的，我不是個薄情的人，請你放心，决不辜負你的热情呵。在外的我，身体自知珍重，一切当知留心，請你安心在鄉努力婦女解放的事業，成為女英雄，我在外对革命之偉業亦更加努力呵。别了，别了，[illegible]

敬礼

[illegible]·十二·廿八·晋於[illegible]

符　克

1915—1940

我实在是没有机会与能力来报答你们

——1940年2月21日　符克致爸爸、大哥

爸爸和大哥：

前月在港时曾付上一函，来书收到否？念念！家惠兄于前日来港得遇，知阖家均告安好，生意也比前兴旺，喜慰得很！

我于去年底本拟返贡一行，曾因环境不许，不得不作罢论了。正在此时琼侨救总会诸公，为展开琼崖救济工作，加强华侨与当地政府的联络，乃设立总会救济会琼崖办事处，其主任一职要我来负，同时总会各服务团总的领导人又是我，因此之故，这次［能］不得不重返琼崖，负责进行救亡工作。于是，返贡之念暂时只好打消了。爸和哥！别挂心吧！鬼子赶出国土以后，我们一定能胜，得以共叙天伦之乐的！

我已于前月底携带大批西药品及慰劳品抵广州湾，因年关关系，没有船只来往，迫得暂住这里。料再逗留数天，须能渡舟了。

我近来身体都比前健康，故物质生活虽然是艰苦一点，但精神总是愉快的，并未感到任何痛苦的地方。至于工作虽然是在危险的环境中去进行，似随时有生命之危，但我能时刻谨慎小心，灵活机智且人吉天相，想必安然无恙也。假使遇有不幸，也算是我所负的历史使命完结了，是我的人生的最大休息了。总之，愿望你们保重身体，和睦共聚，经营生意，谋将来家庭之发展，勿时常挂我于心也。

爸和哥：你们宠爱和抚育我的艰苦和尽致，我时刻是牢记着的。不过，在中国这样的国家里头，特别是这样严重的国难时期中，我实在是没有机会与能力来报答你们的。也许你们会反骂我不情不孝吧。爸和哥别怀疑和误会吧！我之自动参加救国工作，不惜牺牲自己生命，为的是尽自己之天职，尽其能力贡献于民族解放之事业而已。我

相信你们是了解的。国家亡了我们就做人家的奴隶了，抗战救国争取胜利，不是少数所能负得起的。我之参加革命工作也希望你们放大眼光与胸怀，给予无限的同情与原谅吧。

谨此，祝

阖家均安！

克 上

二月十一日于西营

符 克

符克，原名符家客，1915年生于海南省文昌县。1927年参加昌洒乡童子团，并任团长。1933年侨居越南任小学教员，1935年考入暨南大学。七七事变后，符克积极参加抗日救国运动，在上海、南京、绥远、山东等地进行抗日活动。1938年初赴延安陕北公学学习，并加入中国共产党。同年秋，党中央为了动员和组织华侨参加抗日救国，选拔一批优秀共产党员和青年学生组成海外工作团，到东南亚各国开展华侨工作，符克参加该团，受党的派遣到越南发动华侨支援祖国抗日，任越南琼崖华侨救国会常委。

1939年2月，日军入侵海南岛，符克率领40余名旅越琼侨进步青年偷渡回琼参加抗战。年底在香港，由宋庆龄任名誉会长的琼侨联合总会批准，符克被任命为联合总会救

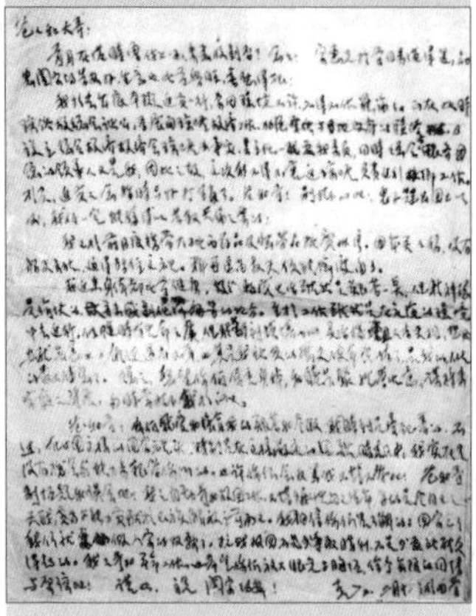

济部驻琼办事处主任兼回乡服务团总团长。1940年8月，符克和中共地下党员韦义光一起被国民党广东省第九区督察专员兼保安司令吴道南派人杀害，年仅25岁。1951年，原中共琼崖特委书记、琼崖独立总队总队长冯白驹将军为符克烈士题词：生为民，死为民；生伟大，死光荣。

程 雄

1919—1943

儿为伟大而生，光荣而死

——1940年5月 程雄致父母

亲爱的双亲大人膝下：

儿这次为了民族，为了阶级，为了可爱的家乡，为了骨肉相连的弟妹，求得生存和幸福，儿不得不来信辞别双亲大人，如果不能活着的话，双亲大人应保重玉体，抚育好弟妹。生活难度的话，可卖掉土地、房屋，把生命糊过来，到十年八年我们就好了，有饭吃，有衣穿，有房子住。现在儿就要离开大别山，走上最前线消灭敌人，保卫中华，望双亲不要悲伤挂念。儿为伟大而生，光荣而死，是我做儿子最后的心意，罪甚！罪甚！

儿 实穗

程雄，乳名实穗，又名世杰。1919年9月出生，安徽省岳西县店前镇人。1938年在店前参加省属二十六工作团任委员，同年加入中国共产党。1939年到新四军江北游击纵队，1940年在该队举办的青年大队学习，4月上旬到路东省委驻地来安县半塔，5月分

程　雄

配到新四军第二师第五旅十三团二营三连任副政治指导员兼党支部书记、连长等职。临行前，他给双亲写下了上面这封家书，从信中可知他已经做好了为国家和民族牺牲的准备，同时又为不能为父母尽孝而自责。1943年8月17日，他在江苏省六合县桂子山与日本侵略军的作战中壮烈牺牲，年仅24岁。

金方昌

1920—1940

我在死前一分钟，都要为无产阶级工作

——1940年12月2日　金方昌致胞兄金永昌、金默生

永昌、默生胞兄：

我于二十九年十一月二十三号在大西庄村被敌捕。临捕时以手枪向敌射击，弹尽，将枪埋藏后拼命北跑，敌有骑兵追上被捉。我高呼中华民族解放万岁，并向敌伪讲演。

我在敌人的牢狱里、法庭上、拷打中、利诱中始终没有半点屈服、惧怕。我在被捕后没有丝毫悲伤，我只有仇恨和斗争。我知道我是为了民族的解放、全人类的解放而牺牲。我在牢狱是向这些罪人工作着。我没有想过我再会活，也决不会活，我只有死。不过我在死前一分钟，都要为无产阶级工作。

我要求哥哥们：

一、能坚决为无产阶级革命奋斗到最后胜利的时候，这不仅是你们要有这种人生观，能为这种事业干，并且得把自己锻炼成像列宁、斯大林、毛泽东一样会运用马列主义到实际中去。这样才能使自己坚持到无产阶级革命成功的时候。这里边还有这样希望，就是希望你们能在快乐的、幸福的共产主义社会里生活。最后希望到那时候你们还存在。

二、要求哥哥们能把咱们弟弟侄侄们都能培养成无产阶级的革命战士。尤其是把七弟（尔昌）能培养成坚强的革命伟大人物。

哥哥们永别了！祝你们健康，致最后敬礼！

你的弟弟写于敌人的木牢

十二，二

金方昌

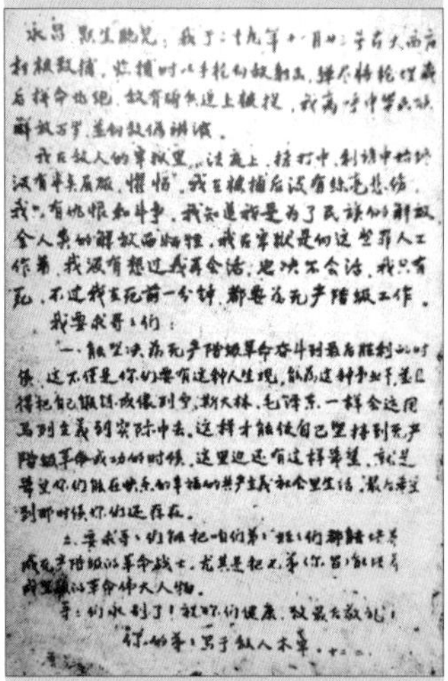

永昌 聚生胞兄：我于二十九年十一月廿三号在大西庄村被敌捕，当捕时以手枪向敌射击，弹尽将枪埋藏后拼命出绝，敌有骑兵追上被捉，我高呼中华民族解放万岁，並向敌伪讲演。

我在敌人的牢狱里，法庭上，拷打中，刑讯中始终没有半点屈服、懊悔。我自被捕后没有丝毫悲伤，我只有仇恨和斗争，我知道我是为了民族的解放全人类的解放而牺牲，我在牢狱是向这些敌人工作着，我没有想过我再会活，也决不会活，我只有死，不过我在死前一分钟，都要为无产阶级工作。

我要求哥哥们：

一、能坚决为无产阶级革命奋斗到最后胜利的时候，这不但是你们要有这种人生观，而为这种事业干，並且将把自己锻炼成像列宁、斯大林、毛泽东一样会运用马列主义到实际中去。这样才能使自己坚持到无产阶级革命成功的时候。这里边还有这样希望，就是希望你们能在光荣的幸福的共产主义社会里生活，最后希望到那时候你们还存在。

二、要求哥哥们能把咱们弟弟妹妹们都能使其成无产阶级的革命战士，尤其是把三弟（尔昌）能使其成坚强的革命伟大人物。

哥哥们永别了！祝你们健康，致最后敬礼！

你的弟弟方昌于敌人狱中 十二、二、

金方昌（1920—1940），山东聊城人，回族。1935年考入聊城省立第三中学。1936年加入中华民族解放先锋队，投入学生抗日救亡运动。1937年卢沟桥事变后，随兄长到山西参加抗战，赴山西抗日民族革命大学学习。1938年2月加入中国共产党，8月毕业，分配到晋察冀边区工作，任代县牺盟会秘书。不久，调任中共代县赵家湾区区委书记。1939年冬，调到地处日伪统治中心地带、抗日工作基础薄弱的城关区任区委书记。1940年2月，当选为中共代县县委委员。

1940年11月23日，金方昌与自卫队区大队长周致远等几位战友在代县城东北赤土沟一带顺利完成督送公粮任务后，夜宿大西庄村西山洞，被敌探告密，遭敌200多名步骑兵包围，突围时子弹用尽，与敌徒手搏斗，因寡不敌众被捕。在狱中，金方昌面对日军利诱、酷刑，威武不屈，被敌挖掉一只眼球，砍掉一条胳膊，被折磨得不成人形，仍坚持斗争。1940年12月3日，慷慨就义，年仅20岁。

孙晓梅

1914—1943

决不做民族罪人

——1941年5月1日　孙晓梅致姨母

姨母大人：

“人非木石，孰能无情？”“羊跪食乳，尚识天性之恩”，何况人乎！来信读后，心肺实存难言之痛！然时代迫使如此，曾望深谅是幸！

所言各节，全为顽固分子之谣言，现在梅等全以舌耕糊口，何曾在军队服务？正因为米珠薪桂，所入不敷所出，故有要求家庭津贴之意见见诸前信；要是服务四军，谈四军的艰苦奋斗之部队，所有人员决不愿向人诉苦，即使是家庭，他们亦无若何企求。由此已可证明梅等之目前生活情形及行踪，望可对外人言之，加以声明和解释，莫将来弄成误会。

大江南北，充第四军足踪。所谓解散四军，原为一般投降顽固派自己心里想的事，过去十年都消灭不掉，今天谈何容易？在抗战过程中，据云，四军力量已扩大到12万人。以前听人家说，在事变初期，由赣湘等省集中时，仅数千人，现在所谓被解散的不过其中军部的一部分。据当地老百姓告诉我们，他们的主力全集中在苏北。在江南，也有他们一部分，离这里很远，我们时有所闻，在江南北经常有四军的胜利消息，在此地的民众，非常敬佩，并称他们为神兵。不过都与我们无涉，我们只吃我们的粉笔屑，过我们的冷板凳生活。

我身体很坏，时常生病。幸寄父母侍服我，心里非常过意不去。在上次信中，曾经信母亲，要她老人家寄几斤茶叶来给我，现在仍请转告，能早些寄来给我以便我送给他们老人家，聊表我的谢意！我想，母亲一定会答应我的要求，姨母你想怎么样？

家事无人料理，确常在我的意料之中，不过梅等亦出于无奈。欲归无力，欲动无能，唯有恳转姨母代为料理，并能督促煦弟，有以助母亲一臂，来日事平之后，梅等决不忘大恩大德。母亲年事日长，有望莫操劳过度，一切看破一点。反正，生不带来，死不带去，所谓赤裸裸地来到这世界，转眼间又将赤手空拳地回去，所不能平的，不能白白地来世走一遭。梅等正有鉴于斯，愿奔走他乡，自谋而生，不愿苟安偷生，将生易轻若鸿毛，这点望能深谅梅等之苦衷，俟后莫再烦言，阻梅等之行动，实为万幸！

大人等幼读四书，文墨知其一二种，义识其大端。岳飞之能留芳千古，实其母造就大半。若当年其母不鼓历〔励〕他尽忠报国，令其为国效劳，何来今天之岳坟、岳庙昭名千古？孟子、徐庶等要皆有贤母，有望母亲能以古之贤母之精神来教诲子女。

国不保，家何能存？在此民族生死关头，望母亲能以国家为主、民族至上，莫以区区儿女情，而埋没子孙的前途。梅等虽非岳飞以及其他人可比拟，且亦无岳飞之时机、境遇，然古人之精神，堪为梅等学习，想姨母及母亲亦必同情也。

“谁无父母，提幼奉负？谁无夫妇，如宾如友？谁无兄弟，如足如手？生也何恩，死也何咎？”正因为人类不应残杀，然人已残杀我，而我能不自卫乎？想三四年来，多少人妻离子散？多少人家破人亡？多少人尸骨分飞？多少人战死沙场？想人生不免一死，不过死得其时而得所值乎?！望姨母劝慰母亲，一切从远着想，莫听无稽之谈，而效井底之蛙语，一手不能掩尽天下人耳目，公理最后终能得胜利。

梅等不敏，然不愿做时代之落伍人，虽无能，亦必勉力追随历史之轮。如今天生活虽云清苦，愿自勉，决不做民族罪人。

所有亲戚友好，望能代梅问候致安！如有机缘，当返里亲候慈颜。阅报章，宁波吃紧，不知影响家乡否？现在草纸价值若干，海口被封，销路当大受影响，全村人民，当受冻饿之忧矣！

时交夏令，寒暖不匀，望能保养玉体，并努力加餐是幸。临风寄意，不尽所怀。专此敬请

金安！并颂

阖府康泰！

甥 陈云

五一灯下

茶叶望能早日寄来！

昨日延医诊治，曾打一针，身体想不日可疾健，望勿念！又写。

孙晓梅（1914—1943），又名肖曼，化名陈云，浙江富阳人。全民族抗战爆发后，拿起手中的笔，积极宣传抗日。1938年10月，参加新四军，先后在军服务团和政治部农村经济调查研究组工作。1940年，前往苏南敌后抗日根据地，开展抗日民运工作。同年9月，加入中国共产党。1941年1月，任中共镇丹（后改为北山）县委妇女部部长。同年7月，任中共武进县委妇女部部长。1943年，调中共长江工委任政治交通员。同年5月，护送我党干部返回途中，在南京龙潭被日军逮捕，英勇就义，时年29岁。

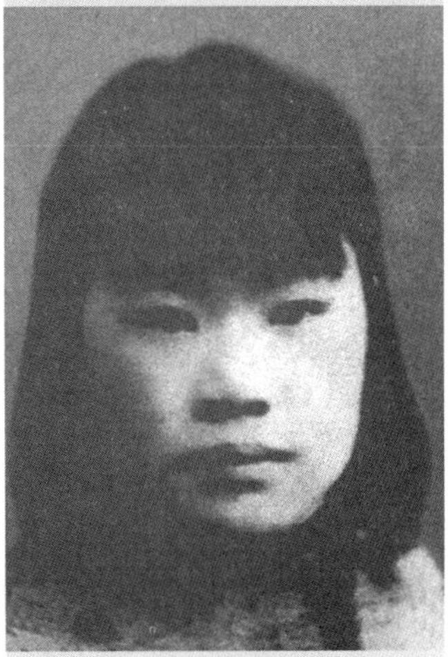

孙晓梅

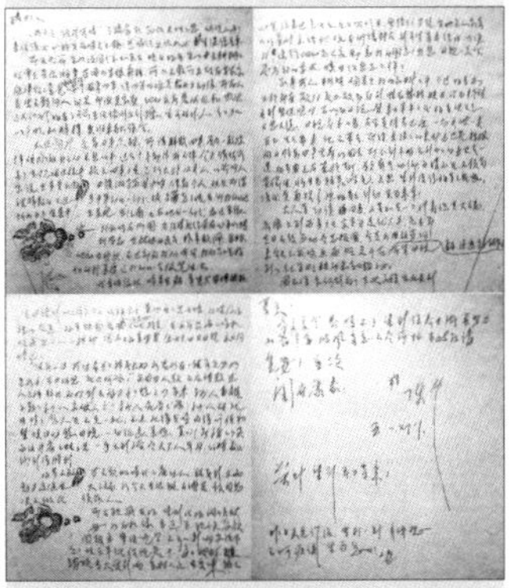

1941年春，孙晓梅在苏南从事党的秘密抗日工作时，接到了姨母来信。当时正值皖南事变后不久，国民党顽固派极力叫嚣要取消新四军番号，姨母在信中对孙晓梅的安危深表关切，望其能念及母女之情，及时回家侍奉老母。5月1日，孙晓梅给姨母写了这封回信，希望姨母和母亲能够理解，并请她们效仿岳飞、孟子、徐庶诸人的母亲，支持自己为革命理想而奋斗的伟大志向。

彭雪枫

1907—1944

有了你，我足以自豪了

——1941年9月6日　彭雪枫致未婚妻林颖

林颖同志：

昨夜月色皎洁，正开着会，接到你的信！怎么读下去呢？那样靠得近的好几个同志。而会又开得那样长，二时半才散了会。读了你的信，三时就寝，左右睡不着，翻了几个身，司号员已经打号音了，于是只好起床，到河边去了。我想了许多问题。

我觉得你的战术布置得很周到很老练，各方面都顾到了，你费了心血！我是如何的同情你！我永远记着你的话："抱着坚定的胜利的信心！"相信，我们的胜利信心是坚定的，是不可拔的！是任何煽动都动摇不了的。

9月，这月份对于我有特别意义，是我生平过程中的转捩点。阴历的八月初二（往往是在阳历的九月）是我的生日（不必为外人道），1926年的9月2日是我由当时的青年团转入党的日子，1930年的9月我们从长沙入江西开始建立苏维埃，而1941年的9月呢，终身大事得以决定了！这叫作"巧合"吧，我总以为我还是一个孩子。

我完全同意你所提的意见，盼望你"运用之妙存乎一心"，按部就班逐一实现。事在人为，"有志者事竟成"，鼓励你加倍努力，但我并不急躁，虽然总想见到你而一吐肺腑……我想，我俩是为了党的事业，为了革命的伟大的爱！相互帮助，相互鼓励，相互安慰，使我们的事业更前进些更收获大些，这应当是我们的神圣的目标，有了你，我足以自豪了！

说到去淮南学习，我是同意的，这必得请示区党委，这是你的组织系统的事，我不应也不能干涉你。不过，淮南有否合适的学习场合？在淮北有否以另一种学习制度来代替？都要严密加以考虑才好，要是仅仅地为着“切断”，那倒似乎不必小题大做。在私情上说，我不愿意你去，诚恳地不愿意你去！尤其是在今天！至于恐怕“被发觉”，我想那是在乎我们的“艺术”了，不常见面是可以的呀，只要能常通信！淮南，那么遥远，有多么不方便！多么急人哪！最好在区党委，子久、瑞龙都可以帮助你学习，他们都是很器重很爱护你的，我们的事，可以不声不响，我能够遵照你的嘱咐。即便是有了风传，又有什么呢？话总会有人说的，何况这里，还可请二刘[①]甚至希凌，为我们撮合，或者预先透出一点意见给希凌，那自然会没大问题了。但这事必须过细考虑，综以使事情平淡过去，不给人以更大刺激为妙，你以为然否？你听我的话吗？这只是一个建议。

数日以来，我的心情是从来没有过这样的，简直异乎寻常了！我想到我们的现在和将来、我们的事业、我们的远景！祝福你！

书，我这里有几本，不知道你喜欢看哪一种。先送上《列宁传》一册，《什么是列宁主义》一册，你先看，这里的书半年之内你是读不完的，只要你有工夫。

笔，手头没有，机要科已经到远远的地方买去了，回来了可以挤一支送你。没有笔是急人的呀。

另送上自由日记一本，那是恰巧今天人家送我的，外稿纸若干张、信纸若干张。

我的想象中，你的信，雪片般地飞来！

祝你

平安！

雪枫 9月6日午后3时于半城

明天的妇女干部会，子久要我作政治报告，真是难题，特别是在这个时候，恐怕要交白卷了。

①二刘：指刘子久、刘瑞龙。

新四军第四师师长兼政治委员彭雪枫

彭雪枫与妻子林颖在洪泽湖根据地

彭雪枫(1907—1944)，原名彭修道，河南南阳镇平县七里庄人。红军和新四军的杰出指挥员、军事家、革命家，抗日战争中新四军牺牲的最高将领。1926年9月加入中国共产党。1930年5月被派到苏区，1934年10月参加长征，任军委第一野战纵队一梯队队长、红三军团五师师长、陕甘支队第二纵队司令员、红一军团四师政治委员。1936年秋被派往太原等地，做团结各界爱国人士、联合阎锡山抗日的统一战线工作。

抗战爆发后，彭雪枫任八路军总部参谋处处长兼驻晋办事处主任。1938年春，调赴河南确山竹沟，任中共河南省委军事部部长，组织训练抗日武装。同年9月组建新四军游击支队，任司令员兼政治委员，领导开辟豫皖苏边区抗日根据地。后任新四军第六支队司令员兼政治委员、八路军第四纵队司令员。1941年皖南事变后，任新四军四师师长兼政治委员。1944年9月11日，在河南省夏邑八里庄指挥作战时不幸被流弹打中牺牲，时年37岁。

收信人林颖，原名周裕群，后改为周玉琼，1920年生，湖北襄阳人。1938年，加入中国共产党。1941年9月24日，与新四军第四师师长兼政委彭雪枫结婚。新中国成立后，在纺织工业部工作，后任北京市轻工业局副局长、纺织工业部机械局副局长，1985年10月离职休养。

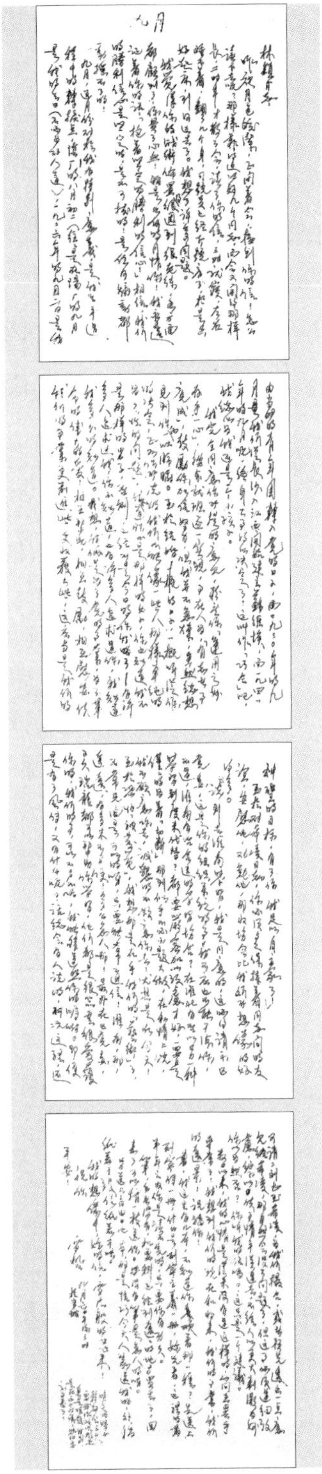

李云鹏

1920—1943

我的性格与前也有些不同了

——1942年5月18日　李云鹏致父母亲

父母亲大人大鉴：

敬禀者男于前几日接大人清明之来信一封，洞悉家情，知家中遭此不测：三弟不幸夭折，吾祖母继又于六月间逝世。消息之传来，正如晴空霹雳，心中悲伤，恨不能插翅飞来。男从三月母亲去世，一切都由祖母照料，不辞劳苦，把我养活成人，不孝男竟弃年迈之祖母，踏上这浪流〔流浪〕的道路，像我这忘恩负义东西，真愧为世人！

父亲之嘱言，我紧〔谨〕记在心。现在，我的性格与前也有些不同了。请大人放心，我在此处做工，生活都很好，工资也不多，只能做零用开支，不能剩余。我的身体也粗壮得很，起居饮食都很安宜，望大人切忽〔勿〕挂心。此处物质〔资〕粮米都很昂贵，每人每日生活〈费用〉不下十元。此处地面荒乱，土匪猖獗，交通不便，皇军常常下乡扫荡与清乡，使儿也没有一定住所。待时局平靖一些，儿定回乡。此处直到徐州都是如此的荒乱，望大人切忽〔勿〕驾临为佳。因地面不平靖，交通不便，加之男又无一定之住所，又须〔需〕许多经济，在途有很大的危险。男深感双亲为我之虑，我的详情有王孟庄宪珠告诉清楚，切忽〔勿〕悬念。关于洪筹表叔与他侄尊明、尊迁（洪魁之儿狗）都与我在一起，生活相同，望告诉他家人，切勿挂念。洪筹表叔也曾屡去家信，没见回音。以后他家来信可寄到这个地点，我再转交。洪凯表叔已去世二年余，不知他家人知道否？侯再荣也和我在一起，也告知他家人。

各位叔父、叔母大人：都好吧！侄在外也非常挂念，不知阖家弟妹安好否？现在读书没有？望再来信告诉我。我在外也很好，请大人不要挂念，今后望大人多多来信。

并祝

阖家安好！

男 云鹏敬禀

四〈月〉初四

回音时寄淮阴北老张集西北八里陈庄陈以和先生转交。

信纸第二页背面文字：

外祖母大人，现在好否？身体康泰。望告之她老人家不要挂念我，就说我在外问她老人家好哩。把我的情况也告诉她老人家。如没有事时，常把她老人家叫到我家住几天。

男 四，四

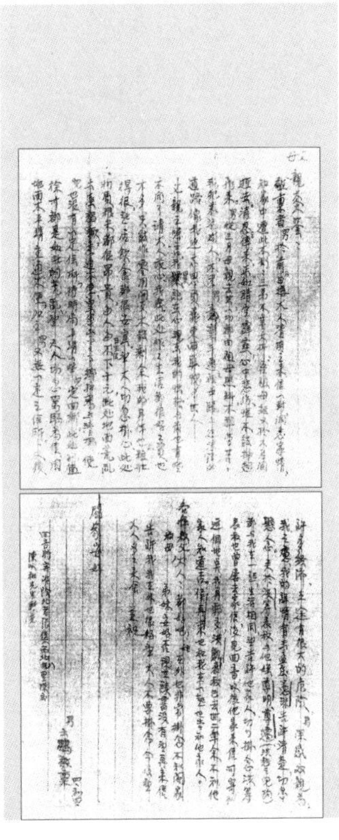

这是“刘老庄连”政治指导员李云鹏写给父母的一封家书。1942年清明节前后，李云鹏收到父亲一封信，告诉他家中发生了几件不幸的事情：三弟夭折，疼爱他的祖母病逝。他异常悲伤，便在四月初四（阳历5月18日）提笔给父母亲写了上面这封回信。信中介绍的几位同乡、亲友都是他在“刘老庄连”的战友。

李云鹏，江苏省沛县王店乡李集村人，1920年出生，刚3个月，生母病逝。父亲李梦祥为小学教员。1939年初，李云鹏参加中华民族解放先锋队。不久，加入中国共产

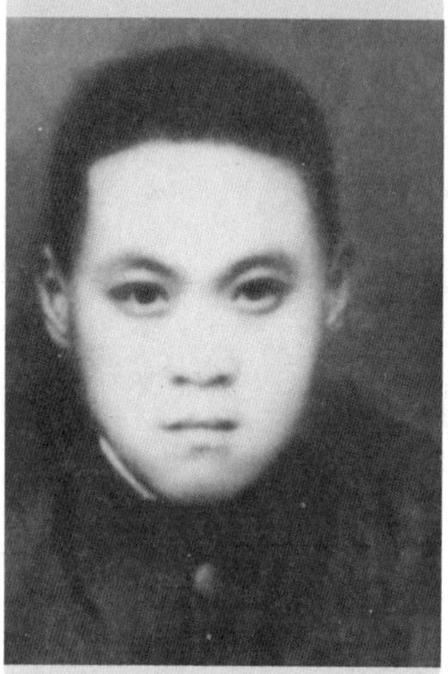

李云鹏

李云鹏父母亲

党。同年，他先后被编入湖西人民抗日义勇二总队第五大队、八路军一一五师六八五团、苏鲁豫支队。后来，被派往延安抗日军政大学学习。1941年，苏鲁豫支队改编为新四军三师七旅十九团二营四连。李云鹏在部队先后担任宣传员、文化教员、团政治处干事、连队政治指导员，从一名普通战士成长为一位文武双全的指挥员。

1943年3月18日，日军第六十五师团川岛部在盐阜一带遭我抗日军民痛击，被迫撤到淮海区，沿途连续对我军民进行残酷“扫荡”。当日凌晨，日军分几路向北进犯，矛头直指六塘河，企图寻歼我主力部队和党政机关。驻扎在淮阴刘皮镇西南刘老庄的新四军三师七旅十九团二营四连发现敌情后，立即集合队伍，走出村庄，进入交通沟，还击敌人。不料，交通沟断绝，四连受敌包围。经几次突围，均未成功。于是，全连指战员誓死固守阵地，与敌决战。从拂晓到黄昏，四连顽强战斗，英勇杀敌，先后击退敌人6次进攻，毙伤敌370余人。终因敌众我寡，四连的82位英雄，全部壮烈殉国。

邹　毅

1918—1943

我们更能很快地看到家乡的亲人

——1943年1月2日　邹毅致母亲

母亲：

收到你的信，我好，不要记挂！

这边的情形特别好，江南到江北一直到华北，我们到处普遍地发展，使我们更加接近胜利，使我们的家乡更加平静，使我们更能很快地看到家乡的亲人。又是一年了，祝你健康！

祝祖父和家乡的人们

康健！

你的善厚上

元月二日

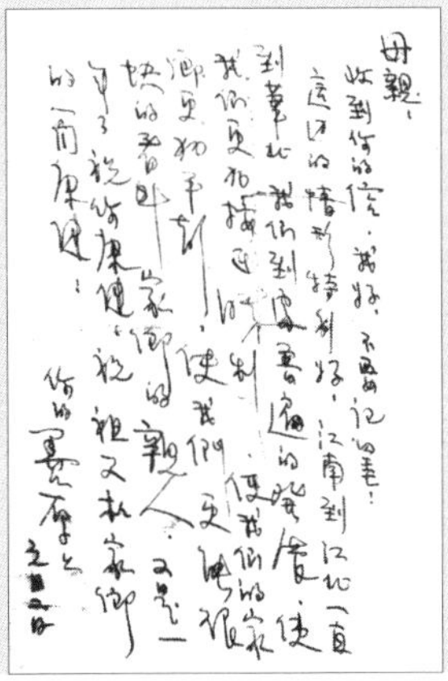
母親：
收到你的信，我好，不要記掛！
這邊的情形特別好，江南到江北一直到華北，我們到處普遍的發展，使我們更加接近勝利，使我們的家鄉更加平靜，使我們更能很快的看到家鄉的親人。又是一年了，祝你康健！
祝祖父和家鄉的人們康健！
你的善厚上
元月二日

这是邹毅烈士牺牲前半年写给母亲的信，虽然文字不多，但充满了对共产党抗日力量不断发展的喜悦和对家乡亲人的思念之情。

邹毅（1918—1943），又名邹善厚，江西横峰人。出生于一个比较富裕的家庭，其父邹秀峰是追随方志敏革命的早期共产党员。邹毅七八岁时就随父在革命队伍中生

邹 毅

活，曾进入中央苏区根据地的“列宁小学”“列宁师范”等校学习。1931年，被党组织分配到江西省苏维埃政府的裁判部做记录工作。1938年，加入中国共产党。同年夏，被调往东南局青年部担任干事。1939年，到华中、苏南地区工作。1941年12月，奉命到溧水韩胡从事抗日工作。1943年7月8日，遭国民党顽固派部队包围，突围时壮烈牺牲，时年25岁。

王 墉

1915—1948

我们都是人民的子弟兵

——1946年3月13日　王墉致母亲

母亲：

十八年了，我计算您的年令〔龄〕快七十了。在这十八年中常想到，这一生还能不能见到您。也许您还健康地活着。这是您十八年未见的儿子天天希望的一件事。也许您看不到这封信，如您还健康，相信在一二年以内一定能看到您最喜欢的一个最幼的儿子，而且使您很满意。他已长大成人，而且十八年来，始终如一地干着一件为了您和中国的一切受苦受难的人们谋幸福、求自由的事情。这个光荣的事业，有无数的人们，像您儿子一样地干着。他们更流了无数的血。但是现在已经获取了初步的成功，这就是把日本强盗打败，并使中国开始走上和平民主团结统一的道路。而在许多地方的受苦受难的老百姓，男的女的都翻了身，从受压迫受穷变成自由幸福快乐的人。据我所知，您现在住的那一带也有这样的事情。就是说您那里的人，替老百姓帮老百姓办事的那些人，也和您儿子一样。我希望您看到他们就好比看见您儿子一样，一样喜欢他们，亲爱他们，那您自然会得到像见到您儿子一样的快乐。他们也必然爱您、喜欢您这七十岁的老太太。因为我们都是人民的子弟兵！

家里现在还有什么人？父亲、我的哥哥们、妹妹还活着吗？是的，我不当这样〈问〉的，可是，这十几年来，中国的历史上是一大变革，人的死活也是极大危险，所以，我第一次写信给您，就不能不先问一问他们的死活了！

您还记得我的岁数吗？我今年卅一岁了，前年娶了一个老婆，也读书识字，和我干一样的工作，现在还怀孕〈了〉，再过四五个月可能生产。我也打算她生产之后，再过一半年想法回家一趟。现在还不行，因为交通不便，主要是许多地方我们这样〈的〉人还不能随便走。等着过一半年后，情形要变好一些的时候，那时就可来去自由了。

过去的苦难，让它过去吧，请您不用回忆那过去所受的罪了。遥祝您身体健康地多活几年，看看中国的新生，看看您的儿子们的事业，过几天自由的生活吧！现在，您儿子还无〔未〕表示对您的爱和生活上的帮助，但相信，总有一天使您快乐看着您十八年未见的儿子并您想见的媳妇孙辈人，一起给您叩头！他们虽然不能像您想的那样会衣锦还乡、光宗耀祖（那是落后的旧时代的东西），但总可以用他们的劳力，来保证您再活几年饿不着，而且也不用发愁日子难过。一定会有这么一天的。母亲，您心里总想将来吧，如果将来交通方便，我不断写信给您，现在先不写明通讯处，恐来信也寄不到，将来再说吧！

写信的时间，正是春天，季节也像〔象〕征着今天的中国，和老百姓的运气，中国人到春天了，从严寒里挣扎出来的春天。母亲，您要在这大好春光里多留几天，享受一些春的温暖，看一看创造新的春天的人物，看看老百姓过春天的快乐！也不枉您七十年来在磨难里苦熬一场！春天的一切，都含着温暖甜蜜。人类万物都得到春的抚育，这可亲可爱的春天。但它也正像现在的一个人，这个人的好处也正像春天那么多那么大，而且正是他，才使中国人民打退严寒，走进新春。他的温暖，抚育着中国的一切被压迫受罪的老百姓，使他们逐渐翻身自由，这就是中国〈的〉毛泽东。毛泽东是中国老百姓的救星，也是您老太太的好儿子。他对老百姓像对自己父母一样的亲爱尊敬。而且，整天为了老百姓干事。他真好，没有他，中国早灭亡了；没有他，您的儿子也早就随着中国的灭亡而死去了。正是他——毛泽东，挽救了中国，挽救了受苦受难的中国老百姓；正是他领导着您的儿子们英勇地和日本人、中国的坏蛋们打仗，终于把日本人打败了。中国坏蛋们虽然还未全打干净，但在许多地方确是没有坏蛋的份了，而社会里，老百姓慢慢地也有力量也有权利了。您儿子第一次给您写信，先介绍他们的领袖毛泽东，作为千万里外送给您这位七十岁的老太太的礼物，其他的东西是无法写到的。

敬祝

您快乐健康！

您的儿子桂一于山西

民国三十五年三月十三日

王 墉

家书作者王墉（1915—1948），河北乐亭人。3岁时随叔父闯关东来到黑龙江省拜泉县。1931年于哈尔滨市三中初中毕业后考入扶轮高中。九一八事变后，他投奔了马占山的抗日队伍。马占山失败后，他回到拜泉县。16岁流亡关内，在天津当过报童，在济南做过校对，在北平参加过东北青年救亡会，并到东北大学土木工程系学习。1936年4月，加入中国共产党。同年5月21日，北平学联发动了“三三一”抬棺游行，王墉抬棺走在了最前面。5月21日夜，他被北平警察局逮捕，转到草岚子监狱。同年11月，经党组织营救出狱。1937年1月，王墉来到太原，参加了牺盟会。七七事变后，他率领13名勇士参加了东北军五十三军万福林的部队。由于五十三军缺乏战斗力，他离开东北军，在山西子洪口参加了决死队，从此真正走上了抗日救国之路。

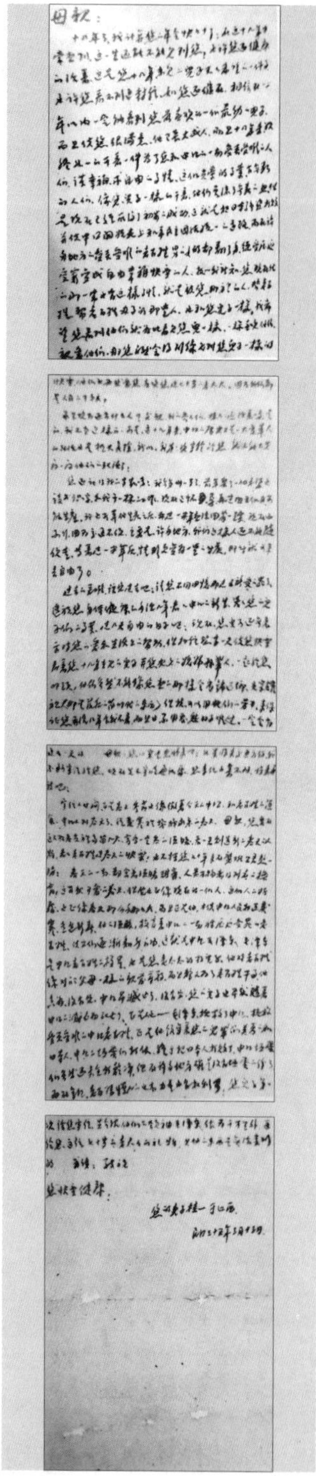

抗日战争全面爆发后，王墉随部到达晋东南地区，创建太岳抗日根据地，发展地方武装，曾任沁源县公安局局长、沁县游击队大队长。1940年10月，调任第二一二旅五十五团团长。1945年1月，任太岳军区第五军分区副司令员兼五十四团团长。1947年8月，王墉所在部队改编为晋冀鲁豫军区八纵队二十四旅，王墉任旅长。他3次参加了攻打运城的战役。在临汾战役中，奔波250里，击毁了尧庙机场的两架敌机，控制了机场，为临汾战役立了大功。1948年3月22日，在视察兴隆殿战场地形时，不幸中弹牺牲。

人们在清理烈士的遗物时，发现一封两年前他写给母亲未寄出的信。信中表达了王墉对慈母的热爱和对未来的向往。然而，他的母亲早已谢世，永远收不到儿子的信了。

冯庭楷

1923—1946

为了这饥寒的一群，奔波奋斗

——1946年4月25日　冯庭楷致樟、榕二兄

樟、榕二兄：

弟自事变后，毅然走出饥寒的家庭，参加了人民的子弟兵——八路军，将近九年光景，因不了解咱乡的社会情况，未敢贸然写信，恐信到家后引起不幸之事件（过去曾以做生意为名与家寄信两封，均未见回音）。咱家的情景，我是想到的，尤其想到在贫苦的日子里熬煎着的苦命的双亲，及年迈的祖母，他们也……我不敢往下想。哥哥，你们会意味到我没有直接给二老写信的意思吧。

由于旧社会制度的黑暗，而造成我们连年不能翻身的贫困。我们应认识，这并不怪我们的命运不好，也并不是上帝的安排，这只不过是自己骗自己、自己安慰自己的说法。我不相信我们生来就是要受苦的。难道我们就不会享福吗?！我们如果还一味地迷信、糊涂，还在祈祷、依赖上帝，埋怨命运，那就成了笑话了。我们还是要自己跌倒自己爬，要听民主政府的话，始终跟着人民的救星——毛主席走。

灾难深重的中国少衣无食者，不仅咱一家，弟这几年来正是为了自己，为了这饥寒的一群，奔波奋斗。而当这和平建设时期，弟将更努力，为群众服务，为新社会服务，一待更进一步、更彻底地完成民主和平改革的大业，而能得到巩固，那是我的光荣，是父母的光荣，是群众的光荣，是新社会的光荣。

回想当初，从家门走出，在途中独行的我，心中是怎么兴奋，但又是如何悲伤啊！爹娘呀，你这刚能扎翅远飞幼稚的孩儿，从此就不能顾念到你们了。哥哥呀，我对爹娘应敬的一切，也完全交付

你们了。

入伍初期，思家心尤切。一天正在念着父亲这几年来体衰面瘦，显然是由于长期负着咱一家生死重担，常受饥寒威胁而苦愁所致。正在沉默思念，适逢父亲从遥远的家乡，在兵马荒乱中冒着一路艰险，在昔阳之皋落镇与我见面了。

父亲深锁着愁眉，睁着一对深深的大眼，看着我，但又说不出什么来。我突然感到了一种说不出的伤惨。但是父亲内心的悲哀又是怎么样呢？

第三天，我送父亲出了村口，一阵阵的悲酸直涌上心头来，但在父亲面前强为欢欣，表露着愉快的情绪，硬着心肠说几句安慰父亲的话。我望着父亲的背影直到看不见时，方才回转身来。在父亲面前不忍流下的泪珠才一连串地淌了下来。我简直想放声大哭，啊！这也许是最后一次见面吧……一连好几天，总在担心着这一段遥远艰险的路程上年老身孤的爸爸。

中国人民的灾难，和我们一生所以得到这样的遭遇，只得憎恨日本法西斯的凶恶残暴，也不得不埋怨我国当权者的腐败无能。

提起来话儿长，记得在一九三九年的夏天，偶遇一熟人告我说，你走后不久，即有坏分子恶意造谣云：皇军讨伐大捷，八路大部溃散，冯家儿子已毙命疆场……故家人日夜痛哭不止（特别是母亲）。我听了，突然心头狂跳，对恶意造谣者恨之入骨。然愤恨之余，又不觉凄然泪下。妈妈，我们应擦干自己的眼泪。我万一不幸为人民战死，那也无须乎哭。你看，疆场上躺着的那些死尸，哪一个不是他妈妈的爱儿？

离别之情，一言难尽。我每次提起笔来，即想到我辈一生之患难遭遇，使我心绪撩〔缭〕乱，手指颤抖，简直写不出什么来，只好搁笔而去。哥哥，这封信，我鼓了很大的勇气和决心才写出来呢。

我现在很健壮，一切均不感困难。想咱一家最幸福、最愉快的就数我自己了，请不必顾念。我在晋冀鲁豫军区第三纵队步兵第九旅第廿六团任作战参谋，现驻在安阳西曲沟集。来信可交河南安阳交通总局转九旅第廿六团交我即可。

我在情况许可时回家一探，希千万不要来找，因部队驻防不定，或东或西，恐不易找寻。

请即来信告以祖母、父母、叔伯、婶母、兄弟姊妹等的详情。

遥祝

阖家老幼安康！

（来信示知，咱乡为平东县或平西县及第几区。）

弟 庭楷

四月廿五号（旧历三月廿三）[1]

①此信写于1946年。

冯庭楷生于1923年，1938年5月参加八路军。1939年3月后任八路军三八五旅独立二团政治处宣教干事。1940年6月后任三八五旅十四团司令部测绘员、参谋。1943年3月在太行军区三分区（即三支队）司令部作战股任参谋。1945年10月在晋冀鲁豫野战军三纵队九旅司令部作战股任参谋。1946年1月在晋冀鲁豫野战军三纵队九旅二十六团司令部任作战参谋（正营职）。同年9月在山东巨野战役中遭敌机轰炸牺牲。

冯庭枋(左二)与战友合影，1946年12月摄于山西和川镇

冯庭楷的老家是山西省平定县张庄镇下马郡头村。其父冯清泰，抗日战争初期加入中国共产党，是村里最早的党员之一。到冯庭楷这一辈兄弟四人，老大冯庭枋，老二冯庭榕，老三冯庭楷，老四冯庭桂。这封弥足

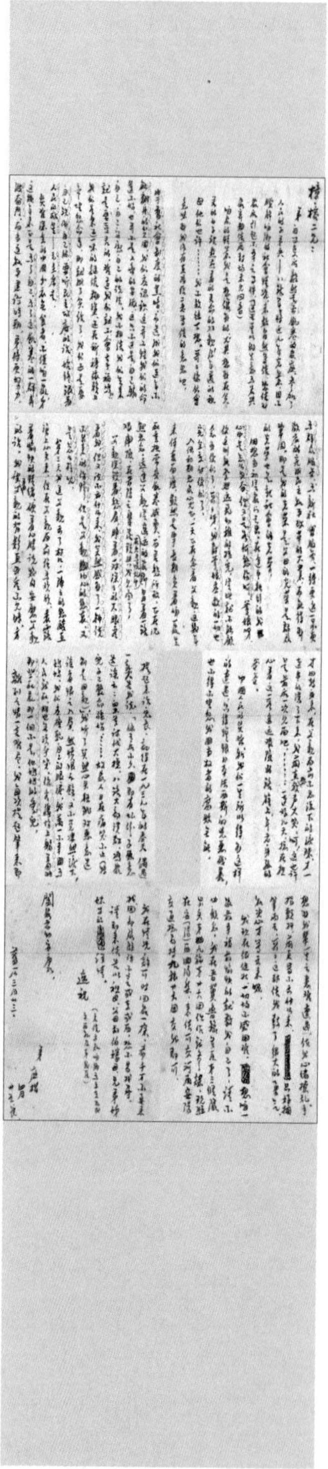

珍贵的家书，是家里接到老三冯庭楷从军8年后寄来的第一封信。此前，他曾寄过两封信，可惜家里没有收到。

冯和兰

1917—1947

希望滋润了狱中枯竭的生活

——1947年10月19日　冯和兰致妹妹

妹妹：

阔别半载岂仅三秋之感，尤其深入囹圄，度日如年，更会想到家。人非木石，岂能无感！你是我值得惦记的一个，因为父母之希望完全寄托在你的身上，你的身体又是多么孱弱呀！尤其是足疾是否时患，无时不在记挂中，你整天倒〔到〕晚忙着英文数学，课余时应该多做运动，盼不要做书本的牛马，保重身体吧！

我想当你下夜课，在上床的一刹那，彼时在你脑海里定会想着小姐如何地受着人间地狱的折磨。而我呢？在这里唯一的自由——想，尤其在中秋的晚上，“月到中秋分外明，时逢佳节倍思亲”，中秋应该是团圆的象征，但对狱中的犯人，中秋佳节这是残酷的讽刺呀！

日来细雨连绵，真有秋风秋雨愁煞人之慨感！“秋到人间格外愁”，时序变换陡然增添了愁思。囚犯本来是每天过着秋天多愁的生活，现在真的秋气肃杀的秋天，莫明〔名〕的悲哀会无情地袭来。秋给我带来无尽的往事，回忆中没有一幕不是甜蜜的，但如今身在井天，每一回忆都成了心海沉重尖锐的创痕。不可磨灭的创痕多是苦痛的结晶，朋友、家人各个映现在我的眼帘，唉！从此只能在回忆里见到他们哩！

至于我的前途或许是“山重水复疑无路，柳暗花明又一村”，如向最坏发展，那亦是“人生自古谁无死，留取丹心照汗青”。

不过活着一天，就会有一天的希望，希望滋润了狱中枯竭的生活，虽然这盏希望的明灯光线是多么细弱呀！保不住今朝、明晚会突然地吹熄！妹！以上一切不过是久静思动，发发牢骚而已，千万别告知父母，知道了，他们会如何的悲哀与伤感呢！就此匆匆草此。

祝好。

此信托要人寄出！

小姐 和兰上

十月十九日

冯和兰，摄于1947年2月

冯和兰（1917—1947），又名荷香，生于浙江鄞县石碶冯家村。1937年读初中时，因抗战爆发而辍学。后嫁至大碶镇横河李家，在横河公德小学教书。其间接受党的教育，积极投身抗日救亡运动。1939年加入中国共产党，从事党的秘密工作，曾任江南（北仑区）地区小教支部书记。

1945年抗日战争胜利后，新四军浙东纵队奉命北撤，冯和兰留下，到上阳蕉山小学，以教书为掩护，与竺冠玉、吴家安等人在当地举办农民夜校，培养积极分子，发展党的组织，领导群众开展“二五”减租斗争。1946年下半年受党组织委派，以鄞县小学教师名义，建立党的联络站。

1947年4月12日，由于叛徒出卖，冯和兰去联络站工作时遭遇敌人埋伏，不幸被捕。被捕前，她果断地吞下了随身携带的机密信件，并把门外的联络暗号菖蒲一把拉掉，免得再有同志陷入虎穴。在狱中，她受尽敌人的残酷折磨和威逼利诱，仍坚贞不屈，坚持斗争。1947年11月6日，冯和兰与陈爱中、吴家安一起在宁波江北岸草马路英勇就义。

许　英

1921—1948

我这10年的斗争是无比的光荣、伟大

——1948年8月20日　许英致母亲

母亲：

我想你！

十年来，我想着那出门在外远不知天边的山儿，我眼里含满了泪。他难道还会活在人间吗？忘记是哪一天，我记得好像是有一只燕子代〔带〕来了一封长长的山儿的家信。啊，那不是梦吧！起出〔初〕，我还终日不断地悠念着我的儿子，现在10年了，也许他再不会存在于人间了，以后我便有时想起，却又很淡漠地从我的心坎间掠过，也许很少再忆起这令人心肠欲断的儿子的事。

妈，你是这样地再〔在〕想念着你的山儿吗？现在我回来了，我这封信如果能寄到你的面前，就好像我回到你的面前一样。可是，我却仍在遥远的东北人民解放军中服务，我真没想到会在军队里过了10年，现在我已是成年人了。10年的革命锻炼教育了我，我完全明白我这10年的斗争是无比的光荣、伟大。我忍受了一切艰难困苦，在生死的危机情况下进行着顽强的流血的斗争，这是为了母亲、弟弟的永远解放。为着母亲的幸福，为着全人类的自由解放我情愿以死杀敌，我的光荣正是母亲的光荣、全家的光荣。

我在抗战胜利后往东北的途中遇见了金烤、洪风，知道家里已是自耕农。我想，家是解放区，咱们可能划为富裕中农，也许以后平分土地时，部分土地分出了，如果确是这样望母亲不必难过。我们多余的土地即是剥削而来，真理就该退还农民，没有什么可留恋的，我们应该依土地法大纲去做，遵守政府法令，更应积极生产，支援前线，一切要为全人类打算，不能为个人利益计较。你有了这为人类解放事

业而斗争的光荣儿子，你就是为人类解放事业而斗争的光荣母亲。我想母亲见广闻多、通达真理，也许早做了模范母亲哩!

儿现在于东北人民解放军第四纵队第十二师三十五团二营任教导员，改名叫许英。为着完成党给予的任务，到东北后，我曾日夜不停地工作着，也很有兴趣，生活很好。

明年我们就会打进关去，东北我们有强大的炮兵、飞机、坦克。百万大军将来轰轰烈烈地打进关去，全国的胜利就在眼前，那时再见吧。

祝

母亲健康

你的英勇的为人类解放事业而斗争的儿子 彭山 敬礼

1948年8月20日于辽宁省盘山县

许英随信寄给家人的照片

作者许英，原名许彭山，祖籍河北省饶阳县良见村，1921年生于黑龙江省齐齐哈尔市，小学文化。1938年参加冀中抗日游击总队，1939年在抗大三团学习并加入中国共产党。历任冀中第一游击总队战士、班长、文书，冀中警备旅文化干事，抗大六分校政教干事，晋绥二支队指导员，东北人民解放军四纵队十二师三十五团二营教导员等职。

1948年9月塔山阻击战前，四纵队奉命肃清塔山防线之敌，十二师三十五团二营教导员许英和营长李文斌率部收复大东山。27日，许英在战斗中受伤，因流血过多牺牲，

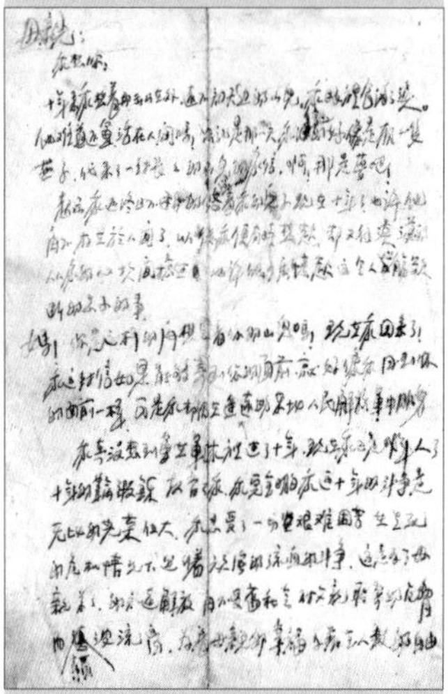

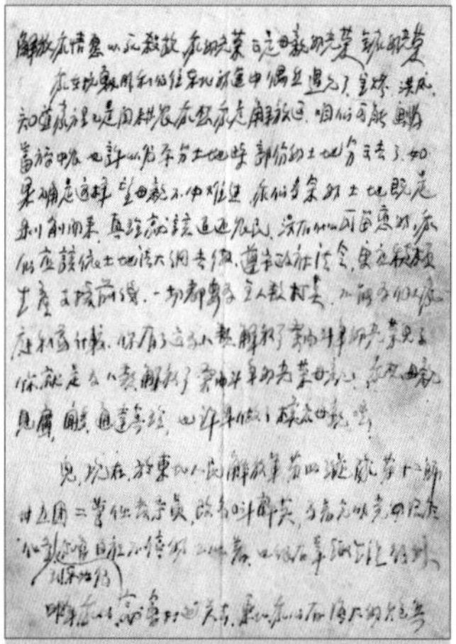

时年27岁。战后，营长李文斌为烈士装殓遗体时，从许英衣兜里发现了两封家书，一封写给母亲，另一封写给两位弟弟。当时因战事繁忙，直到平津战役后，李文斌才将烈士的家信寄出。烈士家属收到来信如获至宝，却不知许英已牺牲100多天。

朱　瑞

1905—1948

农民翻身，国家才能强盛

——1948年9月8日　朱瑞致母亲、哥哥

母亲、哥哥：

我在民国三十四年十月从延安到东北来，同年十二月彩琴[①]带淮北来东北。在东北两年多了，我们身体都好。彩琴又生一女儿，名字叫东北，很像淮北，快能走了，满健康。彩琴原先身体不好，生东北后保养得好，现在很壮很胖，请勿念。

我在延安就做炮兵工作了，因我在苏联学习的炮兵，我很喜欢这工作。到东北后，人民炮兵大大发展，我很高兴地做着，身体比过去更好了，工作精力更大，工作也还顺利。

东北发展很快，我想不久我们就要打进关，与华北会合，胜利（这次是真正的胜利了）与家乡见面，希望母亲、哥哥、嫂子及小侄均健康，均团圆见面才好！

苏北及山东打仗很多，听说家乡年成很坏，不知家中如何？

母亲健康否？哥嫂健康否？如有可能，请写个信来，因山东、苏北、东北已可通邮，写信时可以寄到的，只是慢点，不要紧。

农民翻身，国家才能强盛，我家有地出租，这就是地主，应做模范，把地自动让给农民，这才算名符〔副〕其实的革命家庭。我想母亲及哥嫂都必定早都做到。我记得山东时母亲及哥哥都说过，我家都参加革命了，要地是没用处的。这是对的！

苏北及山东跑反[②]，士杰及坤一、小玲都跑到东北了，后找到我们，现分配在哈尔滨工作（公安局工作）。他们都好，在东北坤一又生了儿子，名字叫七七（因七七生），一切都很好。还有其他朱家妹妹跑到东北，我等未找到她们，后来又都回山东及苏北了，我只接到陈爱

华一封信，她写信告诉我她回山东去了，我同她也未见过面。

听坤一说，大卓在跑反中失掉，现找到没有？

母亲是否仍在二姐家住？二姐家境情况如何？各亲友情况如何？均请赐知。

因为记挂母亲及哥嫂，去年六月曾派人到山东送信并附像〔相〕片给家里。因山东打仗，都没送到。至今家中情况不了解，常觉不安，特别母亲年迈，是否健在，时刻不忘，务请哥哥据实详告，如仍健在，请多予侍奉，以期胜利后还能团圆，至盼！

至各子侄辈，仍希统统推动他们出来参加革命工作或学习，才不致落到时代后边，甚至做对人民不利的事情。此事情请哥哥多负责领导他们。

祝

阖家平安！

敦仲 敬上

九月八日

①指潘彩琴，1924年出生，原本是一名童养媳，后参加了八路军。1942年与朱瑞结婚，1994年因病去世。

②旧时指为躲避兵乱或匪患而逃往别处。

1943年9月，朱瑞夫妇与母亲、哥哥、侄女在山东抗日根据地的合影

作者朱瑞，又名朱敦仲，1905年生，江苏宿迁县朱大兴庄（今宿迁市宿城区龙河镇）人。1925年赴苏联，先后在莫斯科中山大学、克拉辛炮兵学校学习。1928年加入苏联共产党，后转为中国共产党党员。1929年9月回国，1932年1月到中央苏区，参加第四、第五次反“围剿”作战。参加了长征。抗日战争时期，朱瑞曾任中共中央北方局军委书记、八路军第一纵队政治委员、中共中

央山东分局书记等职。

1943年9月，时任中共中央山东分局书记的朱瑞，在山东抗日根据地迎来了与妻子潘彩琴结婚一周年纪念日。阔别18年的老母亲在大哥朱珮、侄女朱华的陪伴下，也冒险从老家宿迁一路颠沛赶到沂蒙山区相聚。此时此刻，朱瑞的心情既激动又复杂，因为他刚接到党中央指示，要他急赴延安参加中国共产党第七次全国代表大会筹备工作。朱瑞不得不割舍他和母亲、哥哥、侄女的第一次阖家团圆，动身奔赴延安。

1945年夏，朱瑞被任命为延安炮兵学校代理校长。抗战胜利后，他率延安炮兵学校师生开赴东北，组织搜集日伪军遗弃的武器，积极发展炮兵部队。1946年10月起先后任东北民主联军和东北军区炮兵司令员，兼炮兵学校校长。

1948年9月8日，即将奔赴辽沈战役前线的前夕，朱瑞在哈尔滨给母亲和哥哥写了上面这封信，倾注了他对亲人的无尽思念、对革命胜利即将到来的喜悦和对炮兵事业的一腔热忱。9月10日，朱瑞告别妻女，从哈尔滨急赴辽宁锦州前线。两天后，他指挥炮兵部队投身辽沈战役。10月1日，不幸牺牲于义县战场。

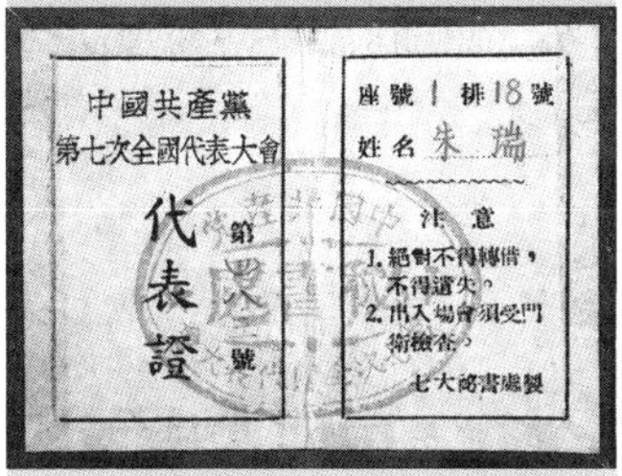
中國共產黨
第七次全國代表大會
代表證
第 號
座號 1 排 18 號
姓名 朱瑞
注意
1. 絕對不得轉借，不得遺失。
2. 出入場會須受門衛檢查。
七大秘書處製

朱瑞的中共七大代表证

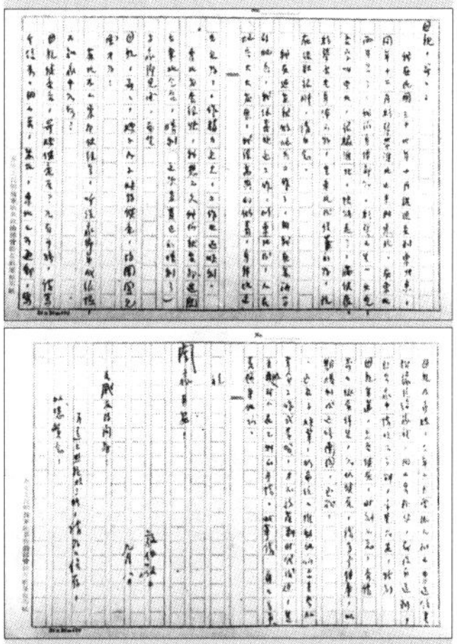

陈鸿汉

1919—1948

我的文化比前大大提高了

——1948年11月20日　陈鸿汉致父母亲

父母亲大人：

我由家出来至今十一年了，因战争没给你老人去信，罪感甚矣！我出来开始参加晋豫边唐支队①，后编新一旅。打败日本后，又改编中原军区野战第九纵队第二十六旅七十八团，现在郑州、开封、徐州一带打仗。我离家一切均好，一九四六年于豫北焦作结了婚，女人是个中学生，现在解放军干属学校任教员工作，去年四月生个男小孩，很聪明。我的文化比前大大提高了，并学了不少本事。当我把蒋介石打垮后，返里，看大人，请大人原谅吧。因怕家没有人，所以有些问题不能详叙，等你回信后再谈。

祝大人

健康

男　陈小狮

大名 陈鸿汉

十一月廿日于郑州

附像〔相〕片二张

大人，你接信后，现不要来找我，先给我来个信。因我们队伍东走西打，没有特定地方。

村干部同志：你可能认识我或者是同学。

因我离家已久，怕家没有人了，请你费心调查我家情形，可给我回个信。我是西晋村西社北门内，门向东，与陈得禄家对门，我叔父叫陈友忠。

①晋豫边唐支队：指八路军晋豫边游击支队，直属八路军总部领导。因司令员叫唐天际，该支队又称“唐支队”或晋豫边唐支队。

陈鸿汉，又名陈洪汉，1919年生于山西夏县西晋村。8岁入私塾读书，16岁时到西安当店员。1938年7月参加八路军，赴延安抗日军政大学学习。抗大学习期满后，被分配到抗日前线工作。解放战争开始后，他先后参加“开封战役”“徐州战役”作战，曾荣立一等功，并被授予“人民功臣”称号。1948年，率部参加淮海战役，任第九纵队第二十六旅第七十八团参谋长。

陈鸿汉

1948年12月6日，中原野战军对黄维兵团全线发起攻击，陈鸿汉所在的第九纵队成了此次攻击的主力军。12月7日深夜，七十八团终于突破了国民党军的前沿阵地，陈鸿汉却被敌人的炮弹击中负伤而牺牲，年仅29岁。

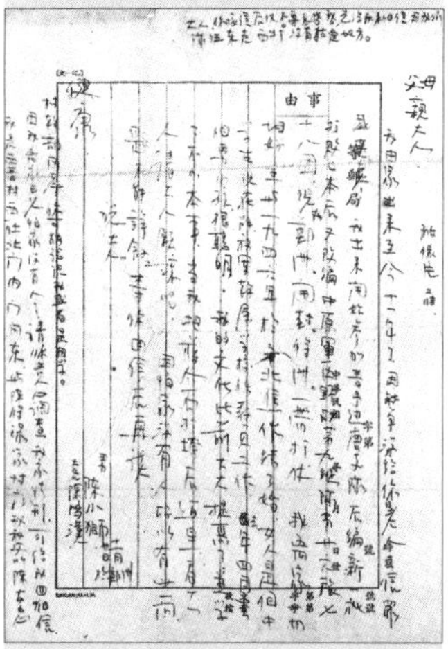

战友们在陈鸿汉的上衣口袋里发现了这封没能寄出的家书，并夹着一张全家福照片。常年随军转战，陈鸿汉已经11年没有回家探望亲人。淮海战役前夕，他刚刚结婚生子，因为思家心切，所以拍了这样一张照片打算寄给父母。不幸的是，他的这一愿望未能实现。

罗士杰

1926—2012

全国光明的日子就会来临

——1949年1月24日　罗士杰致父亲

父亲大人：

胜利的消息已经传到家乡了吧？天津、北平已经相续地在胜利的四九年初解放了。我随着部队的前进已经进入了中国有名的工业都市“天津市”，可能在这里过旧历年。自进关后我们宣传队就参加了解放平津的战勤工作，儿被分配到接收物资的工作组里，每天乘着大汽车不是接收这，就是接收那，堆积如山的胜利品都由我们一处又一处地聚集着。我在这样的一个胜利局势下，兴奋地、热情地工作着，我的一切都迎着大军的胜利在愉快着，身体亦很粗壮，希勿念。

大约不久我们尚要越过长江，打到南京、上海、重庆、广东……一直解放了全中国，再胜利地回到故乡去，请你们等待着吧！！这个日子不会太远，只要再有一年，这个全国光明的日子就会来临。希望您保重身体，努力生产，支援前线，以助我们早日完成全国解放的胜利。

父亲，旧历年关就要接近了，家里的人们都很好吧！车站的买卖还做着吗？士勋弟上学了没有？淑清现在是否还在哈尔滨工作，或是回家了？士俊兄的工作怎么样？一定很好吧！如有转动的话请通知我，以便将来通信。再者，家里政府照顾如何，希回信赐知。

士强弟的生产一定很好吧？

一群弟弟妹妹们：

今年的旧历年我不能和你们在一块玩啦。关里的各大名胜都市都游赏了，真好，又特别有意思。等胜利后回到东北，我一定介绍给你们一些好东西，还一定要给你们捎回去一些纪念品，好好等待着吧。这个日子绝不会太远！今年的过年我想一定很有意思，你们可以尽量地欢乐，因为你们大家是经过一年中的自己劳动，虽然简单些，但是那是有意思的，别使老人烦恼。今年生活不太好，明年更加油，靠自己劳动吃饭，你们都长志气好好干吧！等我回家的时候，那时也多光荣啊！我想咱们家一年会更比一年强的。要和你们说的话很多，因为工作太忙，没时间了，止笔。

最后祝福你们

新年快乐！

罗士杰 上

1949.1.24

车站的买卖如不能继续做，父亲有无其他营业，请告知。可能由我代想一个办法，及找营生。急速回信到：天津市英租界大里西道衡阳路六号 东北野战军后勤政治部宣传队

1949年1月15日，200万海河儿女欢天喜地庆祝天津解放。9天后，参与天津接管工作的罗士杰，在繁忙的工作之余给远在哈尔滨的父亲写了上面这封信。

罗士杰，照片后文字：士俊哥哥留念，胞弟士杰。1950年5月于河南郑州

罗士杰，1926年生于黑龙江省望奎县。1941年毕业于哈尔滨师道学校，毕业后在乡村小学当教师。1948年8月参加东北野战军（后改为“四野”），在第四军分区政治部宣传队工作。天津解放初期，罗士杰所在的宣传队参加了战勤工作，他被分配到接收物资的工作组，负责接收战后的胜利品。从这封家书中可以看出，接收工作正在紧锣密鼓地进行，大家精神愉快，士气高昂。1950年，

罗士杰任军委总后勤部运输部驻郑州办事处文化教员。1951 年任军委总后勤部计划室助理员。1954 年春转业到哈尔滨轴承厂工作，历任厂技工学校主任，总务科、行政科副科长，十五车间副主任，厂办副主任等职。1986 年退休。2012 年因病逝世，享年 86 岁。

罗士杰，2003 年摄于厦门

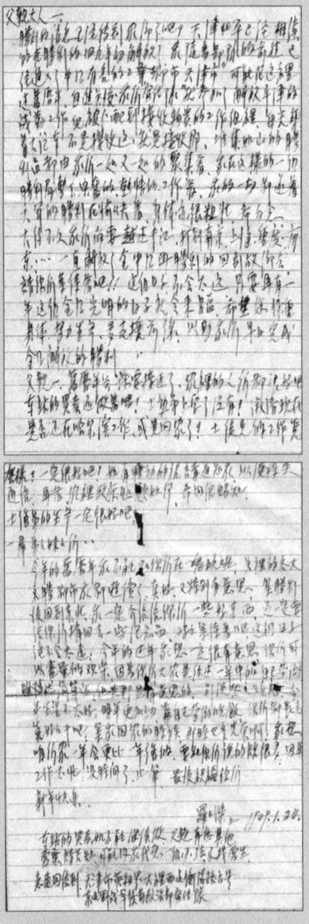

袁志超

1925—2003

想不到世界上还有这样好的队伍

——1949年6月1日　袁志超致八弟袁军（节选）

亲爱的八弟：

亲爱的八弟，你就拿起这封信来去读给母亲听吧，她老人家听了心里一定很欢喜的，我现在就把我们过江以来的许多事情捡〔拣〕重要的讲给你们听吧。

在四月廿一日那天，毛主席和朱总司令下了命令，叫我们三路解放大军一齐过江，去把国民党反动军队消灭光，解放江南人民，建立自由、幸福的新中国。我们接到命令后就过江了，因为队伍成千成万的很多，一时过不完，我们等到廿四日才渡过长江的。廿三日这天晚上，我们冒着大雨跑了七十里路，赶到长江边，住到一个村子中，这地方是安徽省桐城县，这村子的名字叫随河集，到长江只二里路，村旁有条河直通长江的。我站在这河堤上顺着河面一直望去，只见白茫茫一片，问老百姓以后，知道这片水就是长江。有许多挂着白帆的船从那里开来，停在村子旁，江边住的十七军的同志告诉我，这许多船都是回来休息的，刚才有我们大批队伍过江去的。

回到村子中，一心盼着快天黑再快天明，好快些过江，看看长江到底是个什么样子。我们有许多同志知识缺乏，不懂事，在过江以前闹过许多笑话，有的说长江没有边，过半个月还看不见岸；有的说长江的水面善心恶，看着好家伙没有事，一出了事就没有命了；也有的说江里有江猪，来了一群一家伙就把船撞翻了……闹得许多同志害怕。这次来到江边，并且马上就过了，大家都想好好看一下，到底是个什么样子，看看到底有没有江猪。这天晚上，我在灯下拿出纸和笔来要写信给你，想把许多事情告诉你，我写了一张就再也写不下去了，原因是我疲劳得很，我想伏在桌子上想想写什么，结果睡着了，所以信没写起来。

第二天一早起来，跑到江边，这时有十多条帆船靠岸排着，天气很阴沉，下着蒙蒙的细雨，一眼望去，白茫茫的一片水。对岸的树看起来很小，要往东西望，就望不到边的，船夫说这地方的江面是四里路宽。我们上了船，静静地在水上走着，十多条船一齐开，船头上的水打着船板，泼啦泼啦地响，在岸上看江面还不算宽，船一到江心，就看出江面是很宽了，岸上的人群远远望去，好像许多蚂蚁一样。

船有四十分钟的工夫就到对岸了，这时候下起雨来了，我下船时一不小心跌倒在泥里去了，大家都笑起来。

南边岸上敌人挖了许多战壕，修了许多地堡。在这战壕、地堡周围有许多大大小小的坑，那都是被炮弹炸的。田里的麦子像用镰刀割了一样，还有的烧焦了，也都是炮弹炸的。从这上面看，当时我们的炮火，打得敌人头都抬不起来的。

一过江，走了两天，就到山里来了。走到贵池县的南边，老百姓因为不了解我们是什么队伍，他们听了国民党的欺骗宣传，说是共产党见了妇女就拉走，见了青年就叫当兵，所以都跑掉了。我们在路上走了五六天，就没见到一个老百姓，他们都跑到山上躲起来了。

这些老百姓因为不了解我们，跑到山上去逃难。天又下雨，也没有避雨的地方，又没饭吃，淋得浑身是水。一家人在树底下，又冷又饿，衣服湿了都贴在皮上，像猴子一样，光瞪着眼睛喘气。有一家五天没吃饱饭，饿死一个小孩子，老头子饿得走不动了就躺在山上。有的老百姓觉着在山上也是淋死饿死，不如下去看看。胆子大的硬着头皮回家，进家一看，队伍一个没有了，东西一点也不少，烧的草吃的米还留下钱。他们看了又惊又喜，想不到世界上还有这样好的队伍，于是回到山上把所有的人都叫回来。

我写这信的时间不早了，现在已是鸡叫了，就此搁笔吧。今天是端午节，你们在家很热闹吧？我现在又兼做指导员的工作，所以更忙一些。

新中国就要诞生，希望你还是多学习文化，以后好多为人民服务，就是在家帮助种田，也别忘了读书。你要告诉父亲，以后用人才很多，如果现在光知种田就会误了以后的前途。

这信你可转寄给五姐、七哥、七姐看。

祝你进步！

母亲健康

父亲健康

哥哥志超寄自江西乐平

于端阳节夜（1949年）

这是第二野战军政治部秘书袁志超写给八弟的一封信。他告诉弟弟，由于自己出色的工作，在这次追击行动中立了三等功，发给了印有毛主席头像的立功喜报。这封信很长，共有15页信纸，6000多字，此处为节选。

战斗间隙写家书，摄于1949年

袁志超，山东临沂人，生于1925年，1944年参加革命，在山东大学工作。1946年入伍，加入中国共产党。1947年调至豫皖苏军区政治部，后编入第二野战军，在十八军司令部、政治部任秘书。马金岭战斗之后，第十八军一部西进鄱阳湖，解放湖口、都昌、九江、庐山，保障我南下大军粮道安全。1950年袁志超随十八军进军西藏，西藏和平解放后，他长期扎根在青藏高原，为守卫边疆、建设边疆做出了贡献。离休后回到石家庄，2003年去世。

袁志超（右）与八弟袁军，1988年摄于临沂

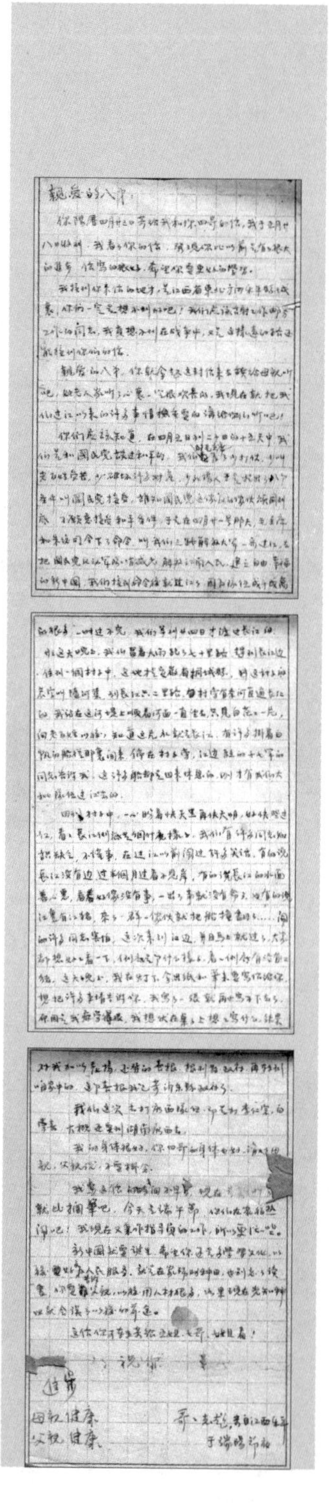

袁志超是一个非常勤奋的人，在那么紧张艰苦的日子里，他每年除了给家里寄回大量的书信以外，自己还写下了好多本《南下日记》和《进藏日记》，这都是留给后人的宝贵财富。2005年，年逾七旬的袁军把这封珍贵的“渡江来信”捐赠给了抢救民间家书项目组委会，次年6月被中国国家博物馆收藏。

钟敬之

1910—1998

多多接受一些新的东西

——1949年7月1日　钟敬之致弟弟钟敬又

明弟[①]:

我已于我军占领上海的第二天（上月廿六日）到了上海。因为开始工作就忙，曾经派人去找你，没有找到。后来自己去找，才见到你的朋友茹铁珊。他告诉我，你已离开这里，可能去浙东参加工作。真使我一则以喜，因为你终于走上了革命的道路；一则以闷，因为我好容易回到上海，而你却〈不〉巧又走了！

你二三月间给我的信，是我这次从东北到北平时，辗转转到我〈手〉的。我们离别十多年，我没有给你多少影响，但你能在自己的努力下，进步成长起来。我们终于走上了同一条道路，这是何等愉快的事！希望你好好学习，努力改造自己，在革命队伍里锻炼锻炼，更重要的还是要靠自己的努力。目前形势发展很快，全国胜利就在眼前。你能赶紧跟上去，并不为晚。你现在正参加着学习，机会是很好的，应该趁此好好清算一下过去，多多接受一些新的东西，不要怕困难，不要怕受锉〔挫〕折，勇干〔敢〕地去改造自己，以便为人民服务得更好些。

今天接到渭臣[②]来信，说母亲接到我的信后，很高兴，那也是自然的。同时，又接到了你的信，他有两个儿子都参加了革命的队伍，确实是值得光荣的。按照目前的情况说，母亲是不致太受苦了，你也可以放心学习下去。

我现在上海文管会文艺处任副处长，专管电影部门的工作。现在接管工作开始不久，一直是忙个不停，大概还得有个时期才能上轨道些。

在前些时见到过云达，也谈到你过去一些情形。以后乞多来信，更希望你多告诉我一些关于你的思想及动态。

你们何时学习期满，以后的工作如何分配，亦乞见告。也许你们会西进吧，那也很好，你倒可以早点去见见祖恩兄和霞姊他们！

来信请寄“上海军事管制委员会文化教育管理委员会文艺处钟敬之收”。

草草先奉数字。即祝

努力进步

兄 敬之

七月一日

①指作者的弟弟钟敬又，是他对弟弟小名“明郎”的昵称。
②渭臣，钟敬又的二姐夫。

全家福，前坐者为母亲，后排右一为钟敬又，右二为钟敬之，1952年冬摄于北京

钟敬之（1910—1998），祖籍浙江绍兴，浙江嵊州人，是我国著名的电影教育家、电影事业家和舞台美术家。1934年参加革命，同年加入左联和左翼剧联。1938年加入中国共产党。任延安鲁艺实验剧团、鲁艺美术工厂（研究室）主任。1946年起，钟敬之转入电影岗位，先后担任延安电影制片厂、东北电影制片厂领导成员。新中国成立后，曾任上海电影制片厂常务副厂长，北京电影学院党委书记、常务副院长，是新中国高等电影教育事业的奠基人之一。

1949年5月，离开家乡12年参加革命的

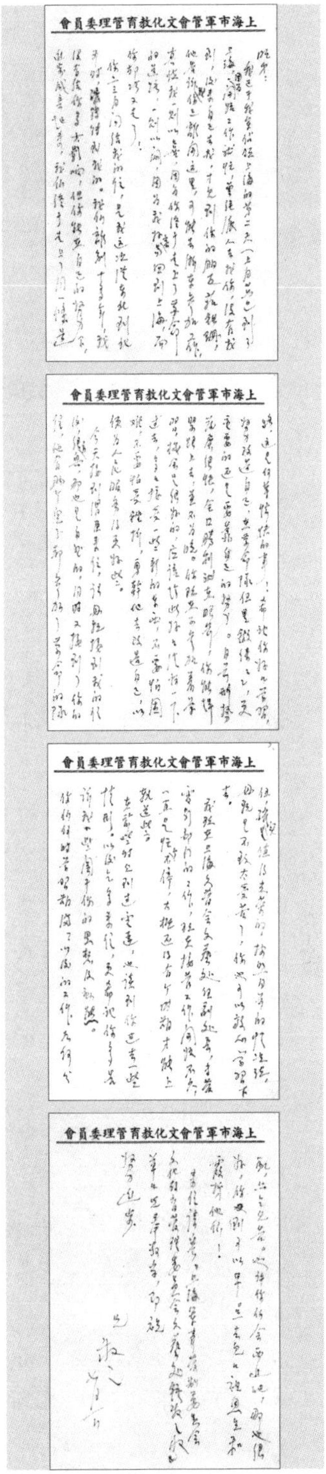

上海市軍管會文化教育管理委員會

上海市軍管會文化教育管理委員會

上海市軍管會文化教育管理委員會

上海市軍管會文化教育管理委員會

钟敬之随解放大军进驻上海，任军管会文艺处副处长，参与对国民党官僚资本电影机构的接管工作。在繁忙的工作之余，他给母亲和弟弟分别写了一封信，告知自己的近况，表达了对母亲、弟弟、姐妹的思念与挂念。不久，钟敬之将母亲接到上海居住，年逾花甲的老人终于结束了十多年来苦难频仍、骨肉离散的悲惨生活。以后，钟敬之调至北京工作，母亲随同来京与全家团聚，安度晚年。

钟敬之的弟弟钟敬又，1927 年出生于嵊州。抗战期间流亡大后方。解放战争时期，参加反饥饿、反内战、反迫害“五·二〇”运动，后投身皖南游击队皖浙支队。新中国成立后，一直从事文化工作，先后供职于北影、新影、新文化报、文化部政策研究室、中央戏剧学院戏文系、中国电影家协会影史研究部。

江竹筠

1920—1949

为共产主义革命事业奋斗到底

——1949年8月27日　江竹筠致谭竹安

竹安[①]弟：

友人告知你的近况，我感到非常难受。幺姐[②]及两个孩子给你的负担的确是太重了，尤其是现在的物价情况下，以你仅有的收入，不知把你拖成个什么样子。除了伤心而外，就只有恨了。……我想你绝不会抱怨孩子的爸爸和我吧？苦难的日子快完了，除了这希望的日子快点到来而外，我什么都不能兑现。安弟，的确太辛苦你了。

我有必胜和必活的信心，自入狱日起（去年六月被捕），我就下了两年坐牢的决心。现在时局变化的情况，年底有出牢的可能。蒋王八的来渝，固然不是一件好事。但是不管他若何顽固，现在战事已近川边，这是事实，重庆再强也不能和平、京、穗相比，因此大方地给它三四月的命运就会完蛋的。我们在牢里也不白坐，我们一直是不断地在学习，希望我俩见面时你更有惊人的进步。这点我们当然及不上外面的朋友。

话又得说回来，我们到底还是虎口里的人，生死未定。万一他作破坏到底的孤注一掷，一个炸弹两三百人的看守所就完了。这可能我们估计的确很少，但是并不等于没有。假若不幸的话，云儿就送你了，盼教以踏着父母之足迹，以建设新中国为志，为共产主义革命事业奋斗到底。

孩子们绝不要娇养，粗服淡饭足矣。幺姐是否仍在重庆？若在，云儿可以不必送托儿所，可节省一笔费用，你以为如何？就这样吧，愿我们早日见面。握别。

愿你们都健康！

竹姐

八月廿七日

来友是我很好的朋友，不用怕，盼能坦白相谈。

①竹安：谭竹安，江竹筠的表弟，中共党员，时在重庆大公报社工作。

②幺姐：江竹筠丈夫彭咏梧的前妻谭正伦。

江竹筠与丈夫彭咏梧、儿子彭云合影

作者江竹筠（1920—1949），即江姐，曾用名江志炜、江雪琴，出生于四川省自贡市大安区大山铺镇江家湾。1939年，考入重庆中国公学，秘密加入中国共产党。1944年秋，江竹筠又考入四川大学农学院植物病虫系，翌年转入农艺系。1945年，与彭咏梧结婚，婚后负责中共重庆市委地下刊物《挺进报》的组织发行工作。1948年，彭咏梧在中共川东临时委员会委员兼下川东地委副书记任上战死，江竹筠接任其工作。1948年6月14日，江竹筠在万县被捕，被关押于重庆军统渣滓洞监狱，受尽酷刑，坚贞不屈，1949年11月14日英勇就义。

这封信写于1949年8月27日。当时狱中没有笔，没有墨，江竹筠用竹签子蘸着棉花灰兑水调成的“墨汁”，将信写在极薄的一张巴掌大的毛边纸上，由同室难友曾紫霞出狱时带出，交给谭竹安。信中的云儿，指江竹筠和彭咏梧1946年所生的儿子彭云，当时在重庆上托儿所。1965年，彭云考入哈尔滨军事工程学院，改革开放后公派留学美国，从事计算机研究工作。

第二部分

凯歌行进 艰辛探索

（1949—1978）

毛岸英

1922—1950

少数人统治多数人的时代已经一去不返了

——1949年10月24日　毛岸英致表舅向三立

三立同志：

来信收到。你们已参加革命工作，非常高兴。你们离开三福旅馆的前一日我曾打电话与你们，都不在家，次日再打电话时，旅馆职员说你们已经搬走了。后接到林亭同志一信，没有提到你们的“下落”。本想复他并询问你们在何处，却把他的地址连同信一齐丢了（误烧了）。你们若知道他的详细地址望告。

来信中提到舅父“希望在长沙有厅长方面位置”一事，我非常替他惭愧。新的时代，这种一步登高的“做官”思想已是极端落后的了，而尤以为通过我父亲即能“上任”，更是要不得的想法。新中国之所以不同于旧中国，共产党之所以不同于国民党，毛泽东之所以不同于蒋介石，毛泽东的子女妻舅之所以不同于蒋介石的子女妻舅，除了其他更基本的原因以外，正在于此：皇亲贵戚仗势发财，少数人统治多数人的时代已经一去不返了。靠自己的劳动和才能吃饭的时代已经来临了。在这一点上，中国人民已经获得根本的胜利。而对于这一层，舅父恐怕还没有觉悟。望他慢慢觉悟，否则很难在新的中国工作下去。翻身是广大群众的翻身，而不是几个特殊人物的翻身。生活问题要整个解决，而不可个别解决。大众的利益应该首先顾及，放在第一位。个人主义是不成的。我准备写信将这些情形坦白告诉舅父他们。

反动派常骂共产党没有人情，不讲人情，如果他们所指的是这种帮助亲戚朋友、同乡同事做官发财的人情的话，那么我们共产党正是没有这种“人情”，不讲这种“人情”。共产党有的是另一种人情，那便是对人民的无限热爱，对劳苦大众的无限热爱，其中也包括自己的父母子女亲戚在内。当然对于自己的近亲，对于自己的父、母、子、女、妻、舅、兄、弟、姨、叔是有一层特别感情的，一种与血统、家族有关的人的深厚感情的。这种特别感情共产党不仅不否认，而且加以巩固并努力于倡导它走向正确的与人民利益相符合的有利于人民的途径。但如果这种特别感情超出了私人范围并与人民利益相抵触时，共产党是坚决站在后者方面的，即“大义灭亲”亦在所不惜。

我爱我的外祖母①，我对她有深厚的描写不出的感情，但她也许现在在骂我“不孝”，骂我不照顾杨家，不照顾向家；我得忍受这种骂，我决不能也决不愿违背原则做事。我本人是一部伟大机器的一个极普通平凡的小螺丝钉，同时也没有“权力”，没有“本钱”，更没有“志向”来做这些扶助亲戚高升的事。至于父亲，他是这种做法最坚决的反对者，因为这种做法是与共产主义思想、毛泽东思想水火不相容的，是与人民大众的利益水火不相容的，是极不公平、极不合理的。

无产阶级的集体主义——群众观点与资产阶级的个人主义——个人观点之间的矛盾，正是我们与舅父他们意见分歧的本质所在。这两种思想即在我们脑子里也还在尖锐斗争着，只不过前者占了优势罢了。而在舅父的脑子里，在许多其他类似舅父的人的脑子里，则还是后者占着绝对优势，或者全部占据，虽然他本人的本质可能不一定是坏的。

关于抚恤烈士家属问题，据悉你的信已收到了。事情已转组织部办理，但你要有精神准备：一下子很快是办不了的。干部少事情多，湖南又才解放，恐怕会拖一下。请你记住我父亲某次对亲戚说的话：“生活问题要整个解决，不可个别解决。”这里所指的生活问题，主要是指经济（生活）困难问题；而所谓整个解决，主要是指工业革命、土地改革、统一的烈士家属抚恤办法等。意思是说，应与广大的贫苦大众一样地来统一解决生活困难问题，在一定时候应与千百万贫苦大众一样地来容忍一个时期，等待一个时期，不要指望一下子把生活搞好，比别人好。当然，饿死是不至于的。

你父亲写来的要求抚恤的信也收到了。因为此事经你信已处理，故不另复。请转告你父亲一下并代我问候他。

你现在可能已开始工作了吧，望从头干起，从小干起，不一下子就想负个什么责任，先要向别人学习，不讨厌做小事、做技术性的事。我过去不懂这个道理曾碰过许多钉子，现在稍许懂事了——即是说不仅懂得应该为人民好好服务，而且开始稍许懂得应该怎样好好为人民服务，应该以怎样的态度为人民服务了。

为人民服务说起来很好听、很容易，做起来却实在不容易。特别对于我们这批有小资产阶级个人英雄主义的没有受过斗争考验的知识分子是这样的。

信口开河，信已写得这么长，不再写了。有不周之处望谅。

祝你健康！

岸英 上

10月24日

①外祖母：指向振熙，杨开慧的母亲。

毛岸英

这是新中国成立初期毛岸英写给表舅向三立的一封信。向三立，1917年生于湖南平江，是杨开慧舅舅向理卿的儿子，即杨开慧的表弟。1949年9月来到北京，被安排在中央人民政府财经委员会工作。

毛岸英，1922年生于湖南长沙，是毛泽东与杨开慧的长子。出生后他随父母到过上海、广州、武汉。1927年大革命失败时，他随母亲及两个弟弟回长沙县东乡板仓隐蔽。1930年杨开慧被湖南军阀何键逮捕时，8岁的毛岸英也被一同抓进监狱，目睹了母亲与敌斗争和牺牲前的惨烈。随后他被保释出狱，次年被外祖母、舅妈带到上海交给毛泽民。1936年到莫斯科，进入国际儿童院。

1939年加入共青团并担任支部书记。1941年苏联卫国战争爆发后，进入军校学习。1943年毕业，获中尉军衔并加入联共布，后来回国转为中共党员。不久进入伏龙芝军事学院学习，曾作为红军党代表参加过进军白俄罗斯、波兰和捷克的战斗。1946年1月回国。1949年10月与刘思齐结婚。

1950年10月，抗美援朝战争爆发，毛岸英报名参加了志愿军，在志愿军司令部任俄语翻译兼机要秘书。11月25日，因回指挥部取作战图被凝固汽油弹击中壮烈牺牲。2009年，毛岸英被评为100位新中国成立以来感动中国人物之一。

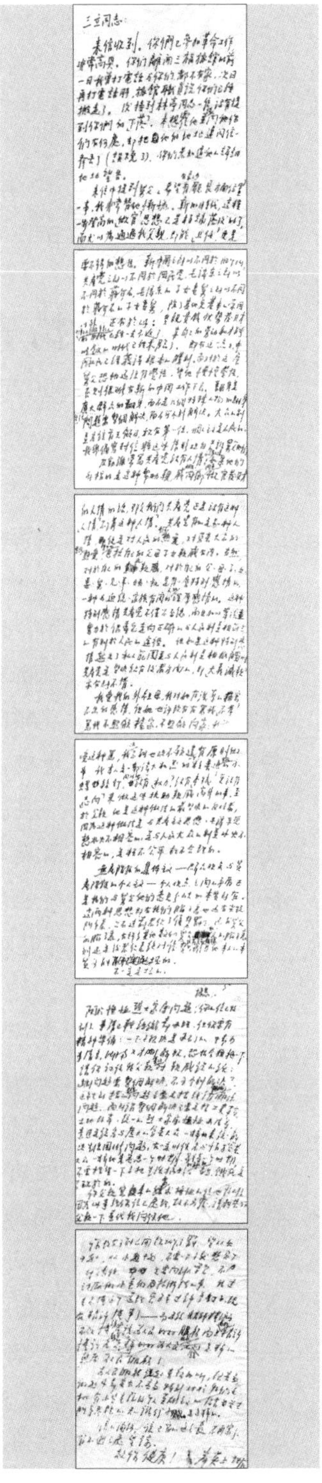
三立同志：

来信收到。

王振乾

1914—2005

要发扬革命精神与爱国主义精神

——1950年1月6日　王振乾致弟弟振坤、振林

振坤、振林两弟：

我们在武汉过新年，由于广西问题迅速彻底解决，人心大快。中南军区首府所在地是特别欢庆，热闹得很，比去年同振坤在茂林宾馆过除夕，可盛大多了，这一年的变化的确是太大了。

组织决定派我到陈明仁①所部第廿一兵团的五十三军去工作，拟即日到长沙，转浏阳、醴陵一带去找军部。中央毛主席对陈明仁部特别优待，对其在四平战役坚决反革命的旧恶不加追究，反而允其成立兵团并由陈出任湖南主席。我党宽大精神昭示全国，以德服人，但求蒋系人员及早弃暗投明，脱离反革命，停止捣乱，社会秩序早日安定，人民生活得以改善，国家建设能够顺利进行。在此种忠贞为国家、为人民服务精神的教育下，兄已不避艰苦，不凭兴趣，欣然赴职，希勿惦念！

此次调动工作，组织早已内定，该兵团已屡电促行。兄虽在过去东北军云南军队中做过这类工作，均未失败，但此次到湖南军队却不敢自负经验，粗心大意，因该军军官均系蒋军嫡系，黄埔及伪中央军校出身，军官其伪正统观念，骄傲气势，政治斗争经验均比杂军难搞。改造士兵我们较有把握，团结改造军官就比较麻烦，我与湖南无任何历史渊源，生活习惯诸多限制，只好多费心机。其中虽有困难，亦愿从克服困难中寻找经验。搞了东北军、云南军，再搞搞“无湘不成军”的湖南军，也是一门经验，现即以此自慰。

战争只剩台湾、海南岛的解放了，剿匪不能算是大规模的战争，西藏问题也不是专靠武力解决的问题。新的年代赋予我们新的任务——生产建设的任务。这要发扬革命精神与爱国主义精神，来对待

新任务。不要从自满保守情绪出发，计较个人的斗争果实，因而产生松劲享乐退休等现象，革命斗争日久的同志固然不应如此，初步献身革命的青年更要长久保持内心的火热。你们及二哥历次来信，均表现勤苦劳动、奉公忘身的情绪，我很高兴。新国家的公民，新时代的青年，正要发扬这些。我对工作的干劲，人所共评，以此告慰，尚希共勉。老的知识经验已不够用，新的事物我们还得努力学，盼二弟勤学社会科学、自然科学的知识，逐步提高自己。我们的军队现亦计划提高文化，以掌握新武器与近代战争技术。振坤搞科学技术，更要学专门知识。振林应大力提高文化，这是提高自己的先决条件。给二哥常带报看，一切局势政策法令等便可瞭〔了〕然。

王福君②是否仍在东北，五十军已不要他，我们已告东北，他若再作恶，便扣起他依法判罪，希通知他。他品质很坏，流氓习气甚重，参军后为了关某某捣乱事他还是跑来跑去，我们疏于管教，所以我们虽然改造了五十军，但没有改造了他这个人。他利用我们名义为掩护，乘机发了一点洋财，这不算是什么本事，我们以后一定有回东北的机会，那时顺便管他一下。将来干部都有休假的机会，我们若得机会，一定回东北去住几天，交通这样方便，缩短了我们之间的距离，一切想调皮的人，就连关玉璞也在内，都应加点小心才好，亦盼转告他。

王政③暂住武汉，等我安顿好了，她们再去。来信可寄汉口江汉路扬子江饭店一四〇号，王政顺转给我。写信可寄湖南长沙探投五十三军即可。

余再谈，致以

敬礼并请

母亲安好及全家老幼均安!

关宇辉、关真④在何处，希告他们来信。

王克⑤据说在衡阳已生一女孩，将来她们可能住河南。

振乾、王政

一月六日

①陈明仁(1903—1974)，著名将领、军事家。在国民党军队中，他官至中将兵团司令，曾获蒋介石授予的青天白日勋章。1949年与程潜等宣布率领全湘军起义，1955年被授予中国人民解放军上将军衔。

②王福君：是王振乾家乡的同族远亲，此人品质很坏，这里有大义灭亲之意。

③王政：王振乾的爱人。

④关宇辉、关真：王振乾的外甥，革命青年。

⑤王克：原名王福媛，王振乾的侄女，随其参军。

这是王振乾(1914—2005)写给他的两位弟弟的信。王振乾兄弟五人，分别为王振文、王振武、王振乾、王振坤、王振林，他们还有一位大姐。

王振乾，1914年生于沈阳城南祝家镇上高士村。少年时代受进步思想影响，追求真理，积极投身革命。在北平汇文中学读书期间，发动和组织青年学生参加抗日救亡运动。1932年加入中国共产主义青年团。1933年考入东北大学后，成为东北大学抗日救亡运动的骨干，参加了“一二·九”运动。1936年加入中国共产党。西安事变前夕，向张学良面陈东北大学广大师生抗日救国的强烈愿望。事变发生后，他又前往西安做东北军的统战工作，并在东北军组建了抗日救亡先锋队第二支队，任政治指导员，后奉命赴东北军第五十七军组建中共地下党工委。解放战争期间，王振乾历任东北挺进纵队第七纵队政治部主任、东北民主联军第一纵队政治部副主任、解放军辽吉军区政治部副主任、四野五十军政治部主任、五十三军政治委员等职。1948年东北解放前后，他参与领导对长春起义部队（原国民党六十军）的改造工作。

辽沈战役后，王振乾与陶铸一起随四野南下，参加并指挥了鄂西、广西剿匪战役。1950年元旦，王振乾从四川重庆五十军政治部调回武汉。中南军区分配他去湖南，任二十一兵团五十三军政委。上面这封信，说的就是他即将赴长沙就任五十三军政委，参与整编和改造长沙起义部队的工作。

1952年10月8日，根据中央军委命令，第二十一兵团改编为中国人民解放军第五十五军。陈明仁任军长，王振乾任政治委员。后来，王振乾还曾担任国防部第六研究院政委，第三机械工业部党组成员、副部长，并兼任北京航空学院党委书记、第六研究院党委第一书记等职。1955年被授予少将军衔。1982年离休。2005年逝世，享年91岁。

竺焕新

1920—1951

你已学习中国革命问题

——1950年4月27日　竺焕新致七妹竺亚青

七妹：

你的来信，我早已收到，由于我懒得提笔就搁到今天未复，想你一定猜测悬念吧！祈谅。

一个人参加革命到战线实际斗争，是由多面情况造成的，在我们来说，多为环境所迫，对现实不满，并充满着小资产阶级热情，抱着美满幼稚的理想与幻想而来的。你已学习中国革命问题，对本身定有深刻的分析与批判，并表示“有力量和旧的腐朽思想、环境做斗争”，这是你进步的表现。但是由于出身小资产阶级，由〔有〕他劣根性的缺点——脆弱性与散漫性，因此，在实际斗争实践中往往为〔会〕表现暴露出他的劣根性来。故你现已从理性知识基础上不断地提高，在这实践中的路程上，在今天来说，一般是像平坦大道（主要是指解放战争基本上的胜利），可是实际体味中障碍很多，能够冲破在实践路程上的障碍，这就是小资产阶级的变态，是思想意识上锻炼坚强的表现，这仅预先对你的希望与警惕。

芬妹近有来信，说在岭外乡做土改的准备工作——调查农村情形，近说集中学习财政，统一宿〔缩〕小编制等，以后可能调动，你可写信至新昌县委会转交，即能寄到。龄妹目前的确陷于小圈子内了，由于她本身困难重重，我有信安慰她与某些解释而已，跳出已陷的泥足，主要是在于本身，客观上来看已是不能呈〔拯〕救了，希你亦多安慰鼓励她，以表手足之爱吧。

你信上说本来□不明白，以后希告我，并希随便谈谈。

祝进步！

愚兄　新

四月廿七日（1950年）

这是竺焕新烈士生前写给七妹竺亚青的信，鼓励七妹与旧的思想做斗争，抛弃小资产阶级的劣根性，改正自身缺点，进一步提高认识，锻炼成长。

竺焕新（1920—1951），浙江省新昌县兰洲村（今属嵊州市黄泽镇）人。受大哥竺焕兰等早期共产党员的影响，于抗战期间在家乡参加共产党，1941年夏参加新四军三五支队。抗战胜利，1945年秋随军北撤至苏北鲁南。1949年淮海战役胜利后渡江南下进驻上海。1950年冬随军参加抗美援朝，牺牲在朝鲜战场上。

收信人竺亚青，1932年4月生于兰洲村。抗战期间在本村上小学，后进入新昌中学、简师。1949年春在本村教小学，同年6月考入华东军大。1951年2月分配至空军第四航校。1954年转业，考入北京师范大学中文系，1958年毕业后长期从事教育工作。

1950年8月28日，竺焕新送给七妹竺亚青的照片

竺亚青在空军四航校时留影，1951年摄于太原

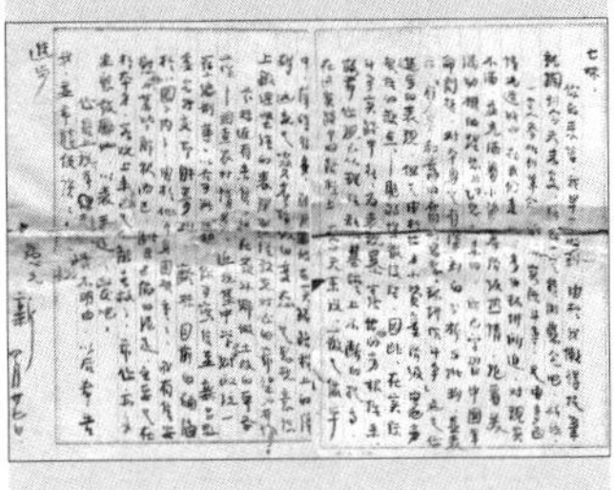

王少勋

1921—2004

我们要把悲愤化为力量

——1950年8月1日　王少勋致弟弟王少龙

亲爱的俭弟①：

我在八一前夕晚上开会回来，回到我的家内，看到您给我来的信放在桌子上，您想，我当时是多么的高兴啊！

我急忙把信拆开，看到母亲大人因病逝世，您想，我心中是多么的难过呀！回想十三年前的分别，我为了抗日救国民族解放事业，奔赴民族解放的疆场。这一分别，竟然成为永别了。在这十三年漫长的战争岁月内，不知多少人被国民党反动派蒋介石匪帮弄得家破人亡，妻离子散，流离失所，是〔使〕我母子不能相见。〈母亲〉积劳成疾，竟成为永别了。这是多么大的仇恨啊！这都是蒋介石匪帮的罪恶。俭弟，难过是无用的，我们要把悲愤化为力量，积极工作，努力学习，坚决解放台湾，活捉战犯蒋介石，为全中国千千万万受难同胞而复仇，以慰死者之英灵。

我今年正月曾给家去信一次，后因我去绥西起义部队检查工作三个多月，六月才回来。您给我来信，始终未曾收到。近年来，由于处在战争环境中，没有一定固定位置，往往通讯发生很多困难，并不是我不给家内写信，这一点您是要谅解的。

现在，我已请假回家安葬母亲，不久即可动身，由西安经过，准备和您一块回去。您在那儿等我。别言再谈。

致以

敬礼！

兄　少勋

1950.8.1建军节

①俭弟：即王迺俭，又名王少龙，王少勋的胞弟，曾任第一野战军司令部机要秘书。

这是新中国第一个建军节当天，人民解放军军官王少勋给弟弟王少龙的回信。

王少勋，1921年生于陕西省韩城县。1936年秋，在省立三原三中参加西北青年救国会领导下的抗日救亡活动。1937年3月，参加中华民族解放先锋队，在三原安吴堡学习革命理论，经组织批准保送到延安鲁艺学习，后转入抗日军政大学学习。1938年加入中国共产党。历任安吴堡青训班二营四连战士，延安抗大三大队四队学员，延安军委三局技术书记，八路军一二〇师三五八旅七一四团民运干事、团政治处党支部书记，一二〇师独立二旅政训队班长，晋绥军区独二旅九团特务一连政治指导员，绥蒙军区政治部组织干事,军区教导大队政治指导员，晋绥野战军十一旅三十二团政治教导员、三十三团政治教导员、团政治处组织股长，西北野战军八军教导团组织股长、八军七十二团副参谋长、二十二师六十五团政治处副主任、师后勤部副政委等职。1951年参加抗美援朝，任志愿军二十二师后勤部副政委、二十兵团六十七军教导团政教副科长等职。

王少勋1955年被授予少校军衔，获国家独立自由勋章和解放勋章各一枚。1958年转

王少勋(二排右三着军装者)与弟弟王少龙(二排右一),回陕西韩城相村老家安葬母亲时与家人合影,摄于1950年10月

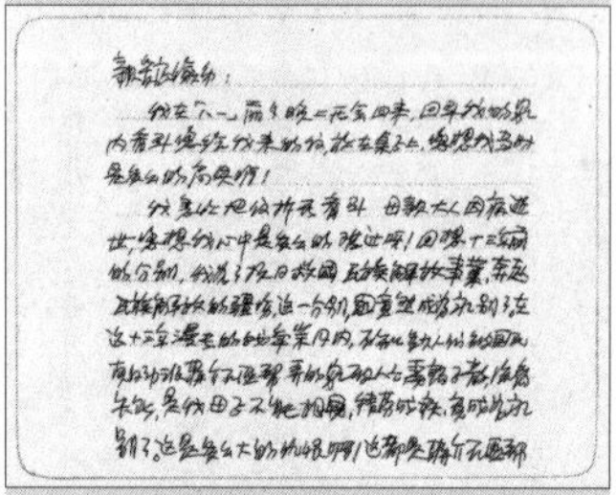

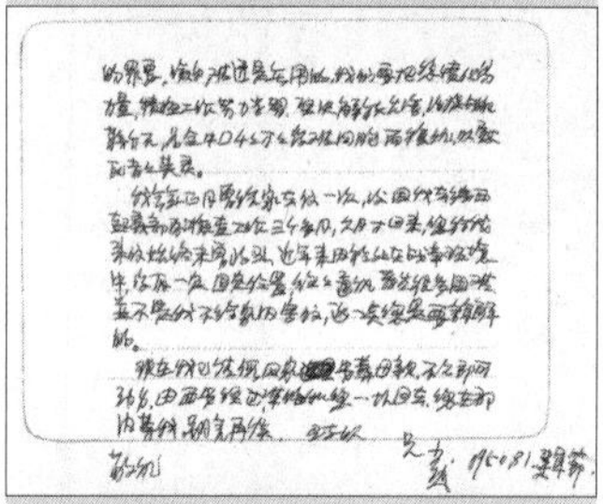

业后，任北京第八中学校长、第六中学第一副校长等职。“文革”中被错误关押、批斗，受到残酷迫害。1983年离休。2004年逝世，享年83岁。

王少勋给弟弟回信后，不久即动身赶回陕西老家。他看到，老母亲于1947年去世后，由于长子不在跟前，按照老家风俗无法下葬，灵柩用黄泥在屋里糊着，一停就是3年。直到王少勋兄弟两人还乡，母亲的灵柩才得以入土为安。

关群

1931—2019

原来水都跑到水果里面来了

——1950年11月25日　关群致大姐、哥哥（节选）

亲爱的大姐、哥哥：

我们到迪化[①]，又有一个多月了，在这长串的日子里，我蛮想接到你们的信，好容易在八日早晨收到大姐的信。在未接到信前，我总这样猜想，你们忙吧！或是信在途中吧！我只有用这些来安慰自己，但是我始终没有接到哥哥的信。

现在让我将从西安一直到迪化的情形向你们报导〔道〕一番。

我们在西安住了二十多天，九月十四号下午三时，便继续西去，四十几部崭新的苏联汽车，装载着我们三百多同志，大家都感到很兴奋，因为我们都想很快能够到达目的地。

平凉是一个较大城市，这里有大米吃，我们在一个湖北人开的馆子吃饭，掌柜的说："你们革命为我们服务，我们价钱应该公道。"并且我们又是大同乡，所以每餐大米饭只要一千五百元，这种情形在西北是很难得的。

静宁的大饼是全国四大饼市之一，饼子有一寸多厚，直径有一尺多长，不同于一般的黑面，每个仅卖一千四百元。领导上要我们买些带在路上作为干粮，这种饼可以留一个月还不得坏，最大的好处就在这里。

十八日晚上到达兰州。兰州城市没有西安大，但小巧玲珑，比西安显得热闹，整日里马车、汽车不得清白。马车非常讲究，和湖南的花轿一样花，又新，恐怕还有胜过于花轿的，据说和北京的马车很相似。这里水果特别多，湖南老早下市的桃子，这里却是桃子最好吃的时候，其他梨子、西瓜、苹果也都相当多，还有一种华莱士瓜，据自说是华氏来中国西北“观察”带来的瓜种，味道甘甜。

我们到兰州大学参观过，这是西北的一个大学府，校舍很大，而且还正在建设新的房子。每栋房子都以西北的山名命名之，什么“昆仑堂”“祁连堂”等等。

兰大后面就是黄河大铁桥，黄河里面的皮筏子最使我们感到惊奇。由六七只到二十几只不等的羊皮并起来的，像杀完了的猪吹气一样，把羊皮筏吹起，上面放板子，大的可坐十几人，小的可坐数人。不会发生危险的，你可以放心，它比木船还轻便些。苏联的友人在兰州很多。有一次，我们看见一个乞讨的孩子，向他要吃的，有一个苏联人便拉着他的手带到水果摊前，随小孩选了些东西，替小孩付了钱。这是一件很小的事情，却说明了他们对中国人民的友爱，即使是一个“最不足道的求乞者”。

武威的猪肉在西北是有名的，又多又便宜。香肠只要2500元［币］一斤，吃惯大肉的湖南老乡都买了一些作为路上吃用(因为西北多吃牛羊肉)。

张掖的大米也是有名的，队上买了好几石[②]，因为过酒泉后的地方连大饼也买不到。到了酒泉后，我们自设锅灶可以解决今后的民生问题了。

酒泉的灰尘和当地的石油一样有名，平均地上有一寸多厚，不刮风则已，一刮风就天混〔昏〕地暗。我们在酒泉的街上看见藏族的女人，身上花花绿绿，头上小指头粗的辫子怕莫有百把个(也许太过火，不过的确是一下数不清)。

“河西走廊”走完了，这是一个狭形的地区。我们经过了一去四五点钟没有人的沙漠，汽车在沙漠上笔直地奔驰着，我们的风镜和口罩上都沾满了黄色的沙土。祁连山上堆满了雪，它们不规则地摆在我们的右边，分别在迎送着，山上连草也没一根，树连影子也找不着。这种几十百把公里没有人烟的地方，我还是第一次看到呢！你们比我更可怜，一次也没看见，我希望你们将来有这种机会。“我们祖国多么辽阔广大”，这句话无形中使我体会到它真正的意义，中华人民共和国的确伟大。

十月三日到哈密，我们像到了外国一样。本地人的语言、服装、习惯和我们都不同，老女人、小女孩都喜欢穿着大红的洋服，头上则不论男女都有一顶绣满了花的小碗帽，女的辫子长长的。

还没有到哈密，我们对哈密瓜就已经垂涎三尺了。到哈密一下车，街上就布满了招聘团的同志们，尤其是哈密瓜摊前最多人。哈密瓜与西瓜不同，是橄榄形式，上面有很美丽的突出花纹，里面的瓜子与湖南的黄瓜子一样都集中在瓜的中间。有红瓤、白瓤两种，红瓤的瓜最吃香，因为本地人是最爱红色的，口味大致相同。我们常买来吃，有的同志尝了一口就不敢吃了，据他说“太甜了，头都甜晕了，我宁肯吃西瓜”。后来一调查，这种情况很多。你们看，瓜甜到什么程度！但是酷爱它的却仍然不少，我就是其中一个。因为如果它仅仅是甜，那倒不足为奇，偏偏它又有着浓厚的香蕉及菠萝味，而冰凉的。说到水分之多，也可以引一位同志的话：“怪不得西北缺少水，原来水都跑到水果里面来了。”话虽然〈如此〉，未免过火。

十月九日下午一时，在吐鲁番吃的早饭。我们为了行军的方便，经常总是下午一二时吃早饭，晚饭总是八九时吃。吐鲁番的葡萄的确是名不虚传，有长的圆的两种，长的有小指头那么粗长，圆的比平日玩的弹子大得多。颜色有一种白的，还有一种深红的，大概就是平日说的紫葡萄。还有一种小葡萄最好吃，没有籽，它是用来晒葡萄干的。这里的葡萄像浏阳买豆豉般的用大盘子盛，用麻布袋装，原来只卖七元钱一斤（省币），这下看见三百多人来抢着买，就涨成了八元。葡萄不管大小，都是甜得不亦乐乎，糖质的多可以使上下嘴〈唇〉粘住。同志们开玩笑说：“没有葡萄吃的时候，舔舐嘴唇也够甜了。”

十月十日，我们到了迪化。做梦也没有想到迪化有这么繁荣，建筑雄伟，马路比长沙宽大。我们这一路所经过的地方除汉口外都比不上迪化，虽然迪化的货物是由西安运来。

王震司令员和我们谈了几次话，又看了几次电影。我们参观了“新疆省军民生产展览会”，他们的生产成绩很可观。南瓜一株长十四实，每实平均约四十余斤，白菜一株约十八斤四两，包菜一株二十五斤，西瓜多为四五十斤重一个，最大的南瓜有七十余斤，茄子长一尺多，直径三四寸，糖萝卜重十四斤。展览台上全布满了大南瓜、西瓜，还有其他各种生产品。看了之后，我有这样的感觉，解放军真伟大，不但是一支战斗军，还是一支有力的生产军。本来在新疆每一个解放军都在加紧生产。

最使人感到兴奋的是迪化有一种欣欣向荣之气，到处不像长沙那么沉寂，汉口那么嚣张，西安那么死气。到处在从事新的建设，这些砌房子的“匠人”就是伟大的人民解放军。过去盛世才时代，一栋大厦三年内没建设好，解放军两个月不到就完成了，你们说伟大不？

近日长沙情况怎样？全国都在掀起反美帝援朝的运动，民心振奋，都痛恨美帝的无耻行为，愿献出力量，一泄几十年来的血海深仇。我们这里有很多志愿参军的。你们的心情如何？请告诉我。

工作忙，下次再写，这封信也写了好几天才完成。

希望你们多来信，多写信可寄平信。

致

布礼!

关群

1950年11月25日于迪化

①乌鲁木齐的旧称。1954年2月1日，迪化正式恢复使用原名乌鲁木齐。

②石：读dàn，旧时容量单位，10斗等于1石，等于50千克。

关群，1951年12月19日摄于伊犁

这是关群写给大姐和哥哥的家书，生动记录了一个新入伍的女战士进军新疆艰难而有趣的历程，也见证了新疆和平解放之初，到处呈现的欣欣向荣的新气象，成为那个时代不可多得的宝贵史料。

关群，祖籍云南，1931年出生于湖南长沙湘雅医院一个护士家庭，少年时代在福湘女中上学。1950年参加中国人民解放军进军新疆，在新疆军区政治部报社、宣传科任职。1952年8月1日，关群与新疆军区政治部组织科杨大彬结婚，后调入一军坦克团任政治干事，随一军入朝作战。1953年加入中国共产党，1955年转业到北京市昌平县委办公室任干事秘书，1957年任北京市拖拉机修配厂办公室主任，1971年随丈夫调湖北省咸宁地区图书馆工作，1974年起任咸宁地区科学技术委员会科长、副处长，1990年退休。2019年去世，享年89岁。

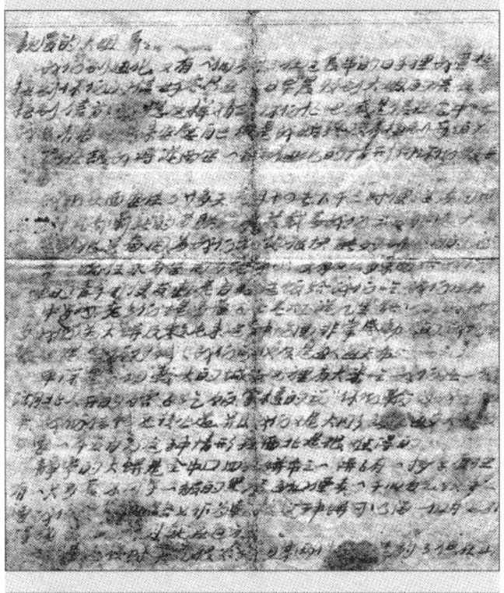

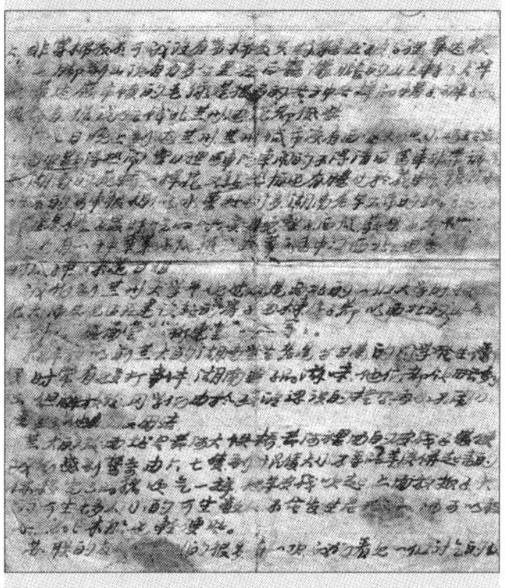

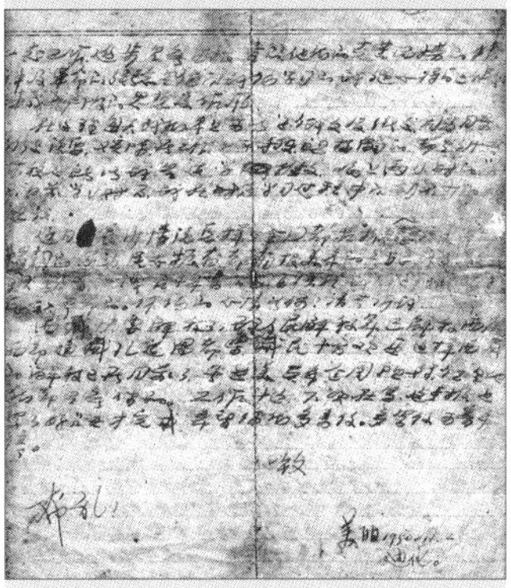

李征明

1930—1953

青年人要找到光明前途

——1951年3月21日　李征明致父母

父母亲：

久未来信了，谅家庭一切均好，前天发下津贴之后，儿随时买了数本书籍以便阅读，又寄数本回家，谅已收到。最近家中又接到旻兄[①]和智弟[②]之信否？我已时间很常〔长〕未收到过他们的信了，谅定也没有什么可以告诉的。昀弟[③]又写信回家否？上次我曾给他一本日记，未见回信，想念祥弟[④]，现在他思想上是否进步？个人态度怎样？只好尽到我们能力帮助，一切在于他的主观努力，也不必过于将时间都发〔花〕在他身上。但我希望他进步，表示一种进步态度，青年人要找到光明前途，唯一参加革命工作和各种建设上去，和参加组织更是重要的政治生命。二姐现在有哪些进步？我希〈望〉他〔她〕要好好学习文化和政治。大姐[⑤]最近写信回家否？我曾去信过，未见回信，现在我［在还］在此一切均好，学习也很紧张，没空写信回家，请原谅。

书名数目：（寄回之书是分成四扎寄的）

1. 农村办学经验。

2. 一个办农民文化班的报告。

3. 小学教师实际参考资料。

以上三本是送给父亲教学参考用的。

4. 儿童写话课本一二年级上下期共四本。

5. 捉放美国兵。这五本是给三个小妹分读的。

我自己也买了数本，如《团章讲话》《团结在和平旗帜下和青年团向团员要求些什么》《毛泽东思想与作风》等书籍（共计三万余）以求进步，如收到，请来信。

再告 敬祝

春安

明儿 上

1951.3.21

①旻兄：作者的哥哥李旻，排行老大。

②智弟：作者的四弟李智，当时也已参军，后赴朝作战。

③昀弟：作者的三弟李昀，当时在睢宁县城工作，后也报名入伍准备赴朝作战。部队领导了解到他已有两兄弟在朝作战，命其脱去军装，回到原单位上班并照顾父母。1955年考入中国人民大学法律系读书。

④祥弟：作者的远房李氏兄弟。

⑤大姐：作者的姐姐李昳，排行老二。

李征明

这是志愿军烈士、中共党员李征明写给父母的一封家书，重点内容是教导弟弟妹妹们加强读书学习，思想上追求进步，找到光明前途，那就是早日加入团、党组织。

李征明，1930年生于江苏省原宿迁县侍岭乡（现宿迁市宿豫区侍岭镇）李小圩。1950年入伍，1952年参加抗美援朝，在二十四军七十师二〇一团教导队任文化教员，荣立二等功。1953年6月牺牲于朝鲜，时年23岁。

李征明烈士兄妹8人，父亲为师范毕业的乡村小学教师，给儿女所取姓名中均带有“日”字偏旁，唯独他弃用旧名，自取“征

李征明的父亲李肖琰、母亲张训兰，摄于20世纪60年代

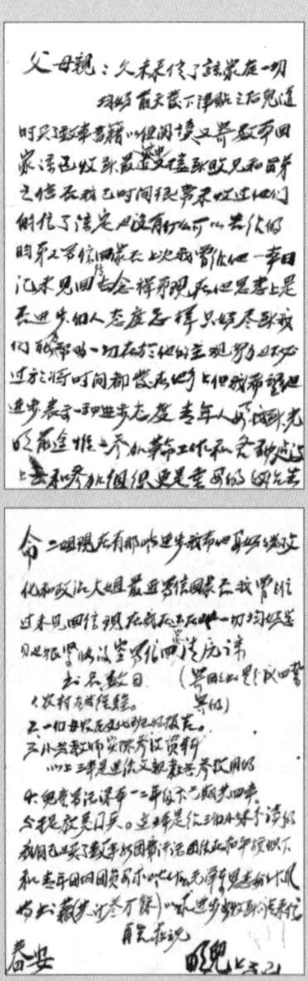

明”，以示追求进步。李征明生前写给父母和兄弟姊妹的一组家书有幸保存下来，字里行间体现了他对新中国的热爱和拥护，以及对家人的挚爱和眷念，家国情怀扑面而来。家书不仅用文字，还配有许多图画，显示出书写者的才华和意趣。

谢觉哉

1884—1971

我们是以身许国的共产党人

——1951年9月7日　谢觉哉致前妻何敦秀

冬秀：

你几次来信，提到要求来北京的话，我都没有回答。因为你的信很生气，我怕一答复，你的气更大。近来你的气似乎平了些，所以我想和你说说。

我的意见，你不来北京为好。理由如下：

第一，我们离开了二十多年，我在外又有了家。你如来，很不好处置，要发生纠纷。现是新世界，和旧世界不一样。你我都是上七十的人了，经不起烦恼，对我不好，对你也不好。

第二，经过了一年，家乡当已知道我是在做“工”，而不是做“官”。共产党〈员〉是一种特别的人，他不能多拿一个钱，他的生活不能比一般人高。北方的生活，不是没出过门的高年人所能忍受。

第三，你现在的眼睛，不要望着我，要望着孙子们，他们才是有前途的。一年来，家里的人已经起了变化。延仁、学安在广西来信，已有志气，连字都写得好了些。学初、芝初没有信来，估计也不会太坏。廉伯、子谷年纪大了，但他们还有前途，只要他们肯学习，求进步。我不留子谷在我身边，因我身边的事，子谷做不了。现在是新社会，不是要地位高，而是能把事做好，如果子谷能把那中学办好，他就会被人看得起。不要被目前的困难骇倒，只要看清前途。友仁上半年困难，但后来农会帮忙了，政府帮助粮食了，估计以后当更好。正行没在我身边做过事，他现在西北工作，总算不要父母操心。群儿困难一些，但儿子的一辈出来了。冰儿算是手工工人，年只三十，将来还有发展。只不出房门的淑英，办法很少。

总之，后辈并不错，我是比你乐观些。应该培养几个小的在家种地，农民是值钱的，将来的农民，比现在的农民要聪明。至于我和你，估计在世上不很久了，我们的希望，就是后代。

第四，我快七十了，我的祖父、祖母、父亲、母亲、兄弟姐妹，都没有活上六十的。照例，我应该早死了，而且二十多年来，干革命的同伴不知倒下了多少。我乡何先生①、姜先生②、南岭③、桂初④，不都早不在了吗？你如记及我，当作我早已死了就是。人死了，鬼是找不着的。

第五，我们不是再不能见面了吗？不是的。我并非有下决心不回湖南。不过要有事才能回来，不能专为回来而回来。因为我们是以身许国的共产党人。这个曾和廉伯说过。

第六，子谷、群英、冰茹、何光南亲家都有信说到生活困难。这些事，我都不能给他们以满意的答复。只能说清下面几点：

第一，土地改革、减租减息是我们主张的，尤其是土地改革。土地的地主所有制，是中国反革命的根源，蒋介石是全国大地主阶级的头子，我县大地主刘毓卿，不知他杀了多少人。土地的地主所有制，也是中国穷困的根源，它把农村的生产力束缚了。今年湖南大丰收，虽然是雨水调匀，但打击了地主制度，也是原因之一。中小地主的罪恶虽然不大，但他们总是跟大地主走的。所以定要实行土地改革，种地的农民要抬起头来管事。

第二，人民政府照顾到了各个方面。《土地改革法》是天公地道的，给地主人员以出路，尤其对富农及小土地所有者。近又颁布新解放区农业税暂行条例，也是天公地道，负担减轻。这都载在报上，定要实行的。

第三，由地主的土地所有制，进到农民的土地所有制，即是由地主当权进到劳动人民当权。在某些人家，正如子谷说的："我家是由有到无"，但只是一方面。另外一方面则是"由不对到对"。收租，是有，但不对；不收租，是无，但是对。何况我们家还有够种的田、够住的屋，能做事的有事做，小孩子念书还可以取得公费，有什么不好。这是一关，不要看成由好关进到"难关"，而是由不对的关进到对的关，也即是由不好的关进到好的关。

应该看清楚些，体会着新世界的事物。

老阿婆有个信，请告她老人家，我接到了。所言的，区政府、乡农会总会依照法令做好的。

愿全家好！

焕南

九月七日

①何先生：指何叔衡（1876—1935），新民学会骨干会员，长沙共产主义小组成员，中共一大代表。

②姜先生：指姜梦周（1883—1929），湖南省长沙市宁乡县沙田乡人，1922年入党，1929年被捕遇难。

③南岭：指谢觉哉的堂侄谢南岭，共产党员，1927年大革命失败后被国民党杀害。

④桂初：指何桂初，湖南宁乡人，共产党员，是大革命时期何叔衡同志的侍从。后被国民党杀害。

谢觉哉

这是1951年9月7日谢觉哉（1884—1971）写给原配夫人何敦秀的一封家书。何敦秀，1879年生，1899年谢觉哉15岁时与其结婚，两人共同生活了21年，生育了四男三女，1967年去世。

谢觉哉，原名谢维鋆，字焕南，别号觉哉，亦作觉斋。湖南省宁乡县人。1925年加入中国共产党。“延安五老”之一，著名学者、教育家、社会活动家，人民司法制度的奠基者。1934年参加长征。新中国成立后，曾任内务部部长、最高人民法院院长、全国政协副主席等职。

“为党献身常汲汲，与民谋利更孜

大革命时期“宁乡四髯”合影，左起：王凌波、何叔衡、姜梦周、谢觉哉，摄于1926年10月，湖南省博物馆藏

孜”，这是延安时期人们向谢觉哉祝寿时赠送他的诗句，也是谢觉哉革命一生最真实的写照。他不谋私利，不图虚名，廉洁奉公，艰苦朴素，数十年如一日，甘做人民的公仆。他常常对子女说：“我是共产党人，你们是共产党人的子女，不许有特权思想。”

鹿鸣昆

1925—1951

你望我当英雄，我望你争取早日入党称模范

——1951年9月21日　鹿鸣昆致朱锦翔

锦翔：

我刚由东北回来，收到了你的来信。

当时我是累的，头痛、腰酸，阅过信之后，我特别兴奋。兴奋的就是，你能针对着我的思想来帮助我。我有这样一个人经常帮助我，工作更会起劲。□□改正缺点更快，你的帮助是真正地从革命利益出发。的确，吊〈儿〉郎〈当〉工作是要受损失的，对个人、对革命都没有好处，你这样直爽地提出，我是很高兴的，同时还希望你对别人也要这样。

我从提出抗美援朝来之后，我的工作与飞行都进一步。老实说，我吊〈儿〉郎当是改了不少，吊儿郎当也得看环竟〔境〕，现在是什么时后〔候〕。这次改选支部，我又是任副支部书记，不敢〈吊儿〉郎当。上级这次给我们的任务是空中转移，任务是艰巨的，上级这样提出，我们这次能从空中转移得好，我们可以成为半个飞行家。为了要得到这半个飞行家的光荣称号而努力，为了有把握地争取这光荣称号，我们由十九号乘运输机顺航线看过一次。如果我没有其他病或意外之事，半个飞行家咱们保险当上（这称号你不高兴吗?）。

锦翔，我坐在这老牛一样的飞机上，拿着地图，与地面目标对照，一去一回，我的一双眼睛，没有一时地不注视地面，是为完成这次上级给我们的重大任务。这次我们都去锻炼，你是在战争环境锻炼，我是在空战当中锻炼，你望我当英雄，我望你争取早日入党称模范。

你给建议的不应该叫保卫干事捎信，你很生我气啊。请你不要多心，我并非〔是〕找保卫干事去做你的工作。我不以前〔以前不〕就

说过了吗？你是一个纯洁的青年，在思想表现工作〈方面〉都好。我为什么叫他给你捎信，因为他是团长警卫员。过去，他和我是很好〈的〉。那天他到我们这玩，我也在外边玩。我给徐政委写封信，〈他〉说给你捎封吧，我说算啦。他说写吧，我说写就写吧，就是这么样。锦翔，请你不要怀疑，你不要把保卫部门的人，看得过如〔于〕重视〔要〕，谁也不敢去接近他啦。过去是曾有这样说法，天不怕，地不怕，就怕保卫干事来谈话，并没有什么，请你不要〈见〉怪，不做亏心事，还怕鬼叫门？生的不吃，违法的不做，谁也不怕。

另外，我正好又去东北，这次捎回来东北特产，带回来大家都吃完了。我再去预备捎点给你吃一吃。我们以后到东北可是不能见面啦。我们相距太远啦。要是战场上死不了，能回见，死了就算。

锦翔，今后我们多通信吧，互相了解些工作情况，再见，再见。在塞外，我这次去，现在那里还不冷，和这一样，满山的大豆、高粱、苞米，都是绿的，有特别一种感觉，有个关外味道。

致

敬礼

看过之后有什么意见，请提出为盼。

明坤 9.21

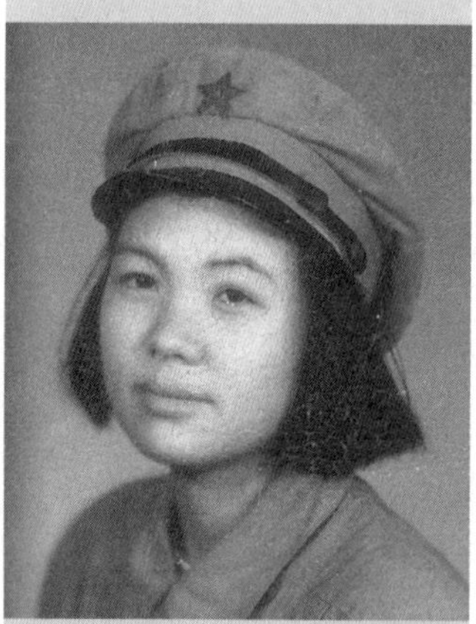

朱锦翔，1951年摄于上海机场

这是志愿军空军飞行员鹿鸣昆写给女友朱锦翔的信，表达了志愿军战士崇高的政治觉悟、艰苦奋进的训练作风、纯洁的战友情谊和丰富的内心世界。

作者鹿鸣昆，曾用名鹿明坤，1925年出生于山东莱阳话河区滴子村。1940年1月参军，1943年8月加入中国共产党。曾任县大队独立营通信员，胶东军区海军支队副班长、班长、副排长，牡丹江军区二支队排长、副指导员，牡丹江军区独立二团指导员，东野一纵一师一团干事。1949年12月到五航校学习，次年10月毕业于该校一期甲班，任解放军空军第二师第六团飞行员、副大队长。1951年10月奉命参加抗美援朝战争。12月15日，在一次对敌空战中不幸牺牲。

收信人朱锦翔，1933年出生于浙江台州。1949年应征入伍，成为解放军华东空军文工团团员，先后担任飞行部队供应大队见习会计、通讯队会计和师政治部文化补习学校文化教员。1950年加入共青团，后来参加了中国民主同盟。1954年从部队转业，考入北京大学新闻学专业学习。1958年毕业后，分配到甘肃兰州从事新闻工作。退休前，是兰州大学新闻系副教授、教研室主任。晚年定居上海。

鹿鸣昆送给朱锦翔的纪念照片，照片背后有亲笔写的一段文字："锦翔同志留念：望你加强学习，提高阶级觉悟，在工作中锻炼自己，忘我精神，继续努力。鹿鸣昆。"

柳支英

1905—1988

我坚信胜利是属于我们的

——1952年3月18日　柳支英致妻子邵柔贞，女儿海澄、西玲

亲爱的柔贞、海儿和玲儿：

来到这里快将三周了。一切都很好。我们有报纸可看，北京的报纸大概要迟一周左右就可以看到。当地的志愿军报是三天一期，上边有许多防疫方面的常识，这是前方反细菌战争一种重要的教育工具。

祖国的报纸上，登载着许多科学工作者对敌人细菌战争表示无限的愤怒，并随时等待祖国号召，准备来朝，支援我们，真使我们感到非常兴奋。三八节首都上空出现了一批女飞行员驾驶的飞机，为新中国的妇女争光。

我们在这里生活得很好，我们身体较差的吃得特别营养，已经吃过二次鸡。早餐总是面条，晚餐常吃馒头，我还有水果、乳粉和维他命丸，平常人只吃二顿，但是我中间可多吃一餐稀饭，晚上把留下的一个馒头吃下，所以我的胃痛到现在没有犯过。上级照顾我们，可说无微不至，睡觉的地方是防空室似的，这当然不能和后方比较，但是到朝鲜来的同人，谁都知道是为工作而来，为服务而来，大家当然准备吃苦来的，不过跟前线的战士们比较，我们实在住得已经太好了。我们有电灯，有木箱可以充做桌子，有炕可以做床铺，经常有开水可喝。最近进行过一次大扫除，发下了地地涕粉，环境卫生搞得很有调〔条〕理。我们每人都已注射过鼠疫预防针，另外又注射过伤寒、副伤寒、霍乱和破伤风，所谓五联的预防针，反应还好。我在安东种的牛痘已经发得很好了。

我曾二次到过附近的小村里，有不少都住在地洞里，朝鲜的老百姓真是受尽了美帝侵略战争和轰炸的伤痛。他们生活得很苦，从前怎

样我不知道，今天看来，可说衣食不全，他们已把悲愤化为力量，为独立自由而奋斗。我参观过一个只有几十人的中学，课堂是地下室，一块极粗糙的木板上，写上了中学的名字，他们就在这样的艰苦状态中坚持着求学。朝鲜的老百姓是非常爱护耕牛的，牛吃的东西也要放在大锅里煮过的，这就可想而知了。

工作在朝鲜，多少总是带一些生命危险的，不过请你们不要担心，我们是相当安全的，何况目前敌机已不发生什么作用，当时敌人只敢在夜里毫无目标地偷袭乱炸。我们是反细菌斗争工作者，可能有机会接触到敌人所散布的毒虫细菌的，但是我们有一套严格的消毒和防御技术，所以也不用为我们操心。万一有什么的话，那么为了祖国和人民，也是光荣的。我坚信胜利是属于我们的，迟早我会完成任务，胜利归来的。乐儿于去年春参加了空军，如今我又披上了军装，暂时成为志愿军里的一员了，我们家里的老青男人可说都已走上了国防的岗位，投入了抗美援朝的运动中，家里不免有缺人照顾之感。我希望海儿能够很顺利地完成她的学业，利用一些余隙，照顾照顾家庭。玲儿也应当更努力地学习，将来可更好地为祖国服务。

（信纸有残，后面缺失。）

1952.3.18

通讯地址：朝鲜中国人民志愿军卫生部志愿防疫检验队

柳支英，1952年摄于朝鲜

这是著名昆虫学家柳支英抗美援朝期间写给妻子和儿女们的家书，记录了一位科学家眼中的战场景象，以及他的经历和感想。

作者柳支英（1905—1988），字韶渊，江苏苏州吴县木渎镇人。早年毕业于金陵大学生物系，后赴美国留学获硕士学位。1952年初，美军对中朝部队实施了细菌战。2月

柳支英夫妇与三个孩子合影，1958年10月2日摄于北京颐和园

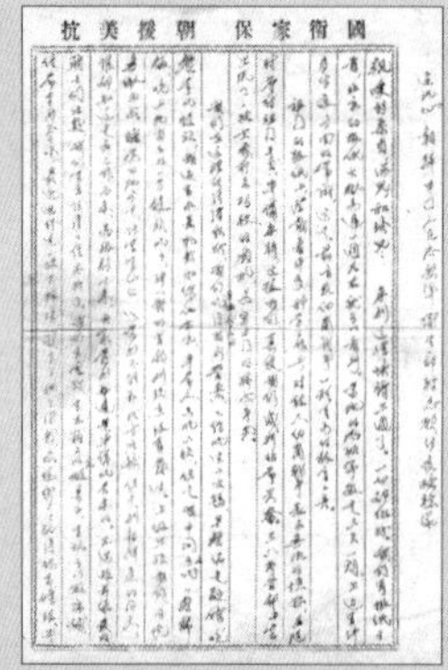

抗美援朝　保家衛國

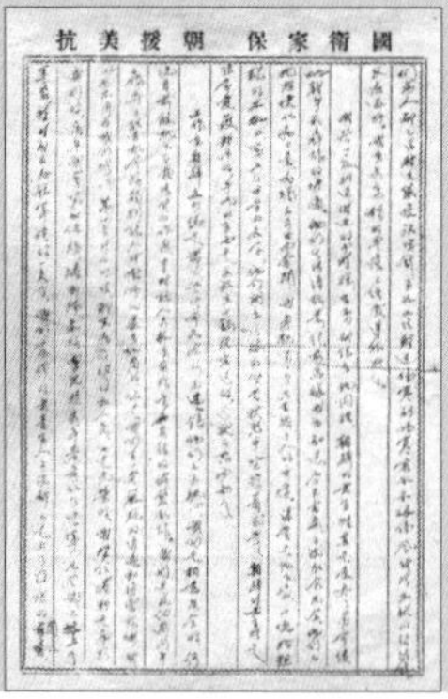

抗美援朝　保家衛國

21日，中央军委向志愿军下达了进行反细菌战斗争的指示。3月2日，正在浙江大学工作的柳支英教授被抽调作为首批防疫检验队专家，从安东（今丹东市）进入朝鲜。

1952年秋，柳支英从朝鲜回国后，调入军事医学科学院，负责组建医学昆虫科研队伍。1956年加入中国共产党，主持编写了中国第一部蚤类志书《中国蚤目志》。历任军事医学科学院研究员，微生物流行病研究所研究员、副所长、院专家组副组长，兼任中国昆虫学会副理事长等。是中国蚤类学的奠基人，新中国医学昆虫及其防治学科的开拓者，军事医学科学院一级教授，第五届全国人大代表。

黄继光

1931—1952

不立功不下战场

——1952年4月29日　黄继光致母亲

母亲大人：

男于阳历10月26日接到来信，知道家中人都很安康，目前虽然有些少困难，请母亲不要忧愁。想咱在前封建地主压迫下，过着牛马奴隶生活，现在虽有少些困难，〈还〉是能够度过去的。要知道，咱们〈在〉英明共产党、伟大领袖毛主席正确领导下，幸福的日子还在后头呢！

男现在为了祖国人民，需要站在光荣战斗最前面，为了全祖国家中人等过着幸福日子，男有决心在战斗中坚持为人民服务，不立功不下战场。请家中母亲及哥嫂弟弟不必挂念。在革命部队里，上级爱戴如父母，同志之间如亲兄弟一般，一切在祖国人民热爱支援下，虽在战斗中是很愉快的。男决心把母亲来示，〈用〉实际行动来回答祖国人民对我们关怀和家中对我期望。

最后，请母亲大人及全家人等保重身体，并请回示一封，把当地情况、土改没有，及家中哥哥嫂嫂生产比前好吗？□□□□没有？

□祝

玉体安康

男 际广 禀

1952年4月29日于朝鲜

战斗间隙

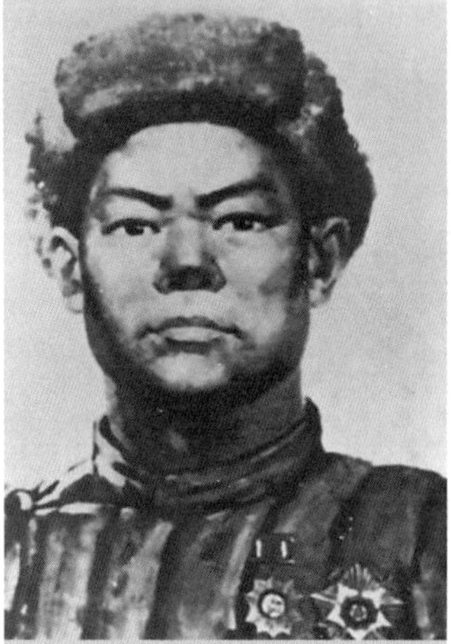

黄继光烈士生前未留下一张照片，这张照片是画家根据战友们的描述画出来的

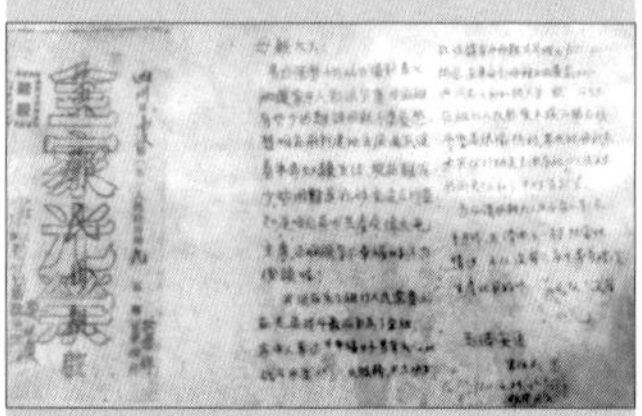

黄继光，原名黄际广，1931年出生于四川省中江县石马乡一个农民家庭。父亲很早去世，他在母亲抚养下长大，10岁就给地主打工。解放初，他积极参加清匪反霸斗争，被选为村儿童团团长，评为民兵模范。

1951年3月，黄继光报名参加了志愿军。7月，作为志愿军第十五军第一三五团二营六连通信员，入朝参战。1952年7月加入中国新民主主义青年团，荣立三等功一次。在1952年10月的上甘岭战役中，黄继光主动请缨，带着手雷和两名战士爬向敌人的火力点。当离敌人火力点只有三四十米时，一名战士牺牲，另一名战士负重伤。黄继光的左臂被打穿，血流如注，他忍着伤痛，继续向敌火力点前进。接近火力点时，他把手雷投了出去，但是未能完全摧毁敌人的火力点。最终，他拖着重伤的身躯，强忍剧痛，一跃而起，用身体扑向了敌人的枪眼，挡住了敌人的火力，部队乘势前进，攻下了597.9高地，全歼敌守军两个营。

部队党委追任黄继光为中国共产党党员，志愿军领导机关给他追记特等功，并追授“特级英雄”称号。

安 静

1912—1953

全心全意地学习，不要想家

——1952年10月17日　安静致女儿胡又环

又环儿：

你的信早就收到了，因为事情太多，一直没有抽出时间来给你回信。想你一定早就盼望我的回信了吧？

听说你是在长春学习，远是远了点，可是为了根据工作的需要，也只有听从组织调配，否则就不能算完全服从组织分配了。组织性是完成革命工作的先绝〔决〕条件，也只有放弃个人打算才能树立组织观点。又环！我希望你一心一意为革命前途着想，全心全意地学习，不要想家，那里的组织就是你的家，我们的“家”也就是组织的一个成分，我们没有什么私有财产，一切都是组织的。你的爸爸妈妈也是组织的，这样你就可以体会组织对你的亲密关系了，就不会再像第一次离家那样的孩子气了。又环！你说对吗？我想不会错的。事实上你也跟那时候不同了，因为你今天已经是党的后备军了，努力学习吧，党在需要你。

我的身体最近不大好，这是不堪想象的事。希望你多多注意健康，健康是革命的本钱。记住，不要忘了，你的胃不好，要注意饮食，千万千万希望你健康！

安静

十月十七日

胡进吾、安静夫妇（中坐者）与子女（后排右为胡又环）合影

武漢工農速成中學用箋

又環兒：

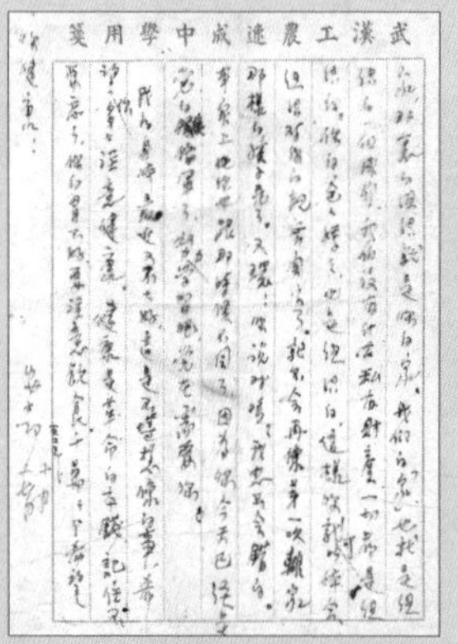

武漢工農速成中學用箋

家书作者安静和丈夫胡进吾都是早年入党的老革命，他们的女儿胡又环13岁就参加了革命，解放初期先后在长春、北京学习和工作。这封家书是安静写给在长春学习的女儿的，教育女儿服从组织分配，不要想家，表现出一位老党员在子女教育方面的思想境界。

安静（1912—1953），河北唐山人。武昌艺专（今湖北美术学院）毕业。1931年在艺专加入中国共产党。1932年9月任中共武汉特委艺专支部及艺专共青团支部负责人。抗战初期在武汉抗日妇女战时工作团工作。武汉沦陷后，党派她到豫鄂边区抗战工作委员会政治指导部任教导队长，负责组织抗日进步青年。1949年5月在武汉军事管制委员会联络处工作。新中国成立后任武汉二女中校长，创建武汉工农速成中学，后任武汉工农速成中学校长兼党委书记。1953年不幸病逝，享年41岁。

卢　冬

1932年生

为祖国实现新民主主义而斗争

——1952年10月27日　卢冬致姐姐卢诗雅

诗雅姊：

你九月的先后两封来信都已收到了，因这一时期工作较忙未能立即回信，大概你已完成了到首都去的旅程了吧，怎么样？在天安门前看到了毛主席吗？看到了祖国的伟大场面了吧？你能参加上是多么的荣幸呀。这一切都是我们日夜想念的，希望你能告诉我任何一些祖国的事情。我们在朝鲜更能感到年轻的祖国的伟大，和生长在毛泽东时代的光荣，这里是用新的胜利来做国庆的献礼的。

你的理想是宝贵的，是可以实现的，做一个青年团员是每一个青年的意志，是进步的方向。在你面前我觉得惭愧，我是一个青年团员，但在以前一贯对你没有任何的帮助，就是政治上的帮助，是做得很差的。青年团员的任务就是学习，为祖国实现新民主主义而斗争，所以不单是为个人生活而去工作，而是为达到理想而斗争，一切都是祖国的人民的号召。我想，我们首先是要努力地学习，改造旧的自己、旧的思想，尤其要认识我们的出身本质，小资产阶级的本质，只有学习、改造。在各种斗争里出现很多优秀的青年团员，他们为了理想而牺牲个人一切，就是我们学习的榜样。保尔·柯察金是使人敬佩的一个。我希望我们今后更密切地联系，交换学习的心得，互相帮助。

我现在的工作是负担文艺中的创作工作，你会知道这对我是极不熟悉与不合个人兴趣的，以前就是不惯埋头写作的，但这是党给的任务，为兵服务的任务，我慢慢在里头找到了兴趣。现在我是尽力学习，只有提高我的能力才能更好地完成这岗位上的工作，我初步地发觉身在朝鲜战场上，在火热的斗争里，是我学习与深入生活的最好机会。在这里面来改造自己，创作工作不单是艺术而且是政治思想性的东西，希望你在文学上对我也给予帮助。

母亲的近况如何？生活好吗？焕姊[1]为什么好几个月没有来信了？她的情况怎样，还在原处工作吗？娟娟[2]还有念书没有？望你叫她们写信给我吧。下次谈。

祝你健康。

弟 冬 草

十月廿七日

①焕姊：作者的二姐卢焕焕。
②娟娟：作者的妹妹卢娟娟。

卢冬与大姐卢诗雅，1949年12月摄于广州柔济医院

这是卢冬从朝鲜前线写给大姐卢诗雅的一封家书。在家书中，卢冬与姐姐相互勉励，共同进步，同时介绍了参加抗美援朝对自己的锻炼。

卢冬，原名卢观颐。1932年出生于天津塘沽，1935年随家庭迁至汕头。1937年抗战爆发，一家人定居香港。1948年在香港培正中学初中毕业。同年9月到广州市第一中学读高中。1949年4月解放大军南下，卢冬返回香港，毅然离家出走，投奔共产党领导的东江游击队。8月，成为东（莞）宝（安）地区粤赣湘边纵队东江第一支队第三团第三连(海鹰队)战士，加入了中国新民主主义青年团。解放后编入珠江军分区独立十六团二营，历任排长、连队文化教员、营部文化干事。1951年10月独立十六团赴朝鲜参战，卢冬坚决请战，被编入志愿军十九兵团六十五军，随部队驻守在开城前线临津江畔。后被调入一九五师政治部文工队，在前沿阵地演出。

卢冬从参加革命后便追求进步，但因海外关系等原因，经过历次运动，遭受许多挫折和磨难，仍坚持申请，终于在1985年8月实现了加入中国共产党的理想。1992年10月离休后，卢冬仍在广东教育学院“关工委”和“老年协会”中担任工作，并被选任中共离休党支部书记，曾三次被评为“优秀共产党员”。

卢冬与大姐卢诗雅，摄于2018年2月春节期间

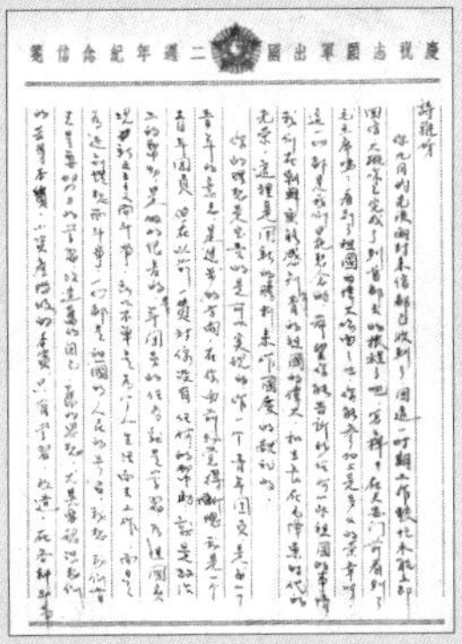

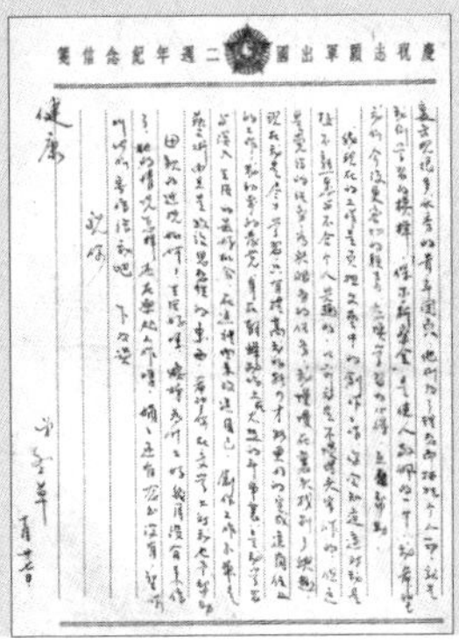

黄海明

1907—1991

妈妈！我不是无情的人啊

——1953年2月1日 黄海明致婆母

亲爱的母亲：

我在全国妇联开会之际，忽然接到你老人家的来信和像〔相〕片，使我说不出的高兴。但亲爱的妈妈，当我看完了你的信和像〔相〕片，使我不禁地又落下泪来。

妈妈！我不是无情人，我对更夫同志始终没有忘记过。只因我的身体年来多病，自顾不暇，故没有给你老人家写信去，请加原谅。

我和更夫同志是革命过程中的战友，也是患难中的好夫妻。他牺牲以后我不但没有消极态度对工作，相反地使我更坚强了，我步着他的后尘，踏着他的血迹，抱着对国民党仇恨的心情，为更夫同志报仇，担负起他未完成的事叶〔业〕。妈妈！我不是无情的人啊！请妈妈谅解吧。

曼儿[①]去苏学习再有一年半即可归国，我想待她回国后我同她一起回到叙永一趟，到那时我母子们再谈叙已往。你老人家的身体很健康，我们一定可以见面的。妈妈说：把全家聚在一起照个像〔相〕给我，我很高兴，最好把更夫同志的遗像也洗在上面。

妈妈！写到这里我心十分伤痛，暂时止笔。

儿 黄海明1/2

妈妈！希将信保存起来，将来给曼儿看。

来信仍寄山东省妇联勿误。

①曼儿：指黄海明和陆更夫的女儿陆曼曼，1932年生，1948年赴苏联留学，1956年毕业于上海交大，长期从事航天工作，高级工程师。

这封家书是黄海明女士写给陆更夫烈士的母亲的。陆更夫（1906—1932），四川叙永人，1925年入党，黄埔四期毕业，后参加北伐、广州起义，曾任中共两广省委书记，英勇就义时年仅26岁。黄海明也是大革命时期入党的老党员，曾长期从事党的地下工作，两人既是夫妻，又是战友。

黄海明，1928年摄于赴苏留学时

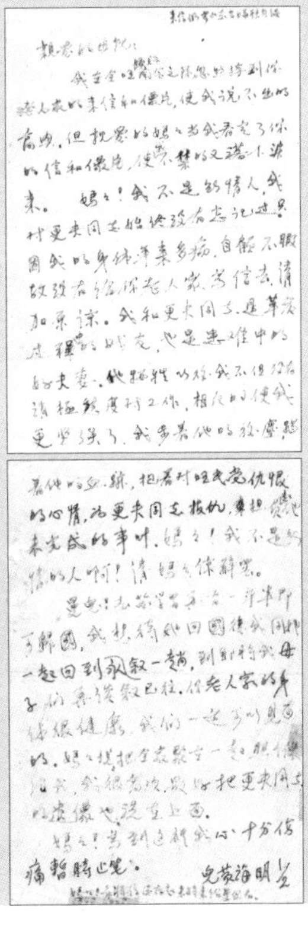

黄海明，生于1907年，湖北省枣阳县新市镇人，1926年加入共青团，1927年加入中国共产党。1926年秋北伐军占领武汉后，奉中共湖北省委指示，她赴黄埔军校武汉分校学习，学习结束后，任省总工会女工纠察队训练队队长。1927年“四一二”反革命政变后，武汉形势危急，她带领一批妇女参加中央独立师，任女生连连长。1928年6月受中央派遣，赴苏联莫斯科劳动大学学习。学习期间与同在莫斯科学习的陆更夫相识、相恋、结婚。1930年回国，在上海做地下工作，任上海工人联合会女工部部长。1932年7月丈夫陆更夫牺牲后，她仍坚持地下斗争。1933年被捕，带着不满周岁的女儿曼曼，被关进国民党南京监狱。1937年七七事变后，国共再度合作，国民党释放政治犯，她出狱后，回到老家，在枣阳办起农民夜

黄海明与女儿曼曼，摄于1956年

校，宣传抗日。这期间，她先后动员50多名青年奔赴延安参加革命。

1938年黄海明带着女儿赴延安，抗大毕业后，任中共中央组织部托儿所所长。后又进入中央党校学习。1945年日本投降后到山东，先后任山东省妇联福利部部长、省妇联秘书长、省妇联主任等。后调北京，任轻工业部副司长、部纪检组副组长等职。曾当选第三届全国人大代表，第二、三届全国政协委员。1991年9月于山东逝世，终年85岁。

宋云亮

1923—1977

希望能够早点回到祖国

——1953年7月30日　宋云亮致胡玉华

玉花：

前些天在我准备上山作战时写给你的信和寄给你的像〔相〕片，收到了吗？念念。

在我上山以后，接到了你从学校寄的信与像〔相〕片，因战斗就要开始，事情很多，所以没有及时回信，望原谅。

把我们这次战役的胜利消息告诉你吧！我是西集团军的一个炮群的群长！我们群里有几十门大口径的野榴炮，还有坦克及“喀秋莎”大炮也参加了。

在七月十三日夜八时——这是一个雨夜，战役①开始了。在金城前线廿八公里宽的战线上，响起了震耳的、难以形容的炮声——我们神威的炮兵向敌人的阵地开始了炮火急袭。在炮火延伸射击之后，步兵即突破了敌人的前沿防线，接着又开始纵深战斗。“现在我们已占领了××阵地，要求炮火向××阵地射击”……等消息不继〔断〕从前面传来。炮兵指挥所的所有人员都高兴得了不得。激烈的战斗连续了好些天。

此次战役，我们歼敌三万余人，占领敌军阵地一百七十多平方公里，缴获的大炮、车辆、坦克很多，还有一架飞机。敌人的一个野战医院的男女工作人员也当了俘虏。

总之，这次战役是反击战规模最大的一次，胜利也较大。

其次的一个令人兴奋的消息是朝鲜停战签字了，也停火了。

七月廿七日的晚上，我们还在山上的指挥所，从下午九时起，我们的炮火停止了发射，敌人的炮火也停止了发射，天空再也听不到敌机的声音，真的停火了！第二天（廿八日）上午，我们下了〈山〉坐着车子回到了住〔驻〕地（邹义里）。今天已是停战的第三天了。白天、夜间，公路上的车辆来往不断。白天车上〈也〉不插伪装了，夜间也听不到打防空枪了。从今天晚上九时起，敌我都撤出非军事区。现在已开始走向和平。

敌人如果不破坏和平的话，朝鲜问题也许会和平解决的。

花！说个私人话吧，如果敌人不破坏停战，也许在几个月以后，我们就会团圆的。究竟是什么时候，现在尚不得而知，当然希望是能够早点回到祖国。

志存给我寄的信和像〔相〕片，今天才收到。从日子来〈算〉，差不多是两个月的时间。关于他的私人问题，在目前情况下，我的意见是回国以后再说吧！总之，要尽力帮助。

花，我买了表，200多万，是块很好的自动游泳表。如果在祖国买，要贵得多，因为志愿军整批地买来，是更便宜得多。原先的那块表卖给别人了（75万——当然也比祖国〈的〉便宜），买表的人太多了，光我们团就买了几百块。

花！再差半个月，就整整一年了！……

以后再写吧！望把你的近况来信告知。

紧紧地握手。

亮

1953.7.30于朝鲜

来信寄“朝鲜前线中国人民志愿军一九八师炮兵团”吧——信箱号经常变，弄得信不能按〈时〉收到。别写信箱了，或者寄“朝鲜前线中国人民志愿军战字一八二一信箱十五支队”。

亮

①战役：即为金城战役。

这是宋云亮自朝鲜战场写给妻子胡玉华的家书，描述了他亲身经历的金城战役和停战经过，以及对和平的盼望和亲人的思念。

作者宋云亮（1923—1977），陕西临潼人。1938年8月参加八路军，同年到陕北公学学习。12月入延安中国人民抗日军政大学学习，同月加入中国共产党。1940年1月从抗大毕业后，到晋察冀三分区一支队政治处任干事，参加了百团大战。后在晋察冀三分区一支三队任副政治指导员。1945年2月入晋察冀军区炮兵训练队学习。同年10月任晋察冀军区炮兵团二营四连政治指导员。1949年任华北军区第六十六军炮兵团二营营长。1951年任第六十六军第一九八师炮兵团代理团长。抗美援朝战争期间，任中国人民志愿军第六十六军第一九八师炮兵团团长。1955年被授予中校军衔。

收信人胡玉华，小名玉花。1930年生于河北保定，1948年加入中国共产党。1949年10月24日，与宋云亮结婚。在天津护士学校毕业后，留校当职员。1970年到陕西临潼县文教局，担任文秘工作。1980年调入西北纺织学院，从事党务、人事等部门的工作。1989年离休。

宋云亮，1953年摄于朝鲜

朝鲜停战回国后宋云亮与胡玉华合影，摄于1954年

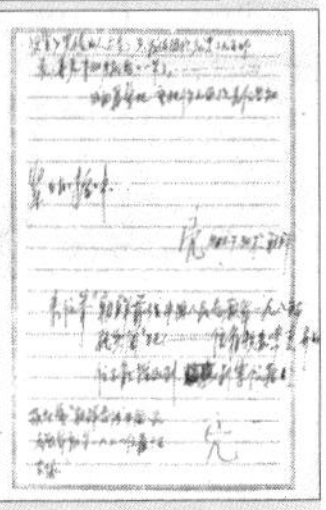

少　康

1929—2016

有月亮也是夜战的好时候

——1953年9月22日　少康致弟弟邵尔钧（节选）

尔钧同志：

你没有来过朝鲜，你知道朝鲜秋天的景象吗？

它是一个收获的季节。山间的田野里一片金黄，大豆生长在密密的高粱林里，谷穗低下头来，像沉睡一样，风是吹不醒它的。它左摇右摆，绝不把头抬。金风从山岭上掠下来，吹落了落叶乔木的黄叶，吹得高粱叶沙沙地响，吹到冲积平原上，便翻起一阵金黄的稻浪。苍松翠柏是常年绿的，可是那落叶的乔木、灌木便开始了它凋落的生活。秋，把山染得更美丽，那些不知名林木的叶子变成了五颜六色。有时，你会在一个山的任何一部分看见一片飞红似火，那就是红叶。秋天不只是把一切都吹得一干二净。你可以走上任何一座山上去看，野桃子黄了（这种桃子熟了不红），山葡萄紫了，栗子、胡桃、山丁子、软枣、酸枣都熟了，你可随便找着吃，山上的野果没有主儿。

你看见过朝鲜的月亮吧？这可是开玩笑。你现在正看月亮那〔呢〕吗？记起月夜来，在朝鲜几个有意义的月夜记得特别清楚。一九五〇年十月下旬二次战役一开始，我们一连（当时我在一连工作）在华阳洞挖阵地，阵地挖在一个山坡的下面，从月亮一上东山就干，给工作上添了多大方便啊！

“好啊！趁着月亮不落，突击出来！”“没问题！”大家一致地都响应。挖下一公尺，下面就是泥。一刨一个坑，插进铁锹不摇晃都不出来。过了下〈半夜〉两点，天气变得很冷，地上凝了一层冰霜，一踩，“格格〔咯咯〕”的声响，棉鞋上沾了不少泥，都冻着了。走起路也不平，干一会要用铁锹往下铲。这离战线很近哪！伙房不知在什么地方，很艰难地送来一顿面片汤。小风像刀子一样，洒在桶边上的面片都冻着了。冷啊！穿着棉袄干活热，一休息就要冷。明天就要打响！那还休息啊！干吧！越快越好。天快亮才干完。吃完饭，躺在山坡上就睡了。睡足了，准备晚上狠狠地敲他一顿。可是敌人跑了。追！当然要追！步兵翻山越岭在追，炮兵挂上炮，上公路追！就在这个月夜，我记得很清楚。

在朝鲜这三年的样子，有几个月夜我是忘不掉的。一九五〇年十一月的月夜，是我初经顽强军事劳动的一天，我可没有熊，我跟战士们一样干。你知道，秋天是打仗的好时候，有月亮也是夜战的好时候。一见到月亮，或是〈见〉过仲〔中〕秋节的月亮，都要有些想法。

五一年的中秋节，是个很热闹的月夜。部队向前移动，小后方要搬家，我接受搬家任务。这天晚上，坐着汽车跑了一夜。车子经过“谷山”，平原上一段七十公里开阔地上，飞机封锁得特别厉害，敌人的夜航机B25又投弹又扫射，路炸得坎坷不平，天空上悬挂起几十个照明弹，在〔再〕加上皎洁的月光，地上有一颗针都能看见，公路两旁的高射机枪和高射炮，向天上交织成一片火网。

坐在车上颠簸得坐不稳，但是还抬着已经发酸的脖子看着，总希望看见夜间打落飞机是什么样子，或许是拖着一条红火的尾巴，从天而降……“咔咔咔——咕咕咕”敌人一排机枪打在附近，汤姆弹在地面上爆炸了，闪出蓝色火花。〈我〉告诉司机“把紧舵轮，快跑，可能发现咱车子啦!”那阵可没想家或是怕死，总是想快跑过封锁线，胜利完成任务!

一九五二年的中秋节，比起以往的日子更有意思。我正随部队参加一次反击战。月亮还〈没〉有上山时，我同一个同志〈在〉野地里割荒草，敌人冷炮在附近不住〈地〉落。进入阵地已经四天了。连夜挖阵地，白天便伪装起来。到山上去砍木料，晚上在〔再〕从山上拉下来盖阵地，都对月亮感觉兴趣呢！不然摸瞎干活更慢了。困哪！已经三天四夜没睡了，在干活休息十分钟的时间，就有睡着的危险。再努最后一把劲，割些草，铺在靠上〔山〕崖的单人掩体内，好睡觉。吃月饼吃梨，吃苹果吧，不然怎么打胜仗啊！真是的，月亮照在静静的阵地上空，这是激战前夕恐怖的寂静，除去偶而〔尔〕的冷枪冷炮、敌人夜航机的声音以外什么也听不到 。眼睛像塞满什么东西是

〔似〕的，眼珠都不灵活了，胀得发痛，勉强地记了日记，倒头便睡。

我身心均健康，勿念。

祝

幸福

致军礼

邵亢

于朝鲜成川郡玉井

癸巳仲秋

1953.9.22

信手写来，草草之至，请见谅！

少康，1950年10月摄于沈阳

志愿军文工队小分队演出后合影，摄于1953年4月

家书作者邵尔谦，后来改叫少康、邵亢，1929年生于北京。1948年7月从北平市立第七中学高中毕业，12月从北平教育部师资训练所肄业。1949年3月自愿参军入伍，在第四野战军特种兵炮兵第二师文工队任队员、演员、乐手、创作员。1950年10月入朝作战，1953年10月归国。

少康入朝后，他的大弟弟邵尔钧在西北区工作。当时，志愿军被人们称作“最可爱的人”，备受崇敬，所以邵尔钧就把哥哥寄去的书信都保存了起来。虽然邵尔钧的工作足迹踏遍西北数省，又历经各次政治运动，但这批家书却得以保存，丝毫无损。直到2002年9月，邵尔钧终于托可靠的朋友由西安带到天津送到哥哥的手里。2005年，抢救民间家书项目启动，少康把这批珍贵的家书捐赠了出来，现分别收藏于中国人民大学家书博物馆和国家博物馆。

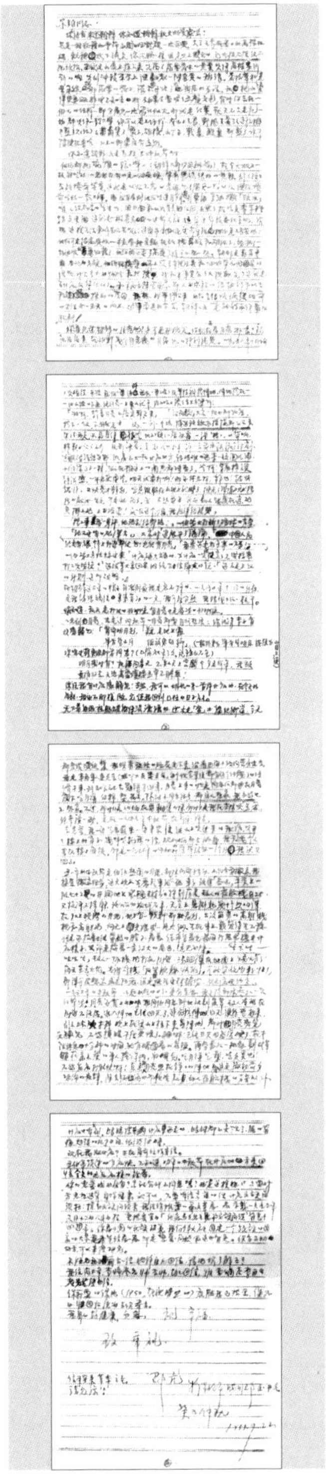

徐特立

1877—1968

每一日每一时都不要只为自己着想

——1953年9月28日　徐特立致女儿徐静涵

守珍[①]吾儿：

来信收到，知道你们夫妇已经解决了失业问题，希望你们努力工作，并关心其他失业的人们。你们虽然还不是共产主义者，不过是组织问题，首要的还是思想问题和行动问题，在这一方面做到了，不一定要加入组织，做党外的积极分子最重要。我是五十一岁才加入党。我没有入党的要求，自以为资格不够，只是努力工作。在大革命失败后，有些动摇分子退出党，我党的负责人以我够党外的党员，于是才有人介绍我入党。我希望你们每一日每一时都不要只为自己着想，上半晚想自己的困难，下半晚一定要想群众的困难，以及政府的困难、机关负责人的困难。这样去做人，自己的个人苦恼没有了，胸怀开展了，就不知不觉变成了一个前进分子，甚至成了一个非党的本质上无异于党员的积极分子。你们两人都是劳动者，没有家累，不必愁身后问题，比起我更自由。我实在忙，没有时间写信，希望你们尊重我在百忙中写的信。我在上海会见你们后，我也相信你们，爱护你们，由于相信就希望你们跟着我走，成为我们党外的同志！

特立

一九五三年九月二十八日

①守珍：即徐静涵，徐特立的女儿。

这是徐特立写给女儿徐静涵的家书，告诫女儿要努力工作，积极进步，多为群众着想，先在思想和行动上入党，即使不办入党手续，也很重要。

徐特立（1877—1968），原名懋恂，字师陶，湖南省善化县（今长沙县江背镇）人。1911年参加辛亥革命。1912年，徐特立受长沙县知县姜济寰之邀，创办长沙县立师范（今长沙师范学校的前身）。1919年至1924年，徐特立远赴法国勤工俭学，并考察了比利时和德国的教育。1924年夏回到长沙，创办长沙女子师范（1926年并入长沙县立师范），担任校长，同时兼任湖南省立第一女子师范（即稻田师范）校长。1927年加入中国共产党，同年8月参加南昌起义。1931年11月当选为中华苏维埃共和国中央执行委员会委员。1934年参加长征。新中国成立后，曾任中央人民政府委员会委员，中共第七、八届中央委员。

徐特立

李振华

1909—1988

响应国家一切号召才是对的

——1955年1月7日　李振华致父亲

父亲大人：

去年十二月十三日你的来信，于本月廿四日我收到了，信内一切敬悉。未及时给你来信，原因是等棉衣收到后，才给你来信，所以等候现在。

棉衣是今年，一九五五年一月三日收到的。近三天来因开会学习时间很紧张，无空将信写好，今晚抽出时间，给你写了信，敬告你先〔知〕道，请勿念吧。

你信谈到咱们卖给国家余粮七百斤，这是应当的。国家正在建设之际，特别是重工业建设需要更多的资金和粮食供应，解决工厂工人和国家军队的需要，起到一定的保证。加上解放台湾就更需要了。现在这样做，今后更应该继续积极做下去，对个人有利，对国家有利。

又谈到土地入了社啦，下年有好处。你这话说得很对，今后农民所走的光明道路只有参加农业合作社，增加生产，多打粮食，增加收入，改善生活，才是长远幸福生活的美满社会。所以以后在农业生产方面集体劳动、克服保守和狭隘思想，提高社会主义和爱国主义思想。

不但自己这样做，更应该起些带头作用，因为咱家有参加国家工作的人，因此不能落后如〔于〕别人。要告诉发则、狮则、岱海、小存、登云等提高觉悟，很快参加合作社，是最好的。不要有其他怀疑等等不正确语论，说话要合乎社会前进的要求，响应国家一切号召才是对的。

大人年老，请注意保养身体，少生闭〔闲〕气。看不惯的事，想开些。新社会的许多事情和旧社会有些不同，自己看不惯，主要是封建思想在作怪，下决心去克服，增加新社会的因素。

近来我们在外各方都好。你的三个孙子吃得好，很活泼，请不要惦念。

代问前后院和东院老少人等均安，并祝你身体健康，精神愉快。等成都至宝鸡铁路在一二年通了车，来成都看看。

致以

敬礼

儿 李振华

55年1.7

我在家盖的那床棉被子，给我六叔父盖了吧，以后我还你，怕他冬天冷。

这封家书是在四川省高级人民法院工作的李振华，收到父亲从山西老家的来信后写的一封回信。当时正值国家实行农业集体化政策，号召农民加入农业合作社。老人是从旧社会走过来的，对有些事情看不惯、想不通，李振华在信中开导他，并劝家里人提高觉悟，积极进步。

李振华全家福，1956年摄于自贡

李振华（1909—1988），山西长治人。1937年6月参加中共领导的牺盟会，1938年2月参加八路军，同年12月加入中国共产党。从一名战士、文书、司务长、会计、供给员、粮秣股长、供给主任、军械股长，成

长为中国人民解放军第六十军第一七八师司令部管理科科长。经历了豫北战役、临汾战役、晋中战役、太原战役、豫西剿匪、扶眉战役、秦岭战役、成都战役、川西剿匪等战役，万里征战入川。1950年4月至1953年5月先后在四川省广汉县、绵竹县和什邡县分别担任税务局局长、县长。1953年6月至1954年10月在北京中央政法干部学校学习。1954年11月任四川省高级人民法院民事庭副庭长。1955年3月调任自贡市中级人民法院院长。1956年9月赴重庆中央第七中级党校学习1年。1958年8月被划为“右派”。1979年3月平反，恢复政治名誉。1981年当选自贡市政协委员，1988年逝世。

金茂芳

1933年生

在不断的帮助中互相建立起革命友谊

——1955年3月26日　金茂芳致王盛基

盛基：

首先向您做亲切的感谢和崇高的敬礼，您对我的帮助，但您向我提出的几个意见，我想主要产生的根源是我平日生活不紧张、散漫而遭受到骄傲不虚心、不联系广大同志，使同志对自己造成了不好的空气。但这种不好的空气，今后我向您保证有决心有信心地改正，并希望您多加帮助。特别是我对自己身体爱护上是不够的，像吃零食、喝生水、吃辣子等，这是对身体有很大的害处，以后会造成不好的后果，今后我一定克服。

再者，这个问题您提出的意见，我考虑了好久，不过我有这样几个意见补充：

一、您说再叫我重新去选择，这我是绝对不会有的。你想有多少女同志给男同志乱谈，造成了同志反映〔应〕是如何，如果我要有这种做法，同志们会有什么样的反映〔应〕对待我。

二、将来的幸福问题，当然在生活上是有些不方便，但以后长了也就会习惯了。

三、现在我的意见，是我们在不断的帮助中互相建立起革命友谊，树立起革命的感情，共同提高工作效率，加强学习。等到了以后再谈是否可以呀？

四、如果您对我在思想上有什么不好意思说出来，我想以后这问题不直接地谈清，可以不可以，直接谈清，不要表现出特别谦虚的样子。

不过我提出的意见，是我思想所想象的，如您有什么建议，以后有一个适当的时间，我们可以当面交换意见。等有时间，我们再约会好吗？

此致

革命敬礼！

祝您永远健康，工作顺利，要很好地爱护身体，有病就休息，不要坚持工作。

茂芳

一九五五年三月二十六日

金茂芳全家照，摄于1967年

作者金茂芳，1933年11月生于山东省济宁市邹县。1952年5月，新疆生产建设兵团到山东招兵，金茂芳报了名，经种种核查，7月28日接到入疆通知。9月，她来到漫天黄沙的石河子，接受扫盲教育，接着学习拖拉机修理与驾驶技术。次年春天，当上了一名拖拉机手。不久，被批准加入了共青团。

1953年，金茂芳和王盛基开始自由恋爱。1955年两人转业到石河子机耕农场，向单位递交了结婚申请，但却没有被批准。王盛基有些心灰意冷，让金茂芳重新选择，可是金茂芳却偏不认命，于是给王盛基写了上面这封信，表示自己决不重新选择，继续与王盛基交往。1956年，她再次和王盛基向单位递交结婚申请，得到批准，12月26日两人结婚。夫妻感情融洽，从未闹过矛盾。“文化大革命”中，夫妻二人被冲击。1972年，王盛基患了胃癌，7月17日去世。从此，年轻的金茂芳独自抚养两个领养来的孩子成人。

金茂芳珍惜来之不易的劳动机会，通过积极劳动来改变自己的命运。1956年，被兵团评为“二级英雄模范”、兵团“12面红旗”之一。1959年被批准加入中国共产党。她驾驶过的拖拉机被新疆兵团历史博物馆收藏，现为国家一级革命文物。作为新疆生产建设兵团第一代进疆女兵和新中国第一代女拖拉机手，金茂芳成为中国人民银行1962年发行的第三套人民币1元纸币上面那位姑娘的原型之一。

金茂芳年轻时开拖拉机留影

第三套人民币1元纸币票样

赵绍闻

1932年生

为了和平我们撤出朝鲜了

——1955年11月9日　赵绍闻致弟弟赵绍望

弟：

你好！为了和平我们撤出朝鲜了。我们的列车离开朝鲜时，感到留恋，天真的小朋友直到白发苍苍的阿玛尼都捧着鲜花来欢送我们，把我们从车厢上拉下去，抛到空中，我们在月台上尽情地跳起“道那吉”“秧歌舞”。列车发出了最后开车讯号，人们的手还是紧紧地握着。列车开动了，看！车厢门窗上插满了鲜花，无数的彩带一头握在我们手中，一头握在他们手中，握着，紧紧地握着，随着车的前进把它拉断了，在手中随风飘飘，直到看不见了。这是朝鲜的礼，这是友谊永不断。在平壤等地，我们互相签字、赠礼、联欢。当车到鸭绿江时，看到祖国，我们多高兴。好久没见了，一切都变了，桥也变了，安东也变了，人的脸也是笑嘻嘻。高大的红色的凯旋门多威武，我们胜利了。但是我们还不能麻痹，我应更加提高警惕，以防突然事变。

这里已下过小雪了，现在还不算冷。我们对冷已习惯了，同时防寒的条件也充足。你也习惯了吧？我照了个像〔相〕你看怎样？我在朝鲜给你的回信收到了吗？明年真可回家看看了。我们的钱家都收到了，解决了困难，还来信感谢哩！不多写了。

祝你

愉快

你的哥哥　绍闻

五五，十一，九于祖国

这是志愿军战士赵绍闻随军撤出朝鲜，回到祖国吉林省休整期间写给弟弟的，信中详细描写了撤离朝鲜的过程和感受。

赵绍闻，湖南湘潭人，1932年生，中共党员。早年在家乡读初小、高小、初中和高中，1949年9月在株洲参加第四十六军军干校，后分配在四十六军后勤部工作。1950年入团，1952年9月入朝参战，1955年10月回国。1963年转业到湘潭市供销社工作。

赵绍闻(右)与战友合影，1953年5月摄于朝鲜平安南道甑山郡马山里青龙洞

立功证

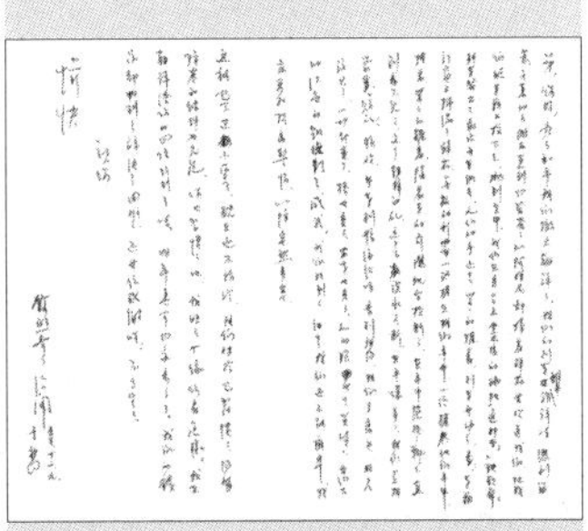

贾树端

1931—2016

应该珍惜这三年的学习时光

——1956年10月1日　贾树端致张培和（节选）

培和：

这些日子里，都不收到您的来信了，大概是您工作忙吧！

今天是国庆，在首都的确是非常热闹的，“八大”闭幕，还有许多外国代表团来到了北京，今天的游行盛况也许您是会想象得着的。只可惜的是从清早起便一直下着雨，这是多么的不凑巧。

我没有去参加游行，并不是因为怕雨，是前几天便决定了的。今年游行的名额有限，我们班上只分配了几个，大家都想去，都想能看毛主席，事实上又不可能都去，在这种情况下，我只好勉强地弃权了。当然很可惜，不过，我把希望寄托在两天后。后天北京市要为印尼总统苏加诺召开欢迎大会，我要去参加。我们班上要去九个人，我们都怀着毛主席要去参加大会的希望，可不知这愿望能否实现。

时间过得真快，学习生活已过了一个月了，从昨天下午放假后，我就回顾了这一阶段的学习，学得还不是那么深入踏实的。学习只能算是刚刚摸上了门路，已经感到时间紧迫了。现在我们已经每个礼拜都有课堂讨论，或者是学习检查，几乎是每个礼拜天都要做准备。课堂讨论比在机关讨论时严格多了，每个人都得作发言提纲，也必须要有思想准备回答老师临时提出的问题。我们已经经过一次中国革命史的讨论了，讨论后，给人留下的印象是深刻的。

在学习中还有一个问题，是读原著，马列主义基础课现在学《共产党宣言》，哲学课现在读恩格斯著《费尔巴哈与德国古典哲学的终结》。这些书，过去都很少仔细读过，读起来是比较费劲的。总之，这一个月的学习，使我更比较深刻地认识了自己，理论知识是非常贫乏的，这也就是过去做不好工作的根源。有这三年的学习时光，的却〔确〕是应该珍惜它，不要辜负了大好时光，以后就会老大徒伤悲的。您说是吗?

学习，只要花费艰苦的劳动，是总可以学好的，我一定是下决心这样做，一面学习，一面改进学习方法，在这三年里，真正能踏踏实实地学一点东西。

在生活上，这些日子里，已比刚来时习惯多了。早上起来，我也跑跑步，做做体操，参加体育锻炼，然后便开始了一天紧张的学习生活，生活得规律，有纪律，饭量也大增了。人适应环境的本能的却〔确〕是大的，您能说，过上三年，我还不全部北方化吗?在生活问题上您已全部不必为我耽〔担〕心了。

这些日子里，想告给您的就是这些事情。本来打算实行我的约言，半个月给您一次信，可是这几天有三天假期，除了温习功课外，再也没有什么事干，抽出一点时间写写信，您也是不会拒绝的。

培和，来北京后的这些日子里，想念您的心情，是比在四川时更甚了，我也不知道，这是什么原因。过去，也常是一直不和您在一起，常在农村里东跑西跑，生活也不安定，虽然思念您，可却没有现在思念得深，也许是距离得太远的原因吧！班上的同学有不少是家在北京的，每逢假日，他们都回家去了，留在学校的人，除了看看书外，的确不好玩。为了工作，为了学习，也为了未来，我们是分开了，感情上是让我们分不开的，七八月份在茂县时共同生活的一幕一幕的情景，常都涌现在我眼前。但是，眼前需要的是理智战胜情感，让那甜蜜的回忆，成为推动我们搞好工作、搞好学习的动力，您说是吗?

千言万语，是没有办法在这里叙述完的，随着这封信，带去我的问好和祝福！

紧握您的手！

树端

国庆节下午

贾树端与张培和，摄于1956年

毕业文凭

学生贾树端系四川省(市)井研县人，现年[illegible]岁，于一九五六年九月一日入本校新闻系本科(班)学习新闻专业，学习三年，按教学计划完成全部学业，成绩及格，准予毕业。

中国人民大学

校长 吴玉章

[illegible] 2207 号

贾树端的大学毕业证

家书作者贾树端，女，汉族，1931年2月出生于四川省井研县城关镇村。1950年3月参加工作，1952年10月在四川日报社入党，1956年9月至1959年8月在中国人民大学新闻系学习。毕业后回到四川，先后在阿坝州委宣传部、阿坝州岷江报社、四川工人日报社等单位工作，先后任岷山报社社长、省委宣传部新闻宣传处副处长、四川工人日报社副总编辑等职。1991年3月退休，2016年7月去世。

收信人张培和是贾树端的丈夫，1927年生于山西保德县，1944年8月参加工作并加入中国共产党。先后在老家小学任教员，保德县政府财政科科员、晋绥日报校对科科员等。1949年8月南下四川，历任川西日报社校对科负责人，四川茂县县委副书记、书记，阿坝州人委文教处副处长，州人委副秘书长、民政局局长，四川省医药管理局政治处副主任、机关党委书记、纪检组副组长。1984年6月离休，2017年10月去世。

1949年8月，张培和南下四川后和贾树端一起在川西日报（中共川西党委机关报，1950年元旦创刊，1952年8月31日终刊）工作，其间他们相识、相恋。1956年7月结为伉俪，9月，贾树端离别初婚的丈夫，来到北京中国人民大学新闻系读书。不久就迎来了国庆节，10月1日下午，她给远在四川茂县的丈夫张培和写了上面这封信。

在北京读书的三年间，两人鸿雁传书，互诉衷情。现留下90封家书，其中贾树端写了68封，张培和写了22封。这些书信较为完整地记录了一位50年代大学生的生活，反映出那个时代年轻人奋发有为的精神面貌，他们对于党和国家的忠诚和文化知识的渴望，以至于读书、学习、为人民服务是每一封书信的主题。在繁忙的学习、工作中，这对分居异地的年轻夫妻也把对对方的思念和关爱诉诸笔端，留下了一段富有时代特色的爱情记忆。

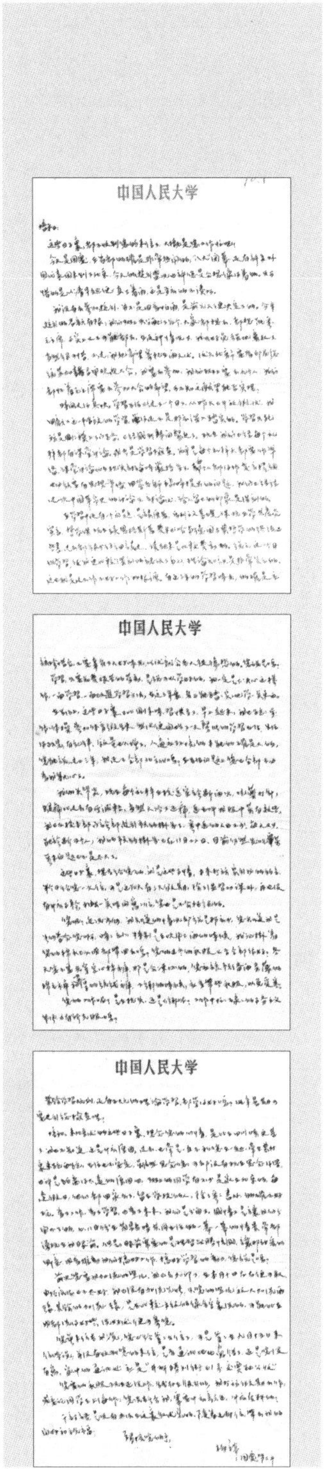
中国人民大学

中国人民大学

中国人民大学

陈 赓

1903—1961

若果我还不振作，那太对不起他们了

——1957年3月8日 陈赓致妻子傅涯

亲爱的涯[①]：

在南京整整工作十一天，检查了军事学院、总高级步校及南京军区的工作。收获确是不少，但是没有得到休息。失眠又发作，只好恢复吃水药，吃水药后又可以每夜睡到六小时了，只是没有水药就不行。明天准备去长江两岸及沪宁线上做实际勘察，预料半个月后才能到达上海，这样的勘察旅行，可能对我的身体有好处。这次在南京，曾乘暇去雨花台凭吊烈士，在许多陈列的照片中，发现了很多是我过去的老战友和难友，一时情不自禁，潸然泪下，因此，想到我还活着，较之他们（烈士）占了大便宜，若果我还不振作，如今有些疲惫感的话，那我太对不起他们了。

这几天总是想着您和儿女们，涯子的活泼天真时时绕着我的心灵，有时竟想早些言归，但我不能这样做。你们的情况希望得到您的报知，到上海后无论如何要通一次电话。我这次准备到宁波，我很想去沥海所一游。到上海再写信给您。

祝

你好！吻你并建、进、庶、涯[②]！

您的赓

三月八日

---

①涯：傅涯（1918—2010），原名傅慧英，1937年奔赴延安参加革命，抗大毕业，1943年与陈赓结为伴侣。

②建、进、庶、涯：分别指陈赓次子陈知建、女儿陈知进、三子陈知庶、四子陈知涯。

陈 赓

陈赓（1903—1961），原名陈庶康，湖南湘乡人。出身将门，其祖父为湘军将领。中国无产阶级革命家、军事家，中国人民解放军大将，国家和中国人民解放军的优秀领导者。新中国国防科技、教育事业的奠基者之一。1922 年加入中国共产党。1924 年入黄埔军校第一期学习。毕业后，留校任副队长、连长。参加了平定商团叛乱和讨伐陈炯明的东征。1928 年至 1932 年，在上海中央特科工作，同国民党反动派进行隐蔽斗争。抗日战争时期任八路军一二九师三八六旅旅长。历经北伐、南昌起义、长征、抗日战争、解放战争、朝鲜战争，为人民的解放事业立下汗马功劳。1952 年，负责筹建哈军工（中国人民解放军军事工程学院）。1954 年 10 月任解放军副总参谋长。1955 年被授予大将军衔。

1957 年 2 月 28 日，陈赓与彭德怀、谭政一起到南京军事学院检查工作。3 月 5 日，又在陈士矩等陪同下，视察南京军区。其间，勘察了宁、沪、杭地区和舟山、嵊泗列岛的地形，检查了部分国防工事，就地研究了该方向的设防和战场建设等问题。视察于 4 月 12 日结束。这封信就是陈赓视察期间写给妻子傅涯的，不仅体现出他们夫妻之间的真挚情感，而且表达了对逝去战友的深切怀念，自己也受到激励，表示要振作起来，投入繁忙的工作中。

抗战时的陈赓

帅孟奇

1897—1998

望你在大好的春天里好好休息

——1958年3月18日　帅孟奇致养女舒炜

沪子①：

你的休养成绩有跃进吧？我们二月廿五日离开北京，一路经过洛阳、西安、成都、重庆，所参观的工农业都是跃进大跃进，并看了不少古迹，且饱尝各种鲜艳的花和明媚的春光。你听了一定很羡慕，不过我想青岛也一定是桃李芬芳春色满目了。望你在大好的春天里好好休息，以坚决的心情把病养好。今春南方不是雨天，我出来将近一月，所到各地，均未下雨，对我个人倒很好，但对农民就辛苦了，有个别地方都在抗旱，因此希望下雨，对农民和大家都好。大概能如愿吧。

明天三月十九日，我离重庆，乘长江轮船到武汉转长沙。到长沙后，去看你的祖母。你的回信可寄湖南省人民委员会交际处熊处长转我。

前几天在成都时给你的信，是请小元转你的，傅麓寿写信面时没有写西花厅，大概不能收到，特告。祝你健壮！

妈妈②

3.18

①沪子：收信人舒炜的乳名，1929年10月3日生于上海。

②妈妈：帅孟奇（1897—1998），老一辈革命家，收信人的养母。

帅孟奇与养女舒炜合影,1957年摄于北京

这是1958年老一辈革命家帅孟奇写给养女舒炜的信，告诉舒炜到各地的所见所闻，让舒炜分享她的快乐，鼓励舒炜好好养病，早日康复，回到工作岗位。

帅孟奇，1897年出生于湖南省汉寿县。1922年开始参加革命活动，1926年加入中国共产党。1928年帅孟奇被派往莫斯科共产主义劳动大学学习，1930年学习结束后回国。同年，党派她到任弼时领导下的中共武汉长江局工作。当时的武汉，白色恐怖，危险四伏。舒炜的父亲沈绍藩任长江局秘书处处长，帅孟奇任机要秘书。当时舒炜尚不满周岁，她的祖母刘静、妈妈舒亚先，还有装扮成沈绍藩的寡妇嫂子的帅孟奇，组成一个家庭，实际上是党的地下机关。不久，沈绍藩被捕，坚贞不屈，仅三天就被枪杀。

当帅孟奇从街上贴出的布告中得知沈绍藩被枪杀的消息后，马上转移，她和刘静同去上海寻找党组织，舒炜和妈妈舒亚先则返回长沙老家。不幸的是，舒亚先回长沙后，在敌人的威逼下，为保守党的秘密，自缢身亡，以示抗争。从此，舒炜成为孤儿，和祖母在艰苦的生活线上挣扎。

1939年，帅孟奇找到舒炜和她的祖母，

经党组织批准，舒炜被送到延安，先后在延安保育院小学、延安中学、延安自然科学院学习，一直受到党的培养教育。从帅孟奇的来信中，也可以看到老人家对舒炜慈母般的爱抚、关怀和教导。

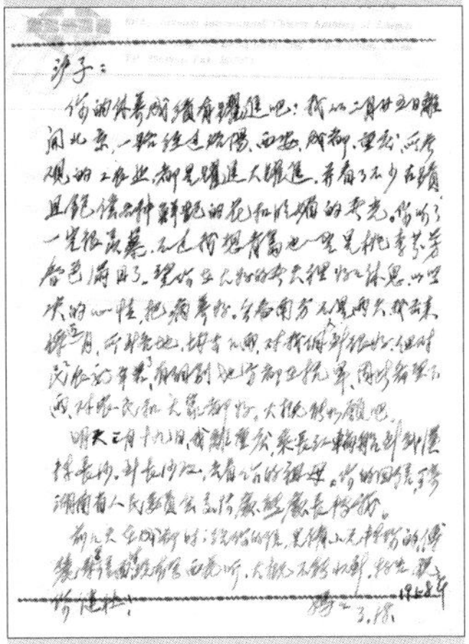

淑子：

你的休养继续有进步吧？我于二月廿五日离开北京，一路经过洛阳、西安、成都、重庆，所参观的工农业，都是跃进又跃进，并看了不少古迹，且饱赏各种鲜艳的花和明媚的春光。你听了一定很羡慕。[illegible]

[illegible]

[illegible]

1958年 3.18

张凤九

1932—2018

为了党增添了血液，我要向您祝贺

——1959年4月5日　张凤九致哥哥张伶九

龄〔伶〕九胞兄如面：

您好？全家也好？

今天我接到两封信，有您一封，有大哥一封，我很高兴。说真的，自从春节分别后接到家中、您那儿、兴隆等地的来信实在不多，特别大哥一直到今天才回信，我快急坏了。今天接到你们来信，我这心里也豁亮些，知道了各地情况。(像〔相〕片收到了。)

在没写上面话以前，弟应该先给你道喜，几年的政治生命解决了，这是不容易获得的光荣。获得这些，是从工作实际、思想表现，以至对党忠实等争取的，当然我们应当共同高兴，并且我要祝贺您要在不久的时间真正迈到党的门里，做一个忠实的布尔什维克。没别的，为了您的光荣，为了党增添了血液，为了我们弟兄永远为共产主义事业献身，我要向您祝贺，祝贺礼是给着邮局寄去款二十元。其意义，除向您祝贺，也是为对生活的补助和为了孩子们读书。请您查收。并回信。

我这次给北京宝盛旅馆写信叫他们交给您。这封信里我特别多地提到您如何争取政治生活问题，可惜您没接到。这次您来信谈已经解决了，因此，弟为之高兴。

大哥给您那儿去信不多，先把大哥给我的来信转给您，也等于了解了家中情况。

我的工作很好，几次去信都告诉您了，可能已经知道得不少了。还有一件事大概没和您说，自春节回来以后，我的文化学习在省直干校报了名，参加初中历史和高中语文两班学习，上课的时间是礼拜

二、四晚上学历史，礼拜三晚上和礼拜日学语文，很好。学习越紧张，我感觉越起劲，一定争取攻文化关。这两天我还有一个新的打算：初中历史再有一个来月可以学完，这样初中我就毕业了。剩下除了学习高中语文以外，还想报名学学外文（俄文），不过这个我还没到干校打听，我是准备这样做。最近一个月里还实现不了，因为历史没学完，突击三门是吃不消的。

上次信可能没说清，不是卖手表，还是那块怀表，因为太老了，人家都不要，如果遇上茬就卖了。上次我由天津买去的闹表走得怎样？如果不准可捎天津修理。

再谈吧，经常通点信，可以互相了解情况。

祝您和全家安康。

三弟凤九 草

59.4.5

张伶九、张凤九陪母亲游北京，摄于1962年6月

作者张凤九，辽宁凌源人，1948年参军，1952年2月加入共产党，先后到赤峰、承德、兴隆工作。他曾任省供销处总会计、兴隆县社财务科长、县政府办公室秘书、县政策研究室主任、地区社队企业局办公室主任、县社系统工会主席等，先后多次被省、地、县及本系统评为先进工作者、优秀共产党员、优秀工会干部等称号。

收信人张伶九，1929年生，1952年参加工作，参与创办信用合作社。经一年多努力，到1953年末就参加了东北局召开的信用

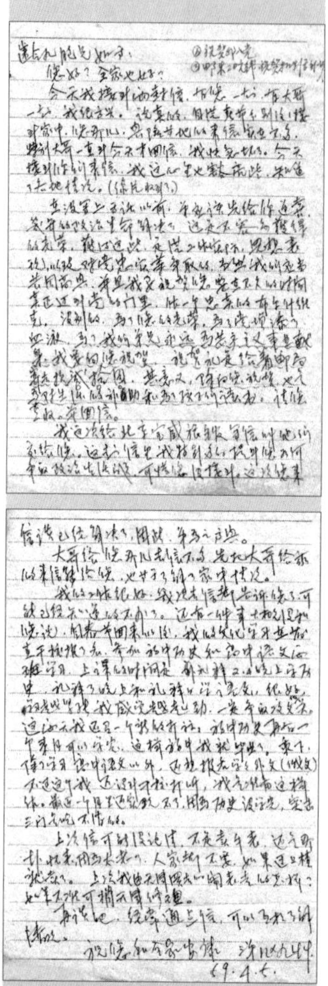

工作经验交流会，并在大会上发言，介绍了创办信用工作合作社的经验。1954年至1955年热河省供销总社召开奖模大会，张伶九所在的滦平街信用部被评为全省的一面旗帜。

1959年3月，张伶九光荣地加入了中国共产党，成为一名预备党员。当他把这一喜讯写信告诉弟弟张凤九后，弟弟给他回了上面这封信。张伶九说，看完信后他万分激动，会更加努力工作，从而以党的标准严格要求自己，在低指标艰苦年代经得起考验，于1960年3月如期转正，成为一名正式党员。

吴玉章

1878—1966

路子要靠自己去走

——1964年1月8日　吴玉章致长孙吴本渊

长孙本渊[①]：

你的信收到了。很快慰！

你信上说："从回来，指导员同志就找我谈了好几次话，鼓励我要努力学习和工作，争取更大进步。总的看来，我是按照指导员同志的要求做了，但是还做得很不够，还存在一些问题。"下面你自己检查了学习上、思想上的缺点，和同志们的团结问题等等，做了自我批评，又说"尤其最近看了《年轻的一代》后，受教育很大，要力争进步"，等等。这些都使我很高兴。

你又说"立志在没有给祖国、给人民做出一点贡献之前，坚决不谈恋爱问题"，这很好。青年不分心去想恋爱问题和实行晚婚，不论对个人进步或是对革命事业都有好处。

事实上，现在国内外都是大好形势，真是青年大有可为的时候。你们这一代要负起革命事业接班人的责任。路子要靠自己去走，不能因为是干部后代就骄傲自满。不然，就可能像林育生[②]一样，甚至更坏。这是要时刻警惕的。

不知你妈妈有没有给你寄过什么东西。我认为除了学习用品以外，如果要寄生活用品，可不要收，并委婉地写信回来谢绝，使她知道这样做不好。因为你在学校，一切都有供给，如再寄食用品，就显得特殊，对党对自己影响都不好。

今年《中国青年》第一期有我一篇文章[③]，寄去几本可分给同志们一看，我想讲的一些意见，上面已有，此信就不多讲了。

最后，你是否把我的小收音机带到你校去了呢？因为我十五日就起程赴广州，路上需要用，把你母亲出京去做学函授工作时用的小收音机带走了。如果你留有在学校即可寄回给你母亲用。这样做对各方面都好。

玉章 亲笔

1964.1.8

①本渊：吴玉章的孙子，当时在哈尔滨军事工程学院读书。

②林育生：当时上演的话剧《年轻的一代》中的角色。

③这篇文章的题目是《新年话家常》，文章联系正在上演的话剧《年轻的一代》和吴玉章自己参加革命的经历，谈了青年人如何走革命道路的问题。

吴玉章和人大新同学们在一起，摄于1961年

这是吴玉章写给长孙吴本渊的信，吴本渊当时在哈尔滨军事工程学院读书。吴玉章告诫他要抓住大好时机，努力学习，争取进步，同时要自力更生，不要因为是干部后代就骄傲自满。

吴玉章（1878—1966），原名永珊，字树人，四川荣县人。1906年参加同盟会，1925年加入中国共产党。我国杰出的无产阶级革命家、教育家、马克思主义历史学家和语言文字学家、新中国教育的开拓者。1948年任华北大学校长，1950年至1966年任中国人民大学校长，为中国人民大学的建设和发展做出了巨大贡献。

1940年1月15日，党中央为了表彰吴玉章的革命功绩，为他补行了六十寿辰（本是

1938年12月30日）的庆祝大会。中共中央发了贺词，毛泽东亲临致祝词，称赞他：“一个人做点好事并不难，难的是一辈子做好事，不做坏事，一贯的有益于广大群众，一贯的有益于青年，一贯的有益于革命，艰苦奋斗几十年如一日，这才是最难最难的啊。”

吴玉章与夫人游丙莲（1876—1946）生有一女吴春兰，一子吴震寰。吴震寰早年参加革命，成长为出色的水电专家，全国解放前夕，在成都被害，留下四个儿女。当时四个儿女，最大的才八岁，最小的还没有出生。吴玉章就把儿媳和孙儿孙女们接到北京。在吴玉章的孙辈中，长孙女吴本立毕业于中国科技大学，后为中国人民大学数学系教授。孙儿吴本渊、吴本浔和吴本蓉分别担任过国家高级干部和企业负责人，外孙子（女）也曾分别担任国家高级干部或企业负责人。

胡　华

1921—1987

你经历过革命战争的风雨

——1970年1月17日　胡华致长女胡宁

胡宁①：

信悉。关于你的历史回忆，是你在很幼小的时候，经历过革命战争的风雨。你生于1946年9月21日。由于国民党军猖狂进攻张家口，我们执行毛主席的“不以保守一城一地为目的，而以消灭敌人有生力量为目的”的伟大战略方针，在9月20日撤离张家口市（该市于10月10日最后弃守）。行军一天之后，你于21日生于张家口市以南的怀安县的一个小山村里。只休息了几天，又继续行军，到察哈尔省南部的蔚县，后又行军经灵丘到河北的阜平——抗日根据地中心。所以，你在月子里是在革命战争的行军生活中度过的。满月以后，党分配我们到冀中根据地工作。我们又启程，从唐县通过平汉铁路敌人封锁线，是在黑夜里，由地方游击队派大车护送我们过铁路封锁线的。后经安国而到冀中根据地的束鹿县。路上夜行军，你得了百日咳。因父母要工作，把你寄养在一家贫农家里了。贫农夫妇每天要下地劳动，就把你反锁在房里，用四个大枕头围住，给你放点窝头。养母在劳动休息时才能回来给你喂奶，因生活失调，你曾发高烧。1947年秋，石家庄敌罗历戎部要进攻冀中，你曾转移到深县。

1948年石家庄解放，我们带你到了正定，进了华北大学的保育院。1948年秋，傅作义部进攻石家庄，你曾由我们带着行军到了邢台县。1949年春，我军解放北平，你也随我们坐卡车到了北平（京）。

总之，你是在革命战争的暴风雨里诞生的。在你婴儿时期至一二岁时，不断处在行军和动荡之中，头上有国民党飞机轰炸，经常要夜行军，尤其你刚诞生后，行军都要靠根据地贫下中农赶了大车护送。

所以，你的生命同党、同毛主席领导的伟大革命事业是分不开的，同贫下中农的无微不至的帮助和支援是分不开的。所以，你永远不能忘记党和毛主席的无微不至的关怀、贫下中农的无微不至的照料和支援。

整党整团中斗私批修，着眼点在讲自己怎样在毛主席、党和贫下中农哺育下长大，不忘毛主席、党和贫下中农的恩情，注意不要使人对你有炫耀自己光荣历史的印象。至于我，从小家境贫寒，只是一个初中毕业生，十六岁参加革命，在前方十年，我能够为党做些工作，也完全是靠了党和毛主席的多年的培养。进城以后缺乏路线觉悟，执行了修正主义教育路线，也是靠了毛主席宽大教育，才能有今天，今后要走五七道路，同工农兵相结合。

胡刚[2]有一个月多未来信，你这里有信吗？奶奶和我们都很记挂他。你去信时叫他多给家里来信。此示。

毛主席万岁！

爸爸

1970.1.17

①胡宁：胡华的长女，长期从事教育工作，退休前为北京市东城区教育局党委宣传部干部。

②胡刚：胡华的次子，当时为黑龙江生产建设兵团知青。

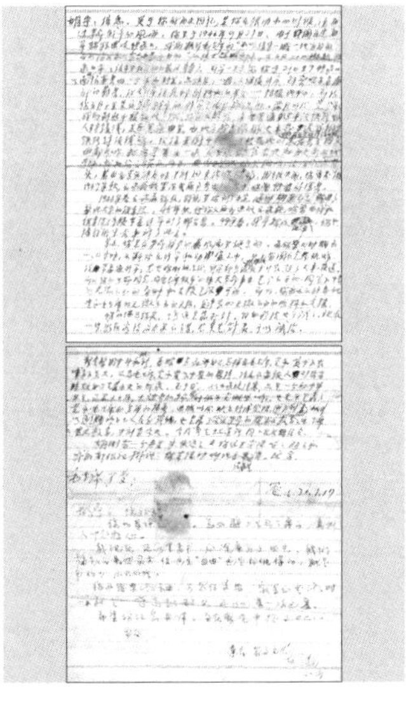

这是著名历史学家、党史专家胡华写给长女胡宁的一封信，信中介绍了女儿的出生与革命事业的紧密关系以及自己的革命经历，教导女儿要坚定革命信仰。

胡华（1921—1987），中国新民主主义革命史和中共党史学科的奠基人之一。1921年12月生于浙江奉化。1937年肄业于浙江省立高等师范学校，在家乡参加了抗日救亡

抗日战争时期在北岳恒山边打游击边教学的胡华

胡华在江西余江“五七”干校养猪时留影，摄于1971年

运动。1938年10月，与奉化中学校友张岱奔赴延安，进入陕北公学学习。1939年2月加入中国共产党。后任教于华北联合大学、华北大学、中国人民大学。1949年后，主要致力于中国革命史的研究，先后担任中国人民大学中国革命史教研室副主任、中共党史教研室主任、中共党史系主任，1956年被评为教授。“文革”中受到迫害。1970年赴江西“五七”干校劳动改造。1972年返京担任中国革命博物馆顾问。1978年中国人民大学复校后，先后担任中共党史系主任、名誉主任，博士生导师，兼任中央党史资料征集委员会委员，国务院学位委员会学科评议组成员、政治学分组召集人，中国史学会常务理事，《中国大百科全书》历史学编委，北京历史学会副会长等职。发起并组织成立了“中共党史人物研究会”，任常务副会长并主编大型丛书《中共党史人物传》（1—50卷）。参与成立了“全国中共党史研究会”（后改称中国中共党史学会），任常务副会长。1987年12月因病在上海逝世。

陈翰笙

1897—2004

学习就是工作，工作中也要学习

——1970年4月4日　陈翰笙致外孙女吴笙

小笙：

三月廿四日来信已收悉。很高兴知道你曾返北京一次，而现在又在厂里工作了。

来信提到你工作问题，我想同你谈这个问题。旧社会里青年就业（找工作）的矛盾是什么呢？有钱读大学或专门学院的人可以得到好位置。家里没钱的读不起大学的人只能当学徒，至多做中等技术的事。钱是主要的矛盾。毕业是矛盾的主要方面。现在大不相同了。小学毕业、初中毕业就被分配工作了。钱不再是主要的矛盾了。因此矛盾转为校内校外的工作好不好了。工作好坏便成为主要的矛盾。因此，过去常常凭藉〔借〕资格或人情而得到好位置。现在却不同了。要看工作好不好才能希望能否得到好位置、满意或得意的工作！

新社会里大家都在创业。新制度正在逐步建立起来。今后定有机会提拔好青年进专门学校读专门东西。只要把目前的、当今的工作（不管什么工作）搞得很好，搞得大家都满意，那总有一天有机会上进，再入专门学校学习一门高等技术！

所以我如果现在站在你的地位的话，我一定要专心做好本职工作，同时要告诉人家（你父亲当然要知道才好）喜欢将来去学习什么。要托人告诉你将来有什么机会。人家一面知道你本质〔职〕工作做得好，同时也知道你有志气上进，人家自然来帮你的忙了。不必告诉太多的人，告诉你父亲和你的知己的同事就行了。

在本职工作中，不管什么工作，总可以专心学习一些东西，举一个例子。细心体会人家愿意你怎样做事，你就把事做好了。再一个，关心人家有什么困难你就替人家解决了困难问题，人家就认为你是好心人，诚心为人服务的。反之，如果你只想自己一面的方便或责任，而不顾到人家的不方便和要求，那就方圆不相纳、两方不对头了。观察好的工人如何做事的，也是一种学习。体会［到］毛主席的语录而实用之，使用到自己的工作中，就更是一种学习。我们都是在工作中学习的，同时在学习中（学习时期）工作。过去有人要我教一门新的功课，我曾大胆地教了，在教书中自己学习。现在我学习毛主席的哲学，我就用在“讲用会”上发言。形势、条件不断在变化，因此我们都要不断地学习。学习就是工作，工作中也要学习。这是辩证的看法。学习→工作→学习。

但是，现在的学习是在现在的工作中学习。将来进入专门学校去学习，那又是另一种门类的学习。把现在应该学习的学好，那就更有机会进入另一种门类的学习了。换句话说，现在的工作做得好好的，那就会有机会转入另一种部门的、更高的、更专门的学习了。所以，如果体会到这些道理，就既能安心工作，并且会把工作做得好好的。

你不是喜欢我给你诗稿看吗？下面是我最近写的几首。

春兴

大地春回柳色新，
喜闻南越捷如神。
自由王国可争取，
敢战人民定翻身。

卷心菜

绿叶如花四面摊，
遥看排列翡翠盘。
晴氛笼罩菜畦上，
秀色可餐我心欢。

迎春

风伯逢春来，舒和暖日回。
寒林笑相迎，花坞欣欲催。
窗外多鸣鸟，炉中减余灰。
军民赴公社，播谷喜同陪。

劳动赞

雨降消尘氛，
汗流息劳筋。
文明仗人力，
工苦创奇勋。

你妹妹由复兴大街写来的信，我已回复了。她也希望能在最近的将来来你处，同你一起工作。

请代我向你父亲问候。

祝你们都安康。

大笙，四月四日

这是著名学者陈翰笙写给外孙女吴笙的一封信，告诉她一定要专心做好本职工作，并且要在工作中学习。即使身处逆境，也要抓紧时间学习。信中两人互称“大笙”和“小笙”，富有生活情趣。

陈翰笙，原名陈枢，1897年2月生于江苏无锡。1915年赴美留学，1920年在芝加哥大学获得历史学硕士学位，1924年在德国柏林大学获得博士学位，回国后被聘为北京大学教授。任教期间，经李大钊介绍参加革命，1925年加入中国共产党。1928年后，曾在中央研究院社会科学研究所担任领导工作。1933年发起成立中国农村经济研究会，次年该会成立后任理事长。新中国成立后任外交部顾问、外交学会副会长、中印友好协会副会长、国际问题研究所副所长、中国科学院哲学社会科学部世界史组负责人。1969年下放到湖南外交部“五七”干校劳动，1971年回京。1978年以来，担任中国社会科学院顾问和世界历史研究所名誉所长，农业经济、南亚以及社会科学情报等研究所学术委员。任北京大学、外交学院兼职教授，硕士和博士研究生导师。2004年3月13日在京逝世，享年108岁。

“大笙”与“小笙”，摄于1952年冬

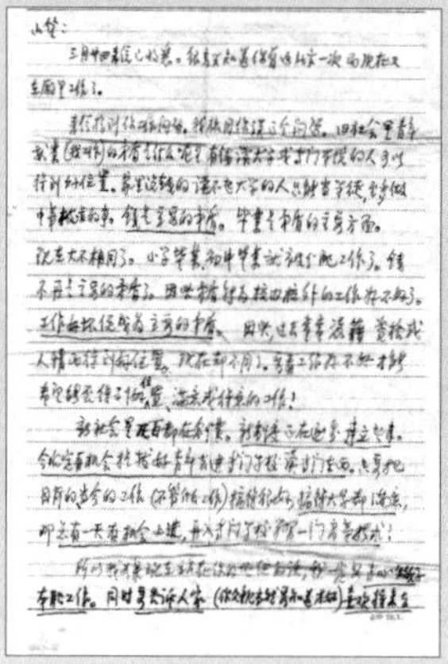

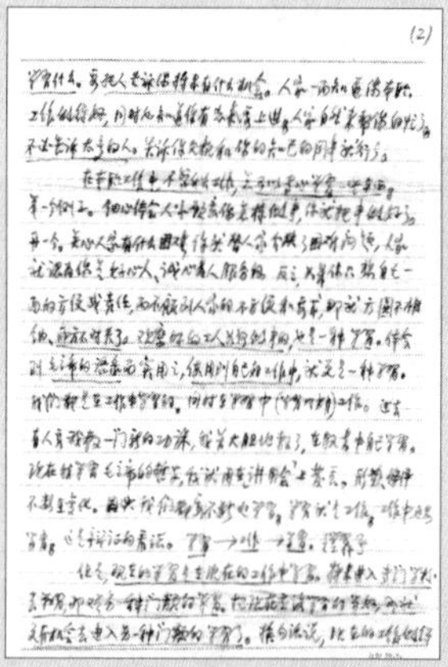

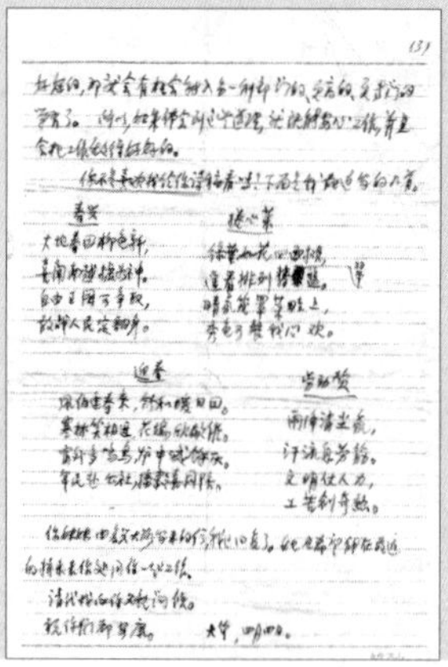

收信人吴笙，1949年生，退休前为中国联通进出口有限公司经理。陈翰笙是吴笙外婆的妹夫，陈翰笙夫妇没有子女，在北京期间，较长时间都与吴笙的外婆同住在东华门大街的一座四合院里，两家关系非常融洽。

梁狄刚

1938年生

誓为共产主义奋斗终生

——1971年3月　梁狄刚致母亲

母亲：

时近三年，未寄家书，母怀牵挂，余心不安。风雨送春，飞雪迎春，鸿雁传书，一慰悬念。

忆往昔，别我母，离故乡，十八年前，弃甘脆肥浓，抛锦绣绫罗，年方十四，只身北上；求真理，向太阳，为人民，学当年舅父去延安，"反扫荡"壮烈牺牲，不朽榜样（注）。到如今，十八年过去，青山踏遍，髭须渐长，几经风雨，义无反顾，凌云壮志，不减当年；跟毛主席，革命到底，万难不屈，一往无前！

母亲，我等身为中国人，曾饱尝"华人与狗"之耻，今日得以自立于世界民族之林，每念及此，常喜极而泣不能自禁者也！忆昔我母送余抵穗赴京之夕，于京广列车之上，恐余年幼，不胜远别，留书一封，嘱余于车行后启视之，旋即匆匆握别离去。汽笛长鸣，列车北驰，余于隆隆车声之中读母手书，语虽寥寥，词极恳切：期余以国为家，毕生为人民服务，不负母望！余读毕起座凭窗，涕泪交流，盖因少年初别，母子情深，留言义重，不可免也！而今余已长成，十八年来，于国于民，虽无显赫之功，尚明革命大节，甘为孺子之牛。偶一回首，更觉十八年前我母送余返国此举，高瞻远瞩，不循乌鸟之情，成全爱国大义，实余一生之极幸也！苟余屈居香岛弹丸之地，纵不愿为洋奴走狗，亦必商贾生涯，潦倒此生，岂有今日哉！

母亲，余今岁三十有三，虽未成家，然好男儿四海为家，似水柔情，不足我恋。天下之大，举目为亲，生我者母，育我者党。干校劳动之余，濯足黄河之滨，望牛羊遍野，烟囱林立，万木峥嵘，千船竞发；巍巍长城屹立于身后，滔滔黄水呼啸于身前，一派生机盎然，朝华蓬勃。兴之所至，跃身中流，劈波斩浪，横渡黄河，河宽百丈，往返数次，出水临江，登高远眺，望江山之多娇，喜河清之有日，藐风浪之不可畏，悟斗争之乐无穷；树九天揽月雄心，立五洋捉鳖壮志，誓为共产主义奋斗终生，海枯石烂，此志不移！我母来书，谆谆诚勉，诚过虑也，因书此覆母，以明吾志。

儿：狄刚

一九七一年三月于兰州

注：儿时母亲曾告知四舅父黄祖雄抗战初与同窗好友步行至广西、四川，沿嘉陵江北上，抵西安入八路军办事处，旋即派往太行山彭德怀、左权将军部，不久加入中国共产党。1942年日寇“大扫荡”，祖雄舅父为掩护八路军伤员撤退，弹尽不屈，壮烈殉国。其未婚妻持婚戒等候多年，杳无音信，建国后始获通知。斯人已去，不胜唏嘘，可歌可泣！

梁狄刚在塔中前线指挥部营房宿舍整理工作笔记，摄于1993 年

这是石油地质学家梁狄刚用文言文写给母亲的一封信，追忆了自己14岁返回内地求学、立志报效祖国的初心和对母亲的感激之情，表达了万难不屈、革命到底的雄心壮志。

梁狄刚，广东南海人，1938年生于香港。1947年进入香港中华中学，1952年毕业，只身赴北京求学。1955年，梁狄刚以优异成绩考入北京地质学院石油系。两年后，因院系调整，梁狄刚转入成都地质学院学习，毕业后被分配到中国科学院兰州地质研究所工作。“文化大革命”期间，梁狄刚被关进“牛棚”，与在香港的家人失去通信联系三年，母亲不知他的生死，心急如焚。面对逆境，他没有彷徨和徘徊。1971 年3月，他重新工作后立即给母亲写了上面这封信。

1978 年，梁狄刚调到华北油田研究院，从工程师干起，三年后担任副院长。以卓越的工作成绩，分别在 1981 年、1984 年和 1987 年三次获得河北省劳动模范、优秀共产党员称号；1985 年获全国“五一劳动奖章”及全国优秀科技工作者称号；1987 年获石油工业部授予的“矢志不渝、献身四化优秀知识分子”称号。1989年后，参加了塔里木石油会战，历任指挥部总地质师、副指挥，主管勘探及研究工作，获能源部授予的“能源工业特等劳动模范”、国务院授予的“全国劳动模范”称号，国家人事部批准为“中青年有突出贡献专家”。1991 年被评为石油工业首批有突出贡献专家。

梁狄刚(左一)、妹妹梁爱诗(右一)和梁佩诗(左二)、弟弟梁狄斌(右二)与母亲黄宝群合影

赵仲池

1911—1976

你们都已到了读点基本理论书的时候了

——1971年4月7日　赵仲池致女儿赵簾青

小鸿[①]：

来信大约是上月下旬收到的。今天的这封信里主要谈谈学习方面的一些问题。

关于学习方面，最近中央提出“认真读书”，并指出，除毛主席的五篇哲学论文外，另选马恩列的六本。其中只有二本可称巨著，四本是小册子。共十一篇要读的书。六本书是马恩《共产党宣言》、马克思《法兰西内战》、马克思《哥达纲领批判》、恩格斯《反杜林论》、列宁《唯物论与经验批判论》和《国家与革命》。人民出版社还出了新版本。

最近收到小宝来信，表示想要读点马恩列斯的经典书，你二哥于去年也几次谈到有此要求，并且开始读了一点。看来有此要求是好事。我一想，也感到你们都已到了读点基本理论书的时候了。只是从直感上认识新社会比旧社会好，还是不够的。知识分子还要从道理上知道最一般的道理（哲学）、社会、阶级与阶级斗争、无产阶级和社会革命、无产阶级革命的理论策略……这许多客观事物到自己主观态度，为何参加革命和自我修养改造等。后者过去叫作人生观，前者叫作世界观，但前几年毛主席说都可作为世界观问题。早先我读理论书时很难，找这些经典书，多是看一些所谓马克思主义者的解释性的书。但是也有不少是解释不好或解释错的，也有假马克思主义者的篡改。现在条件好了，有中央的规定，有新近出版的版本，而且本头不大（除《反杜林论》《唯物论与经验批判论》是巨著外，其余四种都是小册子，合起来不及这二者中之一那么大），读起来比较容易。这些书大约是关于哲学和社会革命论方面的书，主要是其中的最根本的问题(阶级斗争学说直至无产阶级专政)。

你以前表示，还想看点书，但是现在已到了比较系统地读点马列主义经典的时候了。你可试读读。要决定读这些书，最好设法买点新版本。前几天，我比较了一下，新旧版本有许多不同的地方，新本比旧本好得多。虽然这些书每种我各有几本，但读新的还是较好些。

得你信，知你已被选为整团领导小组成员，这是组织上、同志们对你的信任，望努力工作，多动脑考虑，务求做好，不辜负大家的期望。②

①小鸿：即收信人赵簾青。

②此信原件无落款。

这是老革命家赵仲池写给女儿赵簾青的家书，当时赵簾青正在吉林省长白山地区的露水河林业局工作。赵仲池鼓励子女加强学习，尤其要系统地阅读马恩列斯毛的经典著作，他还跑到书店买了好几套马恩列的书，分寄给在外地工作的孩子们。

赵仲池打拳健身，摄于1961年秋

赵仲池，1911年出生于山西省五台县，青少年时代就立志救国，1933年加入中国共产党。先后在天津、河北、北平、太原等地从事和领导党的秘密工作，历任天津社会主义科学家联盟党团书记、中共河北省委宣传部部长、省委驻冀热边党代表、中共北平市委宣传部部长。1937年初回到山西，担任中共山西省工委宣传部部长、中共晋绥边工委

赵仲池和五个子女在天安门广场合影，摄于1961年8月27日

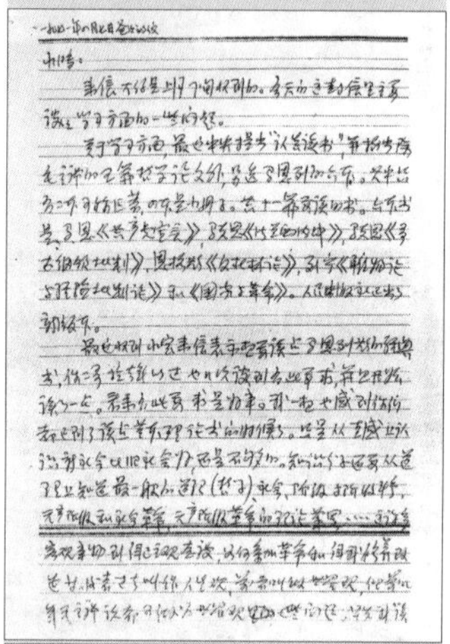

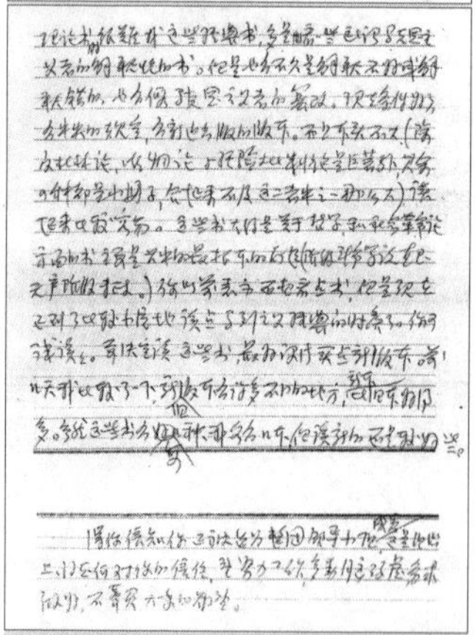

（后改称晋绥边特委、雁北地委）书记、牺盟雁北游击司令部政治部主任，同时兼任晋西北临时省委委员。1939年初，被选为党的七大代表。1941年5月离开雁北，之后在中共晋绥分局机关报晋绥日报社、晋西北党委、晋绥行署任职，长期领导和主管党的宣传文教工作。1949年初，他告别晋绥到达延安，担任了陕甘宁边区政府教育厅副厅长。建国伊始，奉调进京，被任命为中苏友好协会总会副总干事、党组副书记。1954年在中央高级党校毕业后被分配到中国科学院编译出版委员会任秘书长，出版编译局副局长，科学出版社党委书记、副社长兼副总编辑。1957年以后，全面主持科学出版社工作。十年动乱中，遭受“四人帮”残酷迫害。1976年9月5日，不幸逝世。1978年5月，党组织为他彻底平反，对他的一生给予了很高的评价。

高御臣

1926—2007

这次地震对我们都是考验

——1976年8月4日　高御臣致邢文琴

文琴：

我于昨天晚上乘部里派的汽车回到留守处，看到了强强[①]、高华[②]和贾克星[③]，也看到了小伟[④]和高斌[⑤]来信，询问我的情况。贾克星还抱头大哭，哭什么，人不是回来了嘛！而且很好。我想前几天，您的情况也很紧张，小伟来信我也看了。其实我比您〔你〕们想象的情况要好得多了。也许我在信里写的您不完全相信，不是看人总不放心。但我不能马上回去。院党委几个领导今天就到了，这样我的担心就轻了。我只向他们汇报情况，伤员可以住院，食宿也有安排，不像在唐山，什么事都要我来管。

地震那时，我还睡着，房子倒塌时我才起来，我靠的那一边墙还有一小片未倒，我也未挂蚊帐，所以跑起来很方便，从窗子里出来的，没有受伤，只是手擦破了一点皮，现在已经全好了。我出来以后，就动手抢救埋在楼里的同志，那时也不知道累。第一天没有吃饭，饭有些，我吃不下，第二天解放军来了，帮助我们挖。经过几天战斗，情况好多了，从解放军来以后，我就不干重活了。也就是帮助照顾一下，做做思想工作。那时我千方百计把信送出来，可是送不出来。到8月1日周德明同志才出来，把我写的信向轻工业部汇报了，部领导很关心，当即设法弄两部车，把我们拉回来了。回到高华那里，用热水洗洗头，还洗了个澡，感到轻松了些。高华还为我准备了一个西瓜和几个桃子。还好，高强也在这里，我们谈到11点才睡着了。

关于我的情况，您〔你〕们知道了，高华也给高斌写了信，只是小晶[⑥]不知道，她和县里的人到南方参观去了，可能再过十天八天就回来了。

这次地震对我们都是考验，不仅思想上考验，对我身体也是考验。说实在的，我的身体还真不错，到第三天大便也正常了。别人说，您怎么躺下不到两分钟就能睡着。我说，我就凭这个身体才好，你们也不要胡思乱想。如果我死了，您〔你〕们也不是应该很好地工作吗？现在党中央、毛主席发出号召，大量解放军、许多省市送来物资，还有大量的医疗队，唐山正在恢复，工人开始上班，形势发展很快，比外边人想象的要快。

高伟先不要回生产队，陪妈妈说说话。现在西瓜下来了，每天吃一个西瓜，千万不要着急。还有我东西丢得很少，邮来70元收到了，也未丢，只砸坏了一些瓷器，被褥我不要了，总之损失很少。

高御臣

8.4

①强强：指作者的三儿子高强，当时在北京市房山东方红炼油厂工作。
②高华：作者的长子，当时在北京。
③贾克星：作者的长媳，当时在北京。
④小伟：指作者的四儿子高伟，当时在陕西咸阳附近农村插队。
⑤高斌：作者的次子，当时正在吉林大学上学。
⑥小晶：指作者的女儿高晶，当时在吉林镇赉县农机局工作。

高御臣（右）与邢文琴（左）及儿子高华合影，摄于1973年

1976年7月28日凌晨3时42分，河北省唐山市发生里氏7.8级大地震，造成24.2万人遇难，16.4万人重伤。地震发生8天后，亲历者高御臣给妻子邢文琴写下了上面这封家书，描述了自己在地震中逃生的经过以及协助解放军抢救同伴的情况。

高御臣时任设在咸阳的西北轻工业学院（今陕西科技大学）化工系主任、陶瓷专业赴唐山实习队党支部书记。1976年夏，他率领该校陶瓷专业78名大学生赴唐山实习。当时，实习已进入尾声，师生们已计划在7月29日回去同亲人团聚。没想到，就在他们离开唐山前的几十个小时，特大地震突然发生了，与高御臣同住的26人中，只有7名师生跑了出来。天亮后，经过清点，高御臣带的两个班，死了41人，37名师生幸免于难。高御臣指挥幸存者组成抗震救灾小分队，团结奋战，努力自救，抢救周围活着的人，在解放军的帮助下，掩埋遇难同伴遗体，护理伤员。七天后，在轻工业部领导关照下，撤出震区，回家同亲人团聚。

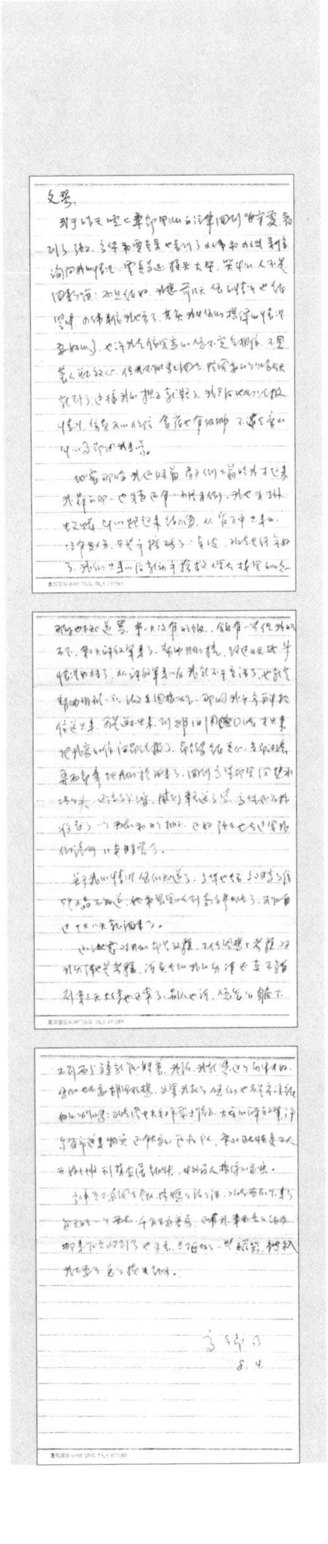

第三部分

改革開放 創造輝煌

（1978—2021）

汤钦训

1915—2006

人是要有点精神的

——1979年3月18日　汤钦训致弟弟汤文藻

文藻、金琼：

前接信，知你们生活情况比前较好，这是较普遍的可喜现象。你们自己努力工作安排好生活，还要尽力为孩子们提供更好的学习、力求上进的条件。

最近，周颐①同志来京参加中央召开的秘书长会议——主要是搞好调查研究、沟通情况两项任务。他谈起四川情况还是好的。

我和周颐是在武大一起参加革命活动，加入共产党，俩人秘密离校经西安、临汾，然后步行再过黄河上延安抗大的。那时年轻，什么也不怕，身体好，开始日行80里不在话下。日子久了也吃不消，记得步行过桥时，头晕，腿软，十分疲倦，互相搀扶着走（怕跌倒深坑）。过了黄河进入边区，一路上常碰到从延安学习毕业上前线的青年，都说你们上延安抗大，正是好时机，艾思奇讲哲学……毛主席还亲自上大课、做报告呢！到了边区，精神更加焕发，减轻了疲劳，加快步行速度。确实，人是要有点精神的，它可以鼓舞人们提高斗志、战胜困难。一九三六〔五〕年就参加“一二·九”青年运动，一心要革命，抗日反蒋，科学、工业救国，国强民富，建设没有剥削、压迫、平等、自由、民主、富裕的社会。前一段在党和毛主席的领导下，较快地在四九年取得人民民主专政的伟大胜利。一九五七年前，我们的事业发展进行得顺利。不幸的是后来反复多次的折腾，反右扩大化、“大跃进”、反右倾、四清、“文化革命”……失误不少，耽误了几十年！人民的生活，相对临〔邻〕近地区，应该是落后了。三中全会以来，进入了新的历史时期，党的路线方针政策，重新步入正确稳定的轨道。

现在是形势很好，存在潜伏危机。只要实事求是，循序前进，扎扎实实，我们的事业是很有信心、有希望的。再经过三五年的调整、改革，会较快取得明显的进步。

学庄②上月初因病住院治疗，最近好些，人到年老，各部位都劳损，抵抗力弱，容易犯病，自然规律。

祝好。

钦

三月十八

①周颐：1914年生，1937年加入中国共产党。后入延安抗大学习。解放后曾任四川省委秘书长、四川省第五届政协副主席等职。2013年去世。

②学庄：指作者的夫人何学庄，1919年生于湖南省长沙市，1936年参加“民先”组织，1940年入延安医大学习，后长期从事医务工作，曾任北京协和医院医务部主任，1983年离休。

作者汤钦训（1915—2006），湖南衡山人。在家乡读完小学后，13岁离家到省城岳云中学及武汉大学读书。1935年在武大与同学李锐、朱九思等参加“一二·九”爱国运动。1937年10月加入中国共产党，同年11月经八路军武汉办事处介绍，秘密离校去延安。

汤钦训(左)与弟弟汤文藻，1982年12月摄于攀枝花

汤钦训在延安抗大毕业后，进入马列学院学习，先后受到陈云、李富春、张闻天等同志的教诲，参与组建延安中国自然科学研究院，并任延安兵工厂厂长。1946年跟随陈云离开延安，进驻东北，先后任东北军工局

汤钦训(左三)在延安抗大，摄于1937年12月

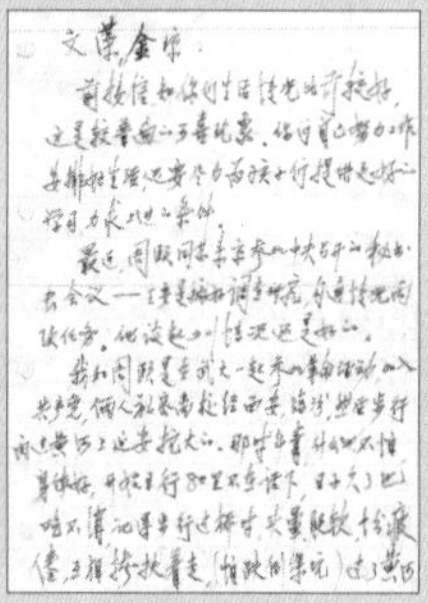
文藻全家：

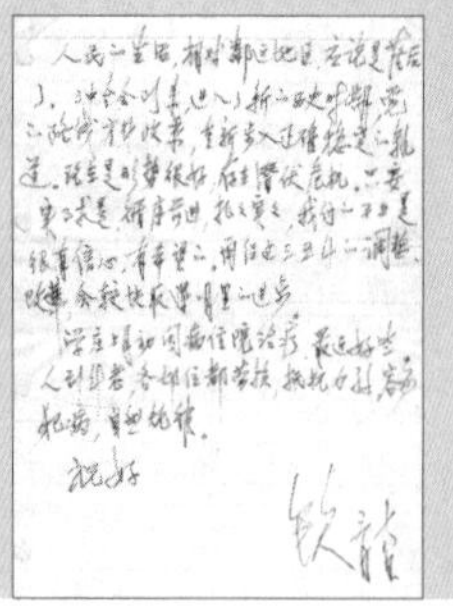

鸡西办事处主任、沈阳文官屯五十二兵工厂厂长。全国解放后，历任哈尔滨飞机厂厂长兼总工程师、航空工业部科技局局长等职，曾率中国航空工业代表团出席在德国举行的世界航空博览会。在中国航空工业成立40周年时，他被授予“特别荣誉奖”。1992年离休后，汤钦训夫妇将多年积蓄的30万元捐献给浙江平湖市新华爱心教育基金会，帮助那些因家庭贫困上不起大学的优秀青年。

收信人汤文藻，1930年生于湖南衡山。早年毕业于湖南岳云中学，曾任《新湖南报》编辑。1951年至1953年在中南军政委员会第五工业学校学习，毕业后分配到北京石景山钢铁厂工作，后调武钢及攀钢任技术员、工程师，曾任攀枝花市东区九届人大代表。2018年10月去世。

艾克拜尔

1952年生

这是一件很重要、很有意义的事

——1980年2月8日　艾克拜尔致哥哥嫂子侄儿侄女[①]

亲爱的哥哥、嫂子、侄儿、侄女好，向你们致以最深切的问候！

你们还好吗？我的情况还好，身体也不错。春节临近，工作有点忙。

好久未给你们写信了，这主要是由于自己的懒惰所至〔致〕。前几天，听说新疆歌剧团的大提琴演奏家萨依木[②]的夫人阿提凯木要去哈密，于是我简单给你们和孩子准备了点包裹，想让她带给你们。当我到他们家时他们已经出门上车站了。我又赶到车站，车刚开走。在车站遇到了沙黛提[③]，她说她明天也回哈密，于是我跟她说好，明天一早把信和包裹送到她那里。

哥哥，你现在除了工作还做些什么？嫂子还在卫校当老师吗？侄儿们长高了吧！现在由谁照看他们？我很想念他们。

上次咱们回北京探亲时照的照片，我洗印放大了几张给你们带去了，剩下的我再洗印好了再给你们带去。你们回去以后，我买了两米格子尼〔呢〕毛料请我的一个同学的裁缝母亲做了一件短大衣，剩了一点料带回来缝制了一顶帽子。可帽子的样式太民族化，我不太喜欢。本想给你带过去，后想你的头比我大，要戴59号的帽子，那个是照我的脑袋57号做的，还剩一点料，还可以缝制一顶帽子，可裁缝说可能会在帽子中间留下一条接缝，有缝就有缝吧，待做好了我给你带过去。料的质量和颜色都不错。那个嫂子在北京做尼〔呢〕子大衣剩下的那块料我带回来给爸爸也缝制了一个帽子，给他带过去了，他戴上挺高兴的。那本爸爸翻译的《死魂灵》，爸爸叫你试译的两章译完了吗？好像爸爸也没有译完。最近我写了两篇小说准备发表。另外我译了别人的两篇小说，《文学译丛》准备刊用。另外我与一个汉族同学准备把《乌古斯克〔可〕汗传》[④]译成汉语，难度大一些，正在做点准备工作。

我现在还在《东风》副刊做编辑、记者。现在我们非常缺少数民族作者的稿子，来稿几乎很少。只要有稿子想尽办法会用。如果当地有写得好一点的短篇小说、散文、报告文学之类的，你可以翻译成汉文给我们寄来，如果你自己写的作品更好。实在不成把哈密流传的优秀民间故事、民歌什么的，搜集、整理、翻译过来也行啊。听说你们地区正在收集整理《哈密民间文学集成》，搞得怎么样啦？这是一件很重要、很有意义的事，一定要搞成。还有一件事想请你帮忙，请你采访几位哈密有影响的民间艺人，写几篇介绍他们的人物通讯，我们肯定会采用的。比如那一对民间盲人夫妻歌手、哈密木卡姆⑤的传承人胡希胡希阿洪拜克⑥等人。如果可以，主要从三个方面写就可以了：他们是如何学习民间音乐的？他们的特点是什么？人民为什么喜爱他们？等等，文字不宜太长，最多两三千字即可。

最近北京的东方歌舞团要来新疆慰问演出，可能11日到，在乌鲁木齐演出14场，然后去乌苏、伊犁等地慰问演出。报社指定让我全程陪同采访，可能需要20多天。

我和我处的对象茹仙古丽⑦还挺好，她的确是一个很善良可爱的女孩子。我们打算秋天的时候结婚成家。现在乌鲁木齐找木料难，我现在备了一点，准备请木匠打一套家具，新房没有家具怎么行？可木料可能不够，还得找一点。在哈密肯定能找到木料的，可怎么运回乌鲁木齐呢？是个麻烦事，想办法吧！

此信和包裹是托沙黛提带去的。给侄儿们带了一些糖果，让他们尝尝吧！现在有钱也买不到东西，不然多带一点了。

就此止笔吧，祝你们平安！

此致

敬礼

弟 艾克拜尔

1980年2月8日

①此信原文用维吾尔文写成，经作者本人翻译成汉文。

②萨依木：哈密人，当时是新疆歌剧团乐队首席大提琴，是作者女朋友茹仙古丽的同事，是茹仙古丽和作者恋爱的介绍人。

③沙黛提：中央民族大学毕业，是作者哥哥嫂子的同学。

④《乌古斯克（可）汗传》：流传于维吾尔族民间的古代散文体英雄史诗，又称《乌古斯可汗的传说》。

⑤哈密木卡姆：流传在新疆东部哈密地区的一种历史悠久、篇幅宏大、结构完整的大型维吾尔音乐套曲。2006年，经国务院批准列入第一批国家级非物质文化遗产名录。

⑥阿洪拜克（1904—1988）：著名哈密木卡姆艺术家。

⑦茹仙古丽：作者的女朋友，当时在新疆歌剧团工作。

这是著名作家艾克拜尔写给在哈密地委办公室工作的哥哥艾尼瓦尔的一封信，除了叙述家事和表达亲情外，还透露出当时《新疆日报》的《东风》副刊非常缺少数民族作者的稿子，并向同样喜爱文学的哥哥约稿。从信中可以看出，作者重视民间文化和民间文学，渴望得到这方面的稿子。

艾克拜尔与哥哥艾尼瓦尔，摄于1972年

全家福，1982年摄于北京

艾克拜尔·吾拉木，1952生于新疆哈密，维吾尔族。1961年随父母工作调动来北京定居，先后在北京市和平里一小和北京市第54中学读小学和中学。1972年考入新疆大学中文系学习，1975年毕业后分配到新疆日报社当编辑、记者。1981年，艾克拜尔·吾拉木调到北京《民族文学》杂志社工作。1991年加入中国共产党。1996年当选为北京市西城区第十一届人大代表。1997年调至全国人大常委会办公厅工作。2003年又调回民族文学杂志社，2012年年底退休，现任《民族文学》编委。

艾克拜尔·吾拉木从1975年开始业余从事文学创作和文学翻译工作，1991年加入中国作家协会。40余年，辛勤笔耕，成果显著。出版中短篇小说集《被雨水冲走的爱》、翻译作品《赛福鼎回忆录》、翻译诗歌集《生

命的足迹》、翻译中短篇小说集《将军之子》、翻译铁依甫江·艾里耶夫诗集《唱不完的歌》等著作10余部。此外，他还收集、整理、翻译、再创作阿凡提故事，出版《世界阿凡提笑话大全》、《阿凡提故事大全》（金卷、银卷）、《阿凡提经典故事系列》、《阿凡提传奇》等有关阿凡提的作品数十部，并多次获奖。

谢　湘

1955年生

总觉得有很多东西要学

——1982年2月17日　谢湘致爸爸妈妈

爸爸、妈妈：

你们好！

来到北京的十多天里，一直都是红日高照，晴空万里，今天半夜里却突然落下了大雪，不知道温度是否会降下去。

直到昨天，我才算真正安顿好。运到广安门的慢件虽然都已到了，但报社因为种种原因没有给我运，最后还是正恩表哥用顺便车给我带来的。柜子的玻璃还是碎了，桌子的腿也活动了，至于表面油漆都还无损，我一人忙了两天，真是疲乏极了。

现在我虽然独自在此，出出进进常是我的影子陪伴着我，但因为工作的担子已放到了我的肩头，整天好像有考虑不完的事情、干不完的事情，倒也不那么孤寂。前不久，团中央书记韩英、王照华等同志接见了我们，并举行座谈，对我们提出了一些具体要求。昨天报社编辑部又开会，并把我们这些新同志一一作了介绍。我们社长说："同志们，你们现在正是写一部大书，它的书名就叫作'中国青年报'。"的确，我们的心情十分激动。在我们每天的工作中，最少要收到一千六百多件读者来信。广大青年十分热爱和关心这张报纸，把它当作自己的良师益友。同时在对外联系工作之时，你向对方说明我是中国青年报的，立即会受到热情的接待，这使我感到作为中国青年报的一员是很光荣的。报社这支队伍看来还很年轻，有元老，但大多数还是复刊以后从学校选拔或从社会上招考进来的。徐阿姨的老同事尤畏、李茹等都还在，已是一些部门的负责人了。听说郭梅尼①已被评选为最佳记者，这个荣誉对于她应当是当之无愧的，她写作的速度很快，三四天就发出一篇比较大的人物通讯。不过，我仍是只闻其名未见其人。

我正式步入社会，特别是来到首都这个地方，总觉得有很多东西要学。譬如说文明礼貌、谦恭有礼，这里的老同志是十分注意的，做得也是十分得体的，而我有时不明，观察不够，工作上有些处理不恰当。办公室的一位同志就指出我打电话时一定要以诚恳的态度、商量的口气同对方联系，要意识到不再是个人，而是有关报社的身份和名声，这使我很不安。叶鹏②对我来信说，一定要走好自己的第一步，它往往给人产生难以磨灭的印象。我觉得他的话很对，并意识到了从现在开始的我，应该以一种严肃的态度来对待学习和工作，谦逊、谨慎二字〔词〕是需要常常自我提醒的。在群工部半月以后，我们还要去校对室、夜班总编室熟悉工作。这些天，我的专栏因一同志出差福建了解采访打击经济犯罪活动的报道，另一女同志流产休假半月，联系组稿、编划版面的工作将由我独立完成，我一定要努力做好它。在本月二十八日星期刊“为您服务”专栏见面。当然，我周围许许多多的老同志都是我随时可以请教的老师。

给龚叔叔、唐士栋阿姨带的东西我已分别送去，龚叔叔的家里我还没去，因我忘记了他的地址，东西直接送到顾阿姨所在的医院。唐阿姨于十六日去广州开会，返京时准备回长沙看一看，我没有见到她，是听她爱人和孩子说的。

我在下火车时碰到刘影妈妈，她正在北京开会，并把地址告诉了我。哪想到当我买好高压锅柄、白糖等东西送去时，她们于前天已结束会议返汉了，我只得扫兴而归。

在这里，同学们互相之间很友好，常常打电话问候，打听情况。叶鹏来信说，他们部队处长已答应放他，我们等着解放军文艺社的努力了。

暂写到此。

湘湘

1982.2.17

①郭梅尼：中国青年报著名记者，以写人物通讯见长，首届“范长江新闻奖”获得者。
②叶鹏：武汉大学中文系77级学生，写信人的大学同班同学，后来成为其先生。

这封家书是谢湘大学毕业后到中国青年报上班不久写给父母亲的，是由她的母亲保存下来的。她的母亲叫谢慕兰，是武汉长江日报社的一名普通干部。谢慕兰有一个爱好：写家书和保存家书。在母亲的影响下，谢湘姐妹四人都养成了爱写信、读信、保存信的习惯，并以此为乐。

1977年恢复高考的消息刚刚传来，正在湖北襄樊棉纺织印染厂工作的谢湘便收到母亲的来信，建议她报考。因多年没摸书本，几经犹豫之后，谢湘决定报考，复习两个月就上了考场，所幸她通过了高考。1978年3月，23岁的谢湘走进了武汉大学中文系，同班的65名同学中，有的十几岁，有的三十出头已拖家带口。四年后的1982年春，北方还是滴水成冰的季节，刚刚从大学毕业的谢湘，穿着母亲特意为她准备的厚棉裤、皮大衣，带着一种不可抑制的兴奋心情，从武汉乘火车来到北京中国青年报社报到。稍事安顿，她提笔写了上面这封信，告诉父母刚刚踏上工作岗位的感受。从此，谢湘把青春年华奉献给了《中国青年报》，从普通编辑、记者，一直做到部门主任、中心主任、副社长，成为首都知名新闻人。

四个女儿(左二为谢湘)庆祝爸爸妈妈钻石婚，摄于2013年

1999年12月，谢湘四姐妹为母亲准备了一份特别的生日礼物——一套三卷五本、长达170余万字的《慕兰家书》

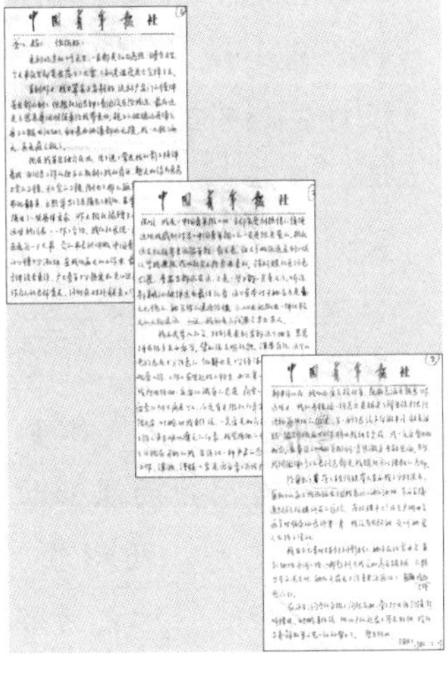

裘山山

1958年生

改革时期似乎每天都会有事发生

——1983年3月2日　裘山山致爸爸妈妈姐姐

爸爸、妈妈、姐姐：

昨天收到爸爸的信，今天收到报纸，很高兴。收到爸爸的信时，我们正在开年级会，发了一张表，关于分配的。我居然也有一张，明天要交，我已草草填起。这表不会起什么作用的，更何况我是回部队分配。在对分配态度一栏里，我只填了“服从”二字。这没什么可说的，而且我敢相信百分之百的人都以这两个字为中心，至多加两个形容词，或者跟个名词。

我对分配的总的情绪基调是听其自然。开学这些天来，看书，写作，力争让每一天都有收获。大学生活就剩一百二十天了，得数着日子过。课程不太紧，因此利用率比较高，颇有收获。

姐姐要的书和诗暂时寄不出，因为同寝室的一个同学想看，我不好拒绝，争取下个星期寄出吧。我最近在看美国现代作家欧文·肖的长篇小说《富人·穷人》，你若看到有卖的就买一套（两本），写得很好。还有奥地利作家茨威格的小说集，题目叫“同情的罪”，沉樱译，也很好，我在上海买到一本，太厚了，不好寄。你最好也想法买一本。相比之下，我还更喜欢后者，他的笔太厉害了。他的另一个版本也可以买，就叫“茨威格小说选”，沉樱译的是褚格，同一人。

我身体很好，体重又有所增加，因为李晋西[①]搬回寝室来住了，所以我们常用她的煤油炉煮东西吃，显得比过去幸福多了。带回来的东西都已吃完，还剩萝卜干和蜜枣。蜜枣我还是拿来了，用酒泡了起来，很好吃，称之为醉枣。麦乳精刚开始吃，老忘。我们班又有一个同学住院，胃出血。谁知怎么搞的，总是不景气。班上已经有两个同学休学了，一个还可能退学。相比之下，我算很不错的了，虽然吊过几次盐水。这一年多来大有进步。春天来了，我准备早上起来跑步，也为回部队做些准备。熊郁[2]又请了创作假，开始构思第二个本子，写盲人的。第一个本子还在修改，能否拍摄还说不准。不过文艺界总的来说松多了，改革的风也吹进了它的王国。噢，我的一篇小说又被退回，那人说他认为不错，向上推荐，但因为积稿太多而未通过。是《青春》。我想大概还是不够好，或者还不符合编辑的口味。这是第四次退稿，我准备让他们退十次或者更多。反正总是要写的，我不想违背自己的初衷。过去我总是不敢投，这学期准备大胆地投，否则写了放在那儿干什么？这几天我又在写一篇新的，我跟姐姐谈过的那篇，我自己感觉良好，至少又有提高。

妈妈近来怎样？是不是要办离休了？其实妈妈不妨在离休后写点东西，儿童文学或者知识性的散文。我记得妈妈以前有过类似打算，爸爸还有一个星期就要走了吧，不知回去后有什么新动向。改革时期似乎每天都会有事发生。不管怎样，都令人兴奋。

姐姐的现代汉语比我考得好多了，我才七十二分。一边工作一边上学要辛苦得多，不过也会使生活有意义得多。如果需要我们的专业书，我尽力而为。

好了，不多写了，现在差一刻十二点。

祝全家愉快！

山山　1983年3月2日

①李晋西：作者的大学同学，山西襄垣人，1986年开始发表作品，2003年加入中国作家协会。

②熊郁：作者的男朋友，1985年两人结婚成家。

裘山山上大学前与父母合影

裘山山穿着军装上大学后，在校园门口留影，摄于1979年

裘山山写给父母的部分家书

此信是著名军旅作家裘山山大学期间写给父母和姐姐的一封家书，内容丰富，涉及毕业分配、读书、写作等方面，真实记录了80年代初一位中文系大学生的生活片段。

裘山山，1958年5月出生，浙江杭州人。1976年入伍，1979年考入四川师范大学中文系，1983年毕业。曾任部队文化教员、文学刊物主编等。1995年加入中国作家协会。1978年起开始发表作品，曾获鲁迅文学奖、解放军文艺奖、百花文学奖、人民文学奖等，现为四川省作家协会副主席、成都军区一级创作员。著有长篇小说《我在天堂等你》《到处都是寂寞的心》《春草开花》《第九次在天堂》，小说集《裘山山小说精选》《白罂粟》《落花时节》《一路有树》《高原传说》，散文集《女人心情》《五月的树》《一个人的远行》《百分之百纯棉》，非虚构作品《家书：青年时期写给父亲母亲》等。

袁振民

1928—2003

有生之年只是想对国家和党有所贡献

——1984年1月28日　袁振民致弟弟袁振新

振新弟：

春节就要到了。日前寄去二十元，给母亲做春节时的零用，想已收到。今后只要我手头有一点个人积蓄，我就立刻给母亲寄点钱去。

正月初一时，请替我给母亲拜年，并祝淑晴[①]和小霖[②]春节好，祝您在新的一年中一切都好。

我因为负责一个局的工作，总是战战兢兢如履薄冰，生怕辜负国家和党的托付。在我有生之年只是想对国家和党能有所贡献，别的则无他求了。

谢谢您。

振民

84.1.28

①淑晴：指袁振新的妻子赵淑晴。

②小霖：指袁振新的女儿袁霖。

家书作者袁振民，1928年生于山东省单县。自幼辗转于单县、菏泽、济宁等地上小学和中学。1948年，考入北京朝阳法学院学习法律，同年加入中国共产党领导的地下革命组织民青。后由党组织安排进入华北大学，并调入政治教研室工作，1950年随华北大学并入中国

袁振民（左）与弟弟袁振新，摄于1987年

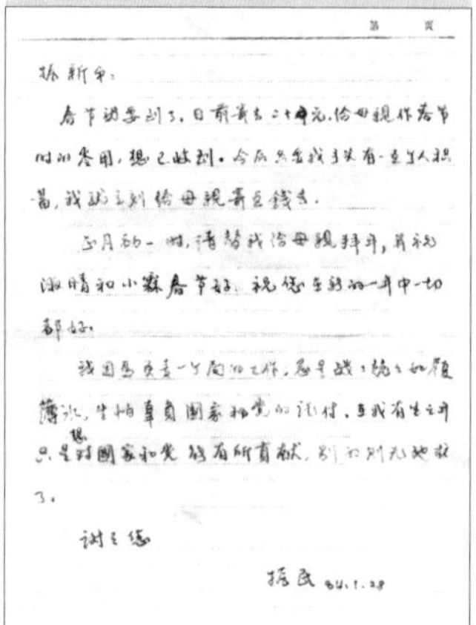

第　页

振新弟：

春节就要到了。日前寄去二十四元，给母亲作春节时的零用，想已收到。今后如果我手头有一点个人积蓄，我就寄到给母亲寄点钱去。

正月初一时，请替我给母亲拜拜年，并祝淑晴和小森春节好，祝您在新的一年中一切都好。

我因为负责一个局的工作，总是战战兢兢如履薄冰，生怕辜负国家和党的託付，至我有生之年只是想对国家和党能有所贡献，别的[illegible]了。

谢谢您

振民 84.1.28

人民大学，成为中国人民大学的第一批干部。1951年被安排在人大法律系国家法研究室工作，翻译过《苏联国家法》《东欧人民民主国家法》《苏联行政法》《资产阶级国家法》《政治学说史》等著作。1953年加入中国共产党。1957年被评为讲师，先后讲授俄语、国家法、哲学、美学等课程。“文革”时期下放江西“五七”干校劳动。1973年调入新华通讯社参编部工作。1979年调入国务院法制局任副局长。1980年兼任国务院第三次人口普查领导小组办公室副主任。1983年7月调任对外经济贸易部条法司司长。1992年离休。

袁振民精通英语、俄语和塞尔维亚语，离休后还学习了拉丁文，主要从事经济法方面的工作和研究，出版了多部著作。在条法司工作期间，他多次被任命为我国出席国际会议的代表，曾担任与外国政府代表团进行双边投资保护协定谈判的中国代表团团长，并担任中美知识产权工作组中方主席。1987年被美国华盛顿国际法研究所邀请作为访问学者赴美讲学，并聘为乔治敦大学客座教授，1988年回国。1990年在总部设在罗马的国际统一私法协会第43届特别大会上被选为执行理事，这是中国人首次在该协会担任这一职务。

李　真

1918—1999

革命者是要经常保持乐观主义态度的

——1986年1月25日　李真致弟弟李振岐

振岐：

在一年一度的传统佳节即将来临之际，祝你和全家健康、愉快！

很长时间没有去信，当然也没有接到你的来信，可能是我上次写的长信触怒了你。我想不会因此而断绝兄弟的情感和关系。尽管我对你的要求很严厉，但兄弟之情还是依依。

党中央关于各级领导班子年轻化提出后，军委三总部都作了调整，没有给我下离休命令，但已免除了总后副政委的职务，这对我来说有好处，消除了整天迷于事务之中。现在可以余出更多一些时间看书、写字，写点回忆录或其他的文章。这样也可使过去多次负伤流血、后来多病的身体得到休息和锻炼，以较健康的身体和愉快的心情安度晚年。有些领导同志不愿意退到二、三线，我看不少人是为权势已失而苦恼。权势对真正的革命者来说，是毫不计较的。我总是对人说：“我很愉快！”

革命者是要经常保持乐观主义态度的。

去年十月经上级批准，我到过去红军长征的路上走了一段，还到我二、六军团渡金沙江的石鼓渡口看了看。我们过的第一座大雪山——玉龙雪山也在眼前，不过这一次没有去爬罢了！根据年龄和身体条件，恐怕也不能再爬了。但见景生情，在我二、六军团爬的几个大雪山，就牺牲了一千多位革命志士，我是幸存者，今天能来到四十八年前战友们因缺氧和饥寒交迫的情况下，而悻悻离开人世的地方，哪有不动情呢？这些同志死得过早，什么也没有得到，什么家庭、妻子、儿女，那时恐怕连想都没有想过。他们的意志、勇敢、才华都很好，可惜过于年轻，就失去了一切。我很感叹，在写文章中，例举了一些他们的事迹。总希望在后一代起些传统教育的作用。现在党内和社会上不正之风的现象还相当严重，不进行这些光荣传统的教育，让那些资产阶级腐朽思想和行为发展下去，我们的胜利有得而复失的危险，在我的家庭里还好，不论打击经济犯罪或清除精神污染，至今还没有发现任何踪迹，觉得也是一种宽慰。我们的后代，从小都注意了这个问题的教育和严格要求。

现在接近离休，更希望他们不要惹是生非了。如果出现为非作歹，那对我们精神上会受到莫大的打击，也无法使我们安度晚年。这就是我夫妇最大的希望和寄托。为这事开家庭会，谈心活动也开展，最后我们向孩子们（包括第三代）表示，在“官职”上没有权威，在家庭上还要实行父辈或祖辈的权威。

好了，暂写到这里，有什么事要我们办的，只要能办到，还是按兄弟情谊照办。请来信告之。

再祝

阖家康乐！

兄嫂

元月廿五日

李真将军离休后临池之乐

这是开国将军李真写给在老家的弟弟的一封信，信中提到他已经从领导岗位上退了下来，准备以愉快的心情享受晚年生活，还介绍了刚刚重走长征路所受到的心灵震撼，并对当时社会上的不正之风进行了批评。他认为真正的革命者应保持乐观的心态，绝不能贪恋权力，反映了一位革命家不忘初心的纯洁情怀。

李真（1918—1999），江西省永新县黄门坊村人。1930年加入共青团，1933年转入中国共产党。1932年加入中国工农红军，参加了二万五千里长征以及土地革命以来各个历史时期的多次斗争、战役和战斗。新中国成立后，参加了抗美援朝战争。从1953年10月起，先后担任军事学院政治部干部部长，军副政委、政委，军委防化兵部政委，军委工程兵政委，解放军总后勤部副政治委员等职。1955年被授予少将军衔，是中共十大代表。

1995年，李真将自己珍藏了多年的名家字画拍卖，筹款56万元，全部捐给了永新县禾川中学兴建教学大楼，并带病到南昌参加省政府举办的捐款仪式。

李真在人民军队这座革命的熔炉里刻苦锻炼，孜孜不倦，自学成才。离休后，更是嗜书如命，博览群书。他知识渊博，精通古今，辛勤笔耕，获得了丰硕的成果。先后创作并出版了《烽火岁月》《老年学书法》《李真诗词集》《李真诗稿》《李真书法选》《纪念毛主席诞辰一百周年书法集》《无悔人生》等著作，成为一名享有盛誉的“将军诗人”“将军书法家”。

李真与家人（前排中为母亲，后排中为李真，右为李振岐）合影，1956年摄于南京

李真和纳西族妇女陈向英（左二）及其儿子（左一）等人在红二、六军团渡江纪念碑前合影，摄于1983年11月

振岐：

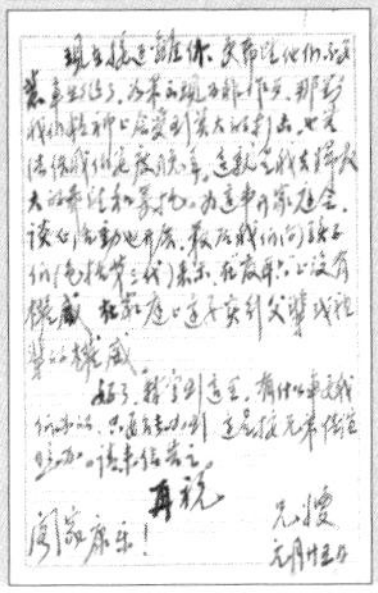

再祝
阖家康乐！

张风玄
1917—1992

在心理上不健康，是有百害而无一利的

——1989年1月19日　张风玄致女儿张新秋

新秋：

小萌萌低烧不退，不能掉以轻心，可请中医诊治一下，吃吃中药，也可能收到良好效果。

你姥姥将近百岁，能有今天现状，够好的了。现在有点糊涂、耳聋，甚至再有别的毛病，都应该在预料中。希望她能多活几年，这不是外力所能办到的。想来想去，她也是处在生命的最后岁月，在思想上应有这样的准备。从理智上应这样说、这样想。但是，“糊涂了，耳聋得厉害”，使我的心像雷击一样，顿觉难忍的疼痛。

“萌萌爷爷病逝，当年不外出”，原来我不知道人世还有此说。前几〈日〉我局副书记宋锦章丧妻他没出门，问他，他亦说此话。迷信的东西完全不可左右我们的行动，该怎么办还应照常怎么办。考虑到春节你带孩子走了，剩下海旺和你婆婆，孤单寂寞和凄凉，需要你在家而使气氛温暖，使你婆婆心情快慰，而不去北京，我也赞成。你应先去封信，讲清楚，不然你姥姥由于你每年都去而今年不去，也会不高兴的。另外，春节期间让新华多和姥姥在一起生活几天，免得老人过于寂寞。

你公公逝世后，已察觉你的情绪有较大变化。具体的如不愿去河东，也不愿去体北，闭门打发自己的穷日子，眼不见，心不乱。说小黎、小访的孩子吃、穿、玩、用的都比你的孩子要优越多少倍，你的收入少，无力支付，因此，在心理上有一种压抑感。这很使〈我〉怅然不安。你这种表现是正确的，还是错误的？是坚强的，还是软弱的？是充实的，还是虚幻的？你学过政治理论，学过哲学，不妨深思熟虑一番，

不然就会难以自拔，遗患未来，把事情弄糟，殃及子女后代。

你正处中年，对国家应报效尽忠，对老人应尽力孝敬，对子女应操劳教养。肩负如此重任，而在心理上不健康，是有百害而无一利的。人世多有不平事，穷者不应穷、富者不应富的现象比比皆是。小黎、小访的收入比你们优越，因此吃、穿、玩、用就比你的孩子好一些。同时，也有另外一些孩子还不如你的孩子，也是事实。从长远看，现在优越的后果不一定好，现在穷困的后果不一定坏，眼光应放大、放远，不能鼠目寸光，只看目前。你公公病逝，收入上减少了一大块，生活上当然就紧多了，不能因此就在精神上增压抑感，甚至自卑自悲。人总应有个精神支柱，有信心，有勇气，有血性。在工作中、生活上充当强者，不能后退，表现软弱无能。同小访、小黎她们不要比，如真比的话，她们有许多方面不如你。真正在掌握的学识，脑子里充实的程度，她们都比你差。收入比你多，一方面是机遇，碰运气碰来的，这个靠不住，说不定什么时候会发生变化。真正属于自己的东西还是学识、本领，任何时候都属于自己，别人有回天之力也夺不走。谈到钱，你知道我没分文存款，月入月出，多年习惯，改不了，今后仍如此下去已成定局。只要我活着，你们真有困难，我当然可能而且也应当帮助。在对待钱这个问题上，我不是小气鬼。你说："您毕竟是我的亲生父亲，从感情我绝对不是不愿去看您，我还要去看您的，还要照顾好您的晚年。"照顾我，并且照顾得很好，无微不至，我毫不怀疑。我住院时，体会得很深。在医院的同房病人都说我有一个孝顺的好女儿，对此我也觉得我很幸运。父女情深，万金难买。我的好女儿，放心吧，只要我活着，我有饭吃，就不会饿着你和你的孩子。我不会谈也不会想：我毕竟是你的爸爸才这样做。大概不会意识到，你那"毕竟"二字刺得我［够］多么痛。

另外，我对小访、小黎的孩子比对你的孩子并没有多花钱，更没有偏向哪个孩子。相处的感情是另一回事。对小黎的孩子，因从小就生活在一起，有了一定的感情。其实，小千千与我没有任何的血缘关系。小胖米，最近在一起的机会多了，也建立了一定的感情。对你的孩子，因始终没有在一起生活过，所以仍需要待机进一步建立感情。对此，你应理解。如新华和你同姥爷、姥姥的感情比起他们都深厚，也是同样的道理。对此，不要产生别的，甚至恩怨等想法。

在体北我又带回去了一些药，可去一趟，把你用得着的带回去你用。这个星期日我回体院北。

爸爸

一月十九日

张风玄夫妇和女儿张新秋，摄于1953年

天津市交通局

天津市交通局

天津市交通局

天津市交通局

这是老革命张风玄写给女儿张新秋的一封信，教导女儿对国家应报效尽忠，对老人应尽力孝敬，对子女应操劳教养，同时加强自身学习，掌握必要的知识，做一个表里如一的人，一个真实的人。

张风玄(1917—1992)，河北省威县人。1937年参加八路军，加入中国共产党，曾任八路军四军分区二营营长兼教导员、河北广曲抗日政府三区区长。1949年，张风玄来到北京，从事新北京城市建设工作。1958年由国家经委调至天津针织厂任厂长。后历任天津市河东区区长、天津工艺美术学院院长等职。1982年离休，任天津市交通局顾问。

收信人张新秋，是张风玄的长女，1948年8月出生于河北省威县，在北京上小学，后在天津市女一中学习。1969年下乡。1972年入天津教师进修学院学习，毕业后在天津市第32中学任教，2004年退休。

谭安利

1943年生

再大的困难，我们都能顶过去

——1991年3月31日　谭安利致尹慕莲

慕莲：

昨天接到你两个电话，知你近来身体欠安，心中十分挂念。今天一早去东莞，来回一百五十多公里，又下雨，下午四点才返回。前几日也是一早上车去工地，下午到办公室，很晚才返回住地。许多天都未出过门、上过街。一忙，没顾上在二十周年纪念日给你寄礼品，实在抱歉！但我心里是惦记着你的，廿年前的事，犹如还在眼前。那是一生中最难忘、最珍贵的日子，生活充满诗意，充满活力，我永远感谢你。从那时起，我们的心就连在一起。我们都是对待生活十分严肃的，以身相许，终生不悔，真心相爱，从此不变。二十年风风雨雨，真情可见。但是，为了工作，我常常顾不上照顾家庭，对妻子儿女也许有些亏待，无奈啊！我只希望得到理解，得到谅解……同时，也希望你自己珍重、保重，希望儿女像他们的父母一样，自立、自强。

我这几天忙于内部工作安排、交接，老工程结账，新工程进场等等许多事务，暂无法回衡，望你设法去医院检查、看病、治疗，注意休息和调养。工作还是丢开一点，千万别把身体搞垮。切切！我近来感冒好了，留下咳嗽这个老毛病，但无关大局，请放心。

你身体不适，更要注意心情开朗，多想些高兴的事。当然，你一人在家，身边没一个亲人，发烧，头昏，浑身没劲，不想动，没人烧水做饭，没人说话，病痛之苦，孤寂之苦，思念亲人之苦，这一切，我都是可以想象得到的。我也恨不得飞到你的身边，给你一些安慰和帮助。但我却在这千里之外，只能趴在床上给你写几句话，你不怨我吗？我相信，再大的困难，我们都能顶过去，你说对吗？

时间不早了，写得潦草零乱。

祝

身心愉快！

安利91年3月31日夜于深圳

赠慕莲

二十年前桃花红，苦辣酸甜风雨共。

春夏秋冬相守过，深情尽在不言中。

一九九一年三月廿七日写于深圳

谭安利与夫人尹慕莲在自己捐赠的陶铸致谭珊英书信展品前合影，2013年9月29日摄于人大家书博物馆

家书作者谭安利，湖南茶陵县下东乡人，1943年5月出生于西安市。经济师，律师，中共党员。母亲为黄埔女兵谭珊英（1909—1992），幼年随父母迁徙四川、安徽等地，1948年秋随母亲回到茶陵。1954年茶陵县黄坪完小毕业，1960年茶陵一中毕业，考入湖南农业机械化学院，在湖南大学机械系代培。1961年8月因国家实行“调整”方针，提前分配到衡阳建湘柴油机厂工作，1972年调衡阳市，长期在机械工业部门工作，曾任衡阳市机械工业销售公司经理兼党支部书记。1988年发起成立衡阳市机械工业物资经济学会，担任副理事长兼秘书长，创办会刊《衡阳工业物资》，任主编。1990

年任衡阳市机械工业深圳展销部经理，后任深圳市衡湘机械贸易有限公司董事长兼总经理。退休后编著出版《黄埔女兵足迹》《岁月印痕》《安利家书选》《小草情韵》等书。

收信人尹慕莲，湖南衡阳县人，1948年12月出生。1966年衡阳市七中初中毕业，1969年1月到衡阳县农村当知青，1969年9月招工回城，先后在衡阳建湘柴油机厂和衡阳互感器厂工作。

谭安利、尹慕莲，1973年2月摄于武汉

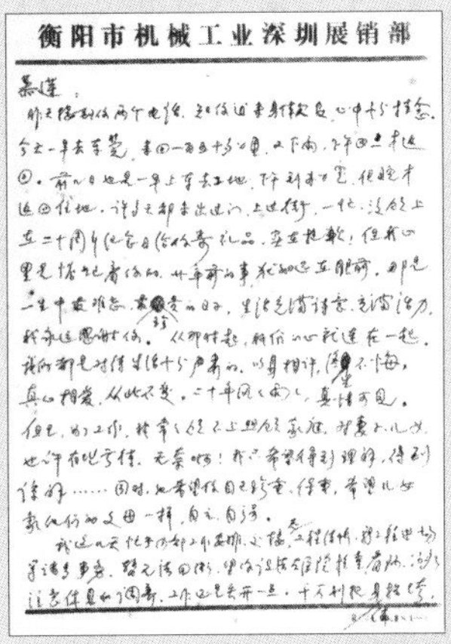

衡阳市机械工业深圳展销部

慕莲：

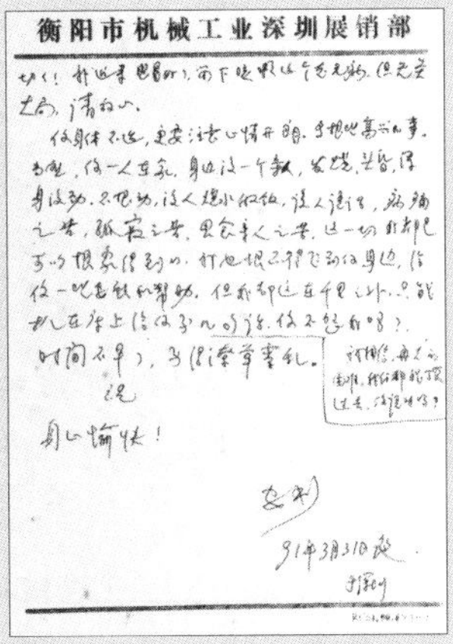

衡阳市机械工业深圳展销部

身心愉快！

安利

91年3月31日夜

王宗喜

1942年生

爸爸并未能给你创造更多的好条件

——1993年3月11日　王宗喜致女儿王大印

亲爱的女儿大印[①]：

院子里静悄悄的，我刚刚送走最后的一批丰县客人，便在灯下细读你的来信，夜是这般静，独自一人读着读着，禁不住泪如泉涌。此刻，爸爸想了许多许多，尤其令爸爸酸心的是：你以前经常说的一句充满怒情的话“我缺少了许多父爱”。面对你这封充满体贴关心的信件，爸爸总觉得以前对女儿的爱是少了，而过多的是责怪和训斥。爸爸脾气不好，尤其对你，我的〔对〕大女儿总是太苛求了，事实上你还是一个很懂事的孩子，但爸爸并未能给你创造更多的好条件，愿你万万原谅爸爸。

爸爸有许多的毛病，其中最大的莫过于太要强了，工作起来总想争个前几名。现在忆起来，这么多的成果和声誉又有多大的价值?！……爸爸显然老了，再没有更多的精力去创上游了。爸爸决定，即日起开始把爱工作转移到爱家了，疼爱我的女儿和儿子了，疼爱我的妻子，疼爱我年迈的父亲、母亲[②]了……

我饱尝着远离亲人的孤独和惆怅，忍受着溺苦的折磨……无穷尽的胡搅蛮缠、密如蛛网般的人情关系，络绎不绝的来访者和亲朋，将我推入了难以挣脱的大海之中，不知谁能帮我解脱！我苦苦地望着灯光发呆，转视四周，满是杂乱的书籍和文件，……我忽然想起了一句歌词：“只要您〔你〕过得比我好……”我又呆呆地笑了起来。听你妈电话上说：“大印跑前跑后撑起了咱这个家。”我心中更加悲苦，太难为你了，我的孩子，愿你注意身体，照顾好奶奶爷爷、妈妈和弟妹们。

我可能还得好些天才能返京，你可和长银[③]商量，尽早安排爷爷的手术，不必等我。

夜太深了，静得让人胆怯。我只得放下这支笔，望着时钟已指向一点五十分了，这是我最早休息的一个晚上了。

专此

问全家好

爸爸手迹

三月十一日

①大印：王宗喜的大女儿王素华，1965年生，乳名大印。

②因王宗喜是家里的独子，当时已七八十岁的父母亲和他生活在一起。

③长银：即李长银，王宗喜在后勤学院一起工作多年的同事。

作者王宗喜，著名军事物流专家，军事仓储学创始人，军事物流学奠基人。1942年生，江苏丰县人。1967年毕业于北京石油学院石油与天然气储运专业，参军入伍。1973年4月加入中国共产党。历任解放军总后勤部西安办事处、灵宝油料仓库、灵宝兵站供应科、沁阳油料仓库助理员，后勤学院油料教研室教员，仓库教研室主任、副教授、教授，后勤管理技术学院副院长，后勤指挥学院副教务长兼三系主任，国防大学一级教授、博士生导师，少将军衔。

王宗喜长期从事物流教学科研工作，辛勤耕耘，成果卓著。1991年被评为全军优秀

王宗喜教授(左三)全家福，左一为王素华，摄于20世纪90年代初

2015年6月10日，王宗喜教授在抢救民间家书十周年座谈会上讲话

教师，荣立三等功。1992年起享受政府特殊津贴。1993年获全国高校优秀教学成果国家级二等奖、军队一等奖。2000年被评为全军院校教书育人先进教师。他创办了全军首个军事物流工程实验室，先后发表论文150余篇，出版著作和教材20多部，创造性地提出了“应急物流”“物流场理论”“军地物流一体化”“物流矢量理论”“快乐物流”等先进物流理论。主要著作有《军事仓储学》《军事物流概论》《仓储论》《军地物流一体化》《漫话军事物流》《军事物流学》等。曾任国务院学位委员会军事学科评议组成员，兼任中国物流学会副会长、中国物流与采购联合会应急物流专业委员会主任、国务院应急管理专家、中国机械工程学会理事等职，为中国物流行业的发展做出了突出贡献。

孔繁森

1944—1994

尽早成为一个人格、素质俱佳的对社会有用的人

——1993年9月20日　孔繁森致女儿孔玲

玲玲：

你的来信爸爸收到了，已了解到目前你的处境。我想这是必然的，这是你独立生活的第一步，遇到这些困难是预料之中的事。爸爸第一次出远门当兵到济南，正好比你小半岁。我1961年当兵，可以说对于城市生活什么都不懂。第二年入团。1964年在周总理的邀请下，去北京参加了全国的国庆观礼活动。就在这一年我加入了中国共产党，也填补了咱们家祖辈没有参加共产党的空白。当时我是带着你大娘从张庄借的七元钱上路的，而当兵的第一年我就节约了五十元钱寄回了老家……

玲玲，你现在填补了咱家没有正式大学生的空白。你考上了大学，了却了爸爸盼望已久的心事。今天实话告诉女儿，自从你考入中学以后，我就把盼望你上大学的愿望埋在了心底。回想往事，爸爸觉得你的成长至少有两点值得我总结。一是由于我的工作环境，朋友多，同事多，工作调动频繁，虽然影响了你的学习，但也使你接触社会太早，成熟过早。二是我要求你们几个孩子太严了，望子成龙的心情过于迫切。从现在看大有好处，不然的话，这个环境对你们不利。

我看过不少名人自传和他们的成长过程，比如居里夫人、宋庆龄主席、我国医学专家林巧稚等，她们的出身有的是贵族，有的是贫民，但她们却有个共同的条件，一是家教比较严，二是性格内向，三是有自己的奋斗目标。

爸爸不盼望你当什么名人，而想让你尽早成为一个人格、素质俱佳的对社会有用的人，这既是社会的需要，也是家庭的需要。爸爸知

道你是一个十分要强的人，而且也有雄心壮志，我相信你一定会成长为一个有出息的人。我肯定地说，爸爸没法和你比。

爸爸文化低，有时候工作起来就有点力不从心，这个“力”就是科学文化的力量。

爸爸多么渴望有这种强大的力量来支撑我，但小时候没这个条件，已与它失之交臂了。我现在只能在祖国需要的地方，在党安排的岗位上踏踏实实地做点贡献。

对此，爸爸也是壮心不已。爸爸还不到五十岁（1944年生，1993年四十九周岁），还能陪伴着你们年轻人跑一程。

玲玲，我本应早点给你去信，但在你和你妈妈走后的第三天下午，我就做了手术。今天刚下床，不久就回阿里。躺在床上，才能静下心来想好多事，也想到了我的女儿。所以，今天就写了这几个字。

除去学习锻炼身体外，有时间看点文学和历史，善于和不同性格的同学交交朋友。

夜深了，病友们都睡着了，我也要躺一会儿。

爸爸：孔繁森

1993年9月20日于医院中

1994年8月26日，孔繁森和家人的最后一次合影

这是孔繁森写给刚考上大学的女儿孔玲的一封信，告诫女儿要学会独立生活，勤俭节约，树立明确的奋斗目标，并且希望女儿“尽早成为一个人格、素质俱佳的对社会有用的人”。孔玲没让父亲失望，她努力学习，追求进步，考取了研究生，获得了博士学位，入了党，长期从事法律工作。

孔繁森（1944—1994），新时期共产党员的榜样、领导干部的楷模。山东聊城人。

1961年参军，连续六年被评为“五好战士”，并荣获“特等射手”称号一次。1966年9月加入中国共产党。1969年，从部队复员，先当工人，后被提拔为国家干部。1979年，孔繁森积极响应组织号召，主动报名赴西藏工作。到西藏后，孔繁森担任日喀则地区岗巴县委副书记。在岗巴工作3年，孔繁森跑遍了全县的乡村、牧区，与藏族群众结下了深厚的友谊。1988年，山东省再次选派进藏干部，孔繁森第二次赴藏工作。进藏后，孔繁森担任拉萨市副市长，分管文教、卫生和民政工作。1992年底，孔繁森第二次调藏工作期满，西藏自治区党委任命他为阿里地委书记，他继续留在西藏工作。1994年11月29日，孔繁森率领工作组外出考察返回阿里途中，不幸发生车祸，以身殉职，时年50岁。

孔繁森和西藏学生

何显斌

1953年生

你是否应该向党组织递交申请书

——1994年6月21日　何显斌致女儿何金慧

慧慧：

你好！几个月不见，十分想念！你看仅仅廿四天，我就写成了“几个月”。紧张的学习中，身体好吗？

你给弟弟的信，他早已收到，我虽没看到信的内容，但你的问候和对弟弟学习的关心，弟弟已向我转达。谢谢！

听弟弟说，你打算这个星期回来。我认为，快放假了，可以等放假后再回来，请你酌定。如果这个星期回来，最好先到麻城，因为我和弟弟可能到你妈那里去；如果放假时回来，请来信告知放假时间，我来接你；如果带的钱不够用，请来信说明，我给你送过来。

弟弟这段时间学习比较用功，妈妈和我工作、身体都好，请不要分心。

慧慧，七一党的生日就要到了，作为一个中国共产党的普通党员，我还想说几句话。

中国共产党以解放全人类为最终奋斗目标，以建设具有中国特色的社会主义为近期目标，以全心全意为人民服务为宗旨。你现在对党的认识有哪些提高？你是否愿意为党的目标奋斗终身？你觉得你与党员的标准（这里指的不是现实生活中某些并不合格的党员个人）有多大差距？你是否应该向党组织递交申请书（向党组织提出申请，并按党员标准严格要求自己，不是一次可以完成的，应该是经常的、时时的）？作为一个思想上、政治上正在走向成熟的你，应该考虑这些问题了，你说是吗？

人不可能生活在真空，总有一定的理想、信念、人生观。当前，人们的思想比较活跃，各种思潮、各种主义都在影响着你们。你如何在这些思潮、主义面前不迷失方向呢？我认为关键在于加强政治理论学习，提高把握自我、管理自我、尊重自我、战胜自我的能力，你说对吗？

你从小要求上进，五岁入队，十二岁入团，我是信得过你的。我不会把我的信念强加于你，抉择权属于你自己，但作为有着多年党龄的我和你妈衷心希望你做出正确的抉择，树立为共产主义奋斗终身的崇高理想，早日成为中共的忠诚战士！

最后告诉你一个信息，你上次编写的《迈向现代企业制度的实践》已作为《建立现代企业制度248问》的第八部分，通过终审送出版社公开出版去了。

祝学习愉快，全面进步！

父 示

1994年6月21日

这是共产党员何显斌在七一党的生日前夕写给女儿何金慧的一封信，指出人不可能生活在真空，应该有崇高的理想和追求，提醒女儿应该考虑入党问题了。

何显斌，湖北省荆门市沙洋县人，生于1953年。1972年应征入伍，1977年复员回乡，1981年加入中国共产党。1984年考上招聘干部，先后任荆门市沈集区马集乡乡长、麻城乡党委书记、东宝区委宣传部副部长、东宝区教体委党委书记兼主任等职。2013年退休。

何显斌与女儿何金慧，2000年11月摄于南京

何金慧(前排左)与家人合影，摄于2000年春节

何金慧遗著

收信人何金慧，1979年出生，在家乡上小学、中学，年年被评为三好学生。1993年考入沙洋师范学校，在校期间被评为“十佳学生”。1996年被保送到湖北师范学院物理系就读，当选黄石市三好学生、湖北师院“2000年优秀毕业生”。1998年加入中国共产党。2000年考入南京大学哲学系硕士研究生。2001年1月24日不幸煤气中毒离世，年仅22岁。

何金慧去世后，留下了数百封书信、几十本日记，记录了一个当代青年不断战胜自我、超越自我的艰辛历程和哲学思考。何金慧被称为“哲学女孩”，她的故事经媒体传播，感动了万千青少年读者。2001年11月，何显斌辞去东宝区教委主任职务，成立荆门市何金慧青少年教育促进会，潜心青少年道德实践研究，资助寒门学子完成学业，关爱孤寡老人，传播金慧精神。2018年，何显斌、余国香夫妇荣获沙洋好人、荆门市最美家庭、荆楚最美家庭提名奖。

钱学森

1911—2009

马列主义是在斗争中发展的

——1995年4月13日　钱学森致堂妹钱学敏

钱学敏教授：

今得您4月11日信及《春色满江南》（1995年3月赴苏南考察掠影），又见我昔日游地，真是高兴！蒋英①也非常爱看。我们还要不断欣赏那几张您游苏州园林的照片！从此册的设计和制作看，您还是一位美术家啊！

您信中提出的问题：马列主义应如何发展？我想此中理论已见胡绳院长在《中国社会科学》1995年第2期的文章②。今附上此刊供参阅（免得您又去查找，用后请退我）。至于具体如何发展，我想到的有以下几条：

（一）要联系实际，多作社会考察。

（二）要知道今日社会科学和自然科学工程技术的新进展，多与在一线的人交流讨论。也可去参加科技新发展的研讨会，多吸收营养。

（三）对中国古代哲学思想也要取其精华，但不能盲目崇古！

（四）一定要分清是非，不能跟洋人跑，搞“西化”。

总之，马列主义是在斗争中发展的，这必须注意。

就说这么多，请酌。

向长彬③教授请安！

此致

敬礼！

钱学森

1995年4月13日

①蒋英：钱学森夫人（1919—2012），浙江海宁人，近代军事家蒋百里之女，中央音乐学院教授。

②指时任中国社会科学院院长胡绳的文章《马克思主义是发展的理论》。

③长彬：俞长彬，钱学敏的爱人，中国人民大学马克思主义学院教授。

1989年钱学森先生与钱学敏教授在一起交流

这是著名科学家钱学森(1911—2009)写给堂妹钱学敏的一封家书，内容主要探讨了马列主义如何发展等学术问题。1989年至2000年，钱学森先生与其堂妹、中国人民大学教授钱学敏进行了12年的学术生活通信，共计500多封，其中钱学森亲笔信335封，计20多万字。这些书信从一个侧面反映了钱学森以国家、社会建设需要为重，运用自己深邃的思想和崇高的威望，引导身边学者有目的、有计划地对国家、社会紧迫的理论和现实问题进行针对性研究，表现了他的孜孜追求、恢宏视野、大乘智慧，是学习、研究钱学森思想和精神的珍贵史料。

收信人钱学敏，1933年生，祖籍浙江杭州，先后在中国地质大学、北京大学、中国人民大学担任马克思主义哲学和哲学史的教学与科研工作。1989年以来参加钱学森亲自领导的学术研讨班子，研究和阐述钱学森的哲学和科学思想，著有《钱学森科学思想研究》等。

吴润身

1912—2000

群众是我们的力量源泉和胜利之本

——1995年9月20日　吴润身致侄子碾孩、侄媳杏琴（节选）

碾孩、杏琴：

来信收到，看了您〔你〕们的信，全家很高兴，知道你们全家七口人都好，小翔龙也活泼吧，我们非常欣慰！太原咱家也都好，望勿想念。

我在庆祝抗战胜利50周年，让我写回忆录和自传，我懒于动手没写，只写了3个短篇文章登在厂报上。关于您写的敌人用木头子弹打人的事，可能是我当时讲错了，也可能是记错了，因为其意完全与当时情况不同，现把当时的情况与我的简历叙述如下：

我是在事变后半年即1937年后半年入党的，1938年参加工作，其简历是任过党支部书记，任过数任区委书记，后任过县公安局长、市公安局长、市公安局党组成员兼经保处长、大型厂矿保卫厂长，最后任党委书记，受过中共地委党校学习（相当于省委党校）和中央党校学习。其中工作最困难最危险的经历有三次，第一次在沁县五区任区委书记兼区政委时，第二次当中共代表与敌人停战谈判时，第三次是任兴安化工厂保卫厂长和任厂党委书记时。

先讲1943年任沁县五区区委书记时。五区在当时是沁县最危险的一个地区，它是接敌区也叫游击区，敌强我弱，是一个出生入死的地方，当时的干部认为是一个畏途，谁也不愿到该地区工作。当时的县委书记林纪青他动员时对我说：毛主席说过，越是困难的地方越是要去，这才是好同志。

从五区到县委开会，还得过二沁大道敌人的封锁线，还得部队或民兵护送。我记得在1943年的秋天，我从沁南县委开会回区时，路过二沁大道敌人封锁线，护送我的部队已经返回去了，路过开村时，发现开村后面的紫山上哨树还立着（哨树是防避敌人侵扰出发的一种信号，是用民兵看守，如没有敌情时哨树就立着；如发现敌人出发侵扰时就放倒，群众就躲避了），我以为没有敌情，就从紫山下走过，到临近紫山时发现山中间有人影走动，当时敌人穿的衣服是土色的，如不注意很难发现，实际情况是敌人已经把看树的哨兵［已］捆缚起来，已有了敌情，但敌人还把哨树树立着来欺骗群众。

我发现山腰有人影走动，就赶快到石岩下隐蔽，但石岩下已有好多群众在隐蔽着，因之，我把随身携带的文件和手枪埋在沙里。不多时，敌人已来抓人了，我和群众一起逃跑，敌人开枪打人是用的木头子弹。他为什么用木头子弹打人呢？不是因为他没有真子弹，而是因为要抓民夫，准备第二天出发扫荡。敌人的规律是每次扫荡前都要抓民夫，他们用民夫给他们抢的东西来拿用。我混在群众中一齐跑掉，没有被抓住。敌人一方面用木头子弹打人（如果用真子弹把人打死了，他还抓什么，就达不到抓民夫的目的），同时还骑马追捕群众。

我为什么能混在群众中跑掉呢？因为当时在游击区工作的同志强调群众化，穿的衣服完全和群众一样，戴的手巾是布的，穿的鞋袜也是布的，不刷牙不洗脸，要洗脸也是一个月只洗一两次，不能戴毛巾，不能穿线袜子。当时群众对付敌人的经验有三条，即叫作“吃得好些，穿得烂些，见了太君（指日本人）走得慢些！”我们在五区（即游击区）的生活是：吞糠咽菜，风餐露宿，牺牲流血，倾家荡产。当时革命干部的待遇每天只有斤[1]四两小米，到了1942年最苦难时期一天减为14两，其余靠生产自救。

冬天穿不上棉衣，夏天换不了单衣。沁县有一位县委副书记，到端午节还穿着棉衣，到群众家里还披着棉衣，农家妇女背地里批评他不礼貌。但男人还和女人吵架，男人说什么不礼貌，你知道他穿的是什么，你穿上单衣了，他还穿着棉衣，能不披吗？你给他把棉絮挖了，看他还披不披？后来女人果然给挖了，还给洗了。县委副书记高兴了，也再不披了！我们在群众家里吃派饭，一家七八口人，锅里煮着野菜，用糠面擦咯咯豆，大概有斤多面，煮熟了，一家人不能自己舀饭，只有家庭主妇一手舀。吃上糠菜饭，半夜就饿醒了，再也睡不着了，三人一个家都同时饿醒来了，在家找东西吃什么也没有，故三人喝白开水充饥。正在此时，邻家送来一碗糠炒面，并说饿了不能喝开水，越喝越饿。三人分的〔着〕把一碗糠炒面拌的〔着〕吃了，才又睡觉！

风餐露宿，是整年不能在家睡觉，热天睡旷野，冬天睡土岗子。逢年过节，刮风下雨，更加不能在家睡觉，因为敌人就是乘机来家捕捉干部的。

所谓流血牺牲，就是全区主要干部大部牺牲了。区长牺牲了，区委书记牺牲了，区委副书记牺牲了，农会主席牺牲了，武委会主任牺牲了，公安助理员牺牲了等等，就是我是个幸存者。

最后讲我们的政权是从反动派手里夺来的，而不是固有的。我在38年任支部书记时，第一是建党；第二夺政权，因为当时的政权是阎锡山的，他们不抗日，还反对群众抗日，通过发动群众选举夺了政权；第三，组织发动群众成立青救会、妇救会、儿童团、自卫队和成立农民自卫队站岗放哨，妇救会做军鞋，而后就是二五减租和大囤粮、大扩兵。党员带领群众参军，我们的军队都是地方党扩大的。

总之，大体就是这些。为了纪念抗日战争胜利五十周年，我写了篇文章，大体内容是，我们党之所以是不可被战胜的，其原因有三，第一是有真理；第二是有人民群众的支持，群众是我们的力量源泉和胜利之本；第三是有党的优良传统和作风。

供参考。

叔父 润身

一九九五年九月廿日于太原

①斤，此处指1斤，当时1斤为16两。

吴润身，摄于1978年中秋节

家书作者吴润身在长达7页的家书中给侄子讲了7个抗日故事，这些故事既有机智躲过鬼子追捕的惊心动魄，又有他和战友们当年睡旷野、饥寒交迫却时时准备牺牲的艰辛，更有记忆中让他觉得温暖的军民鱼水情……

吴润身，曾用名毓太、吴宇。山西沁县徐村人。1937年加入中国共产党，任徐村党支部书记、抗日小学校长。后任中共沁县十

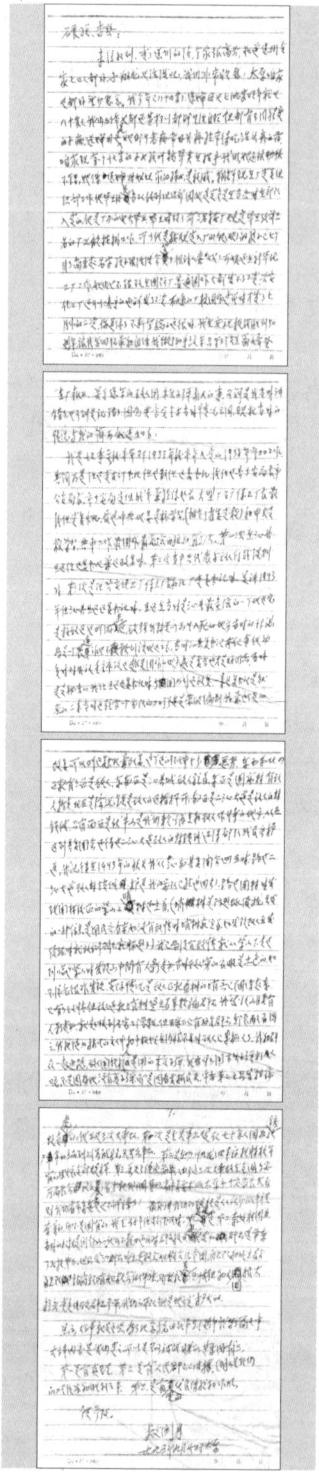

区区委宣传委员、六区区委副书记、沁县县委宣传干事、沁县五区区委书记。1939年在中共太岳地委党校学习。解放战争和新中国成立初期，先后担任中共沁县一区区委书记，沁县县委委员，县公安局副局长、局长，中共长治市市委常委，长治市公安局局长，太原第三工程处第五公司党委委员、保卫处处长。1956年任太原市公安局二处处长，1960年任国营兴安化学材料厂副厂长，1965年任晋东化工厂党委书记（正厅级）。1972年后历任兴安化学材料厂党委副书记、书记、顾问。1984年11月离休。1978年当选为中共山西省委第四次代表大会代表。

彭攀桂

1939—2015

要把回报祖国，当作终身志向

——1997年6月10日　彭攀桂致儿子彭朝阳、儿媳吴晓东

安安[1]、晓东[2]：

你俩好。

香港很快就要回归祖国了。爸妈和全国人民一样，心情越来越激动。高兴之余，特意给您〔你〕们写这封信。

当您俩接到这封信时，香港回归的日子只几天了。它的回归是中国历史上的盛事，也是世界历史上的盛事，值得庆贺。到时，中央电视台将向全世界现场直播政权交接仪式。全世界三分之二的国家都收看到盛况的电视直播。您俩一个在美国，一个在澳大利亚，两地都是可收视到的方位。您俩要好好收看，振奋精神，激发爱国心，增强报国志。

香港回归是邓小平“一国两制”构想的功劳，更是祖国强大，中国在国际上的地位、威望越来越高的结果。国穷无外交，国穷挨打。中国受外国随意欺侮的时代一去不复返了，中国是顶天立地的中国，中国人是堂堂正正的中国人。炎黄子孙在异国他乡，强大的祖国是他们的坚强后盾。每一个炎黄子孙都有建设强大祖国义不容辞的责任。每一个中国人，为祖国的兴旺，都应从我做起，各自负起责任来。海内外的十二三亿炎黄子孙都奋起，这股力量可了不得，势不可挡〔当〕，最大的困难能战胜，天塌下来也能顶住。何愁国家不富强！

安安、晓东，您俩是国外学习了多年，还都是博士。可以说有了报效祖国的条件。要记住：是祖国把您俩培养成才的。要是没有祖国的强大，没有改革开放的政策，您俩是难上大学的，更难出

国留学攻学位的。饮水不忘挖井人。您俩要把回报祖国，当作终身志向。

顺致

平安！

父 字

1997年6月10日

①安安：即作者的长子彭朝阳。

②晓东：即吴晓东，彭朝阳的妻子。

1995年，彭朝阳（后排左三）、吴晓东（后排左二）与家人合影

1997年7月1日香港回归前，江西安福县的老党员彭攀桂写信给在国外的儿子和儿媳，提醒他们一定要注意收看电视转播，时刻不要忘了自己是一个中国人，学成以后要报效祖国。

彭攀桂的长子彭朝阳，1961年生于江西省安福县，1985年出国留学，1992年在澳大利亚获经济学博士学位。1996年入美国普林斯顿大学威尔逊学院学习。后进入联合国工作，担任世界银行东亚局总顾问。彭朝阳的夫人吴晓东，1967年生于北京，北大数学系毕业后留学澳大利亚和美国普林斯顿大学，获经济学博士学位，随后被聘为北卡罗莱那州立大学终身教授。

王　清

1965年生

不论走到哪里，我们都是中国人

——1999年1月1日　王清致妻子王丹昶

亲丹：

你好！

今天是九八年的最后一天，祝福全家人新的一年新光景！早儿又长大一岁了。丹，在新的一年里，你在工作上得合并处室，工作似乎更加繁忙。奶奶、岳父、岳母大人身体均好吧？霄霄又高一年级了，王婷得上二三年级了。总之，家人都好吧？

今天我们在工地，见了分包商都相互问候——Happy new year! MGF（“蒙咖夫”公司驻地的简称）人员下午休半天，晚上要搞晚会。有邓主任的新年贺词，还搞些小游戏，如幸运抽奖等。卡拉OK舞会一直要持续到午夜——跨入1999！

今晚在工地上还有加班的人员，我们文体委要负责把CCTV-4频道播放的《99五洲风》元旦双语晚会节目录下来，等他们回来看。我打算明早五点爬起来，把《观众之友》我点的歌曲《我是中国人》等节目也录下来。也希望你能收到我昨天两次发的EM，希望你能转告各位家人，把欢乐带给他们，把新年的问候、祝福通过歌声传递给他们！

丹，今天是1999年的元旦，先向你问候新年！

新年到了，祝你在新的一年里，想要什么要什么，反正尽是好事，可好？也祝早儿快快长大，学会好多本事。还祝全家人顺心、顺利、顺发！

今天一大早5点多爬起来，把这期的《观众之友》全录下来了。先是介绍《欢聚一堂》栏目，由轶男（主持人）采访该节目的编创人员。第二个内容是介绍了〈中国〉台湾、美国等观众寄去的新年贺卡。第三个内容——就是有关我的内容。我对照了一下我留下的给CCTV-4信函的复印件，也给你寄回了一份，她读了信中的四段内容。我的初衷均达到了，即：一方面宣传了我们这个正在进行的国际工程项目，另一方面也表扬了中央电视台的电视工作者。在这个项目上，包括我在内的一千多号中国人正认真努力地工作着，我写去的信，在CCTV-4，这个向海外一百多个国家和地区播出节目且有较大影响的电视频道上播放，这是我感到特别欣慰的。

再比如，我想到给你的信要"天天写，周周发"，那么，就是时间再紧，我也要做到。在新的一年里，我仍将继续！

早上录完节目带后，我又接着睡到近九点，之后下去到食堂吃了早饭。

刚才，把节目带给同单元的几位同事看了看，他们都觉得好，都说"王清替咱项目点的歌"。

《我是中国人》同一个歌名，有两首不同的歌曲、歌词，我原意是想点刘德华唱的那曲流行歌曲，但播放的这曲京剧，这个唱词及曲调也不错。总之，不管是哪一曲，宗旨都是一样的——不论我们走到哪里，我们都是中国人！

昨晚，我们项目的元旦晚会与以往不同的是多了邓主任的新年贺词，还提供了些水果，举行了幸运号码抽奖活动。晚七点半开始，到九点。我们给每位到场的观众一个号码。九点以后，我们请嘉宾，当时是请的邓主任和周总，抽出幸运号码。同样的号码是写在一个小纸条上，从中间撕开，一半交给观众，一半放到抽奖箱中。从纪念奖抽起，再三等奖、二等奖、一等奖，共32个获奖名额。原计划是先抽纪念奖，之后再放些舞曲，过一段时间，再抽下面的。但考虑到有些人只想等抽奖而不想跳舞唱歌，故三等奖到一等奖就一并抽完了。我还幸运地被抽到了一个纪念奖。我的号码是80，奖品是磁面电话本。

昨晚，我仍是西服、领结，又赢得了男士女士们的交口称赞，看来真是"人在衣裳马在鞍"。当然，还得看是什么人，是吧，丹，我为你争得了"赞誉"，替你骄傲吧。因为他们不知道，你始终和我在一起！在我身边、身旁、身前、身后，有你，我的老婆的熏陶、指点，呵呵。

上午，我一直在宿舍。十点半又录了一遍，哈哈。这次光录了我的那部分。还抽空用项目提供的洗衣机洗了床单、被罩、枕巾等，还有运动服，现在，还有一锅正转着呢。

午饭有鱼和羊肉。我还是没锻炼出来，把羊肉给了别人，人家给了我鱼，哈哈。午休到一点五分，突然醒了，似乎是有什么事——原来，这是《观众之友》今天播出的第三遍，就又起来去电视房看去了，这时正好播放我的那块。看后，同事们都说“Good!”中午吃饭时已经有些同事问过我，“你点的歌，看了没有?”普遍反映也不错。看来，效果是不错。特别是CCTV-4安排在元旦这一天播出，好似给全体项目人员一个新年问候！有的说：春节还得再点个歌，哈哈。

你的清

1999.1.1.　15:25

家书作者王清，河南兰考人，1965年9月生于北京。1986年7月在胜利油田参加工作，1990年12月加入中国共产党。中国石油大学（华东）油气储运专业毕业，在职研究生学历，工学硕士，高级工程师。

1996年至2000年，王清作为中国石油产业大军外闯中东石油市场的一员参与了为中东产油国科威特建设石油设施的国际工程项目。王清先后在该项目的临时党委第二党支部宣传委员岗、健康安全环保工程师岗、施工副经理岗及项目副经理等岗位上工作了1500多个日日夜夜。在科威特工作的四年多时间里与妻子女儿互通了1000多封家书，交流着各自的工作、学习和生活。

王清(右)与中外同事在施工工地，摄于1999年

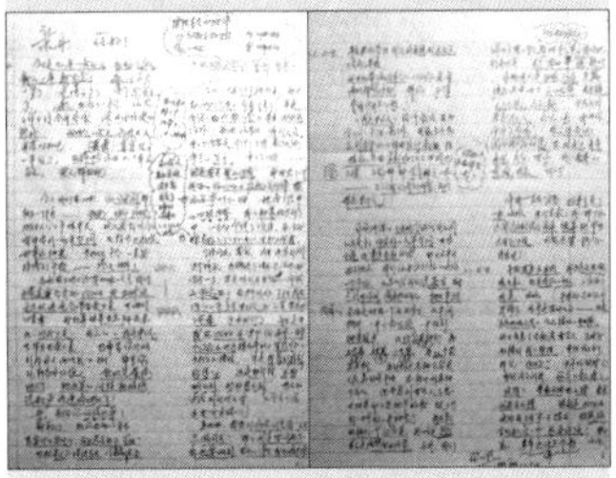

杨进群

1951年生

争先创优，努力当个好兵

——2002年1月6日　杨进群致儿子杨春阳

吾儿春阳：

现在，你一切都好吗？

你在去年12月23日写的信，今年元月4日上午我已收到，望勿惦念！

从你的来信里，得知近期你的生活、学习、身体等方面都很好，以及你对西北新疆的气候、环境也基本适应而且还没有不良反应的消息后，我和你妈妈感到非常高兴。好男儿有志走四方，到了哪儿都一样。儿子，你真是好样的！

不过，老爸我还是要提醒你注意一点，毕竟你是一名刚从内地到西北的新兵，要完全适应那里的恶劣气候和环境，确实还待一段时间。所以，一早一晚的你要穿得暖一些，如果一旦有冻疮和患感冒的迹象出现，你要及时去治疗，尽早把它们消灭掉。

当兵不是为了打仗，但是为了准备打仗。信里获悉，你们新兵的军事训练即将开始。作为军人首先必须具有敢打、能打、会打的军事素质。因此，面对即将开始的艰苦训练，别人不怕，老爸相信我的儿子你也会不怕，而且在训练中你还会率先垂范，走在你战友们的前面。

最近，我从一本杂志读到一篇《悲壮的九分钟》纪实文学作品。文章讲的是，在抗美援朝的战争中，36名空军战士，为了祖国领土不受外国侵略者的践踏，为了新中国人民的安危，他们视死如归的故事。

“生命诚可贵，爱情价更高。若为自由故，二者皆可抛。”这几十名同志，你的战友们，年龄最大的24岁，最小的与你现在的年龄一样，才19岁。多么美好的青春年华！在和平、幸福的今天，他们可以努力学习、工作，去探讨爱情，去实现人生最美好的理想。然而，他们这些祖国人民的热血男儿却牺牲在异国他乡，只有5人荣归故里，回到了母亲的怀抱……儿子，让我们永远记住这些年轻的英烈吧！

你被感动了吗？想知道那些英烈们是怎样度过那悲壮的时刻吗？欲知详情，认真阅读随信寄去的《悲壮的九分钟》的故事后，你就会了。对了，还有《活捉座山雕的真实经过》等资料趣味性也很强，别忘了学习哟。我想，这些资料对你的学习提高、军事训练一定会有所帮助的。

好了，今天父子俩就叙谈到这里。如果近期内训练紧张，时间不允许的话，写信的事就暂时放一放，集中精力去搞好学习和军事训练，争先创优，努力当个好兵。

父 字

2002年元月6日

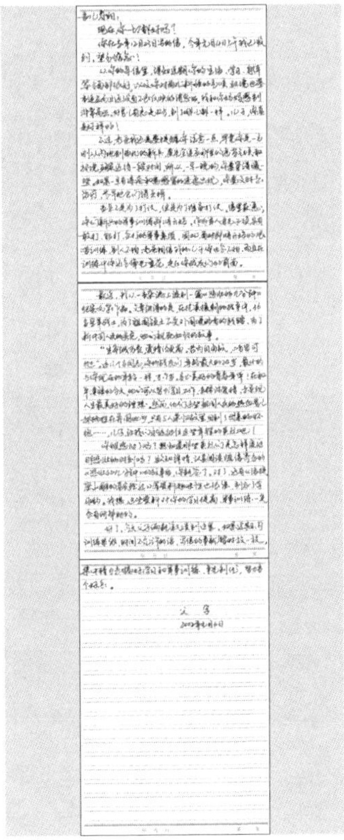

作者杨进群，1951年生，湖北省枣阳市七方镇中心小学教师，中共党员。2005年7月，被全国双拥工作领导小组等单位评为“全国军民共建社会主义精神文明先进个人”。

2001年，杨进群的独子杨春阳高中毕业后，入伍到边关，成为一名边防战士。杨进群主动配合部队，教子育兵，十年间为儿子和部队官兵办《希望》小报107期，写家书1701封，帮助儿子及其战友们正确对待艰苦环境、正确对待从军路上的坎坷，安心戍边报国。在父亲的鼓励和帮助下，杨春阳表现出色，2003年12月，作为优秀班长和士兵

杨进群与儿子合影，2004年8月摄于新疆某边防哨所

骨干，被选为士官留在了部队。2004年8月1日，被吸收加入了党组织。2004年和2005年，两次荣立三等功。2006年7月，被边防团推荐到西安陆军学院学习深造。2008年7月毕业后，他再次申请到边防一线，继续卫国戍边。

顾锐锋　顾履德

1930—2020　　1931—2005

一位充满革命朝气与浓郁亲情的大姊

——2004年6月21日　顾锐锋、顾履德致大姐顾静专等

在祝贺大姊八十寿辰的喜庆日子里，我回顾往事感触很深。我们八个兄弟姐妹，在当时的革命浪潮推动下，一个个背叛了剥削家庭，投身火热的革命斗争，经受了血与火的严峻考验，终于成长为革命战士和党员骨干。这固然是党的领导的胜利，但同我们家有一位充满革命朝气与浓郁亲情的大姊是密不可分的。其中有几件事给我印象特别深刻，永远难忘。

1945年8月，日寇宣布投降。正当全国人民庆祝抗战胜利的欢乐时刻，我们的母亲竟然惨死在日寇军用卡车的车轮之下！母亲的惨死，激起和加深了我们对日本帝国主义的深仇大恨和对国民党政府腐败无能的强烈不满。在大姊的影响、带动下，我们抛弃了旧的生活陋习，走上了追求进步、投身革命的光明之路。抗战胜利后国民党统治下的上海，腐败成风，物价飞涨，民不聊生！“反饥饿、反内战、要自由、要和平”的呼声，响彻中华大地。在这种社会大变革、大动荡的年代，堂姊白清第一个奔赴解放区，大姊也率先参加了地下党组织，积极投身火热的革命斗争。1946年春节，我们一家到伯父家拜年时，大姊等带头倡议：改变以往逢年过节吃喝打牌的旧生活习惯，而以开展健康、有益的活动来代替；大家还共同商定成立以顾家堂名为名称的“来复会”，吸收亲友中的大中学生参加。后来，“来复会”发展成为与地下党有联系的一个进步青年团体，对推动我们坚定不移地走上革命的道路，起到了重要的促进作用。

1948年初，为了抗议港英当局在九龙的暴行、反对国民党的“奴才外交”，上海两万多大中学生举行了声势浩大的游行示威。大姊不仅

积极参加这一活动，而且不顾个人安危，面对反动军警的层层阻拦和疯狂镇压，勇敢地爬上了英国驻沪领事馆的围墙，用蘸满柏油的大笔，涂掉了围墙柱子上部的英国国徽，并在国徽上面的白色方灯上有力地写下了“滚出去”三个粗线条的黑字，从而赢来了游行队伍和围观群众雷鸣般的掌声和欢呼声，许多中外记者当场抢拍这个难得的镜头，并于第二天以显著地位刊登在中外报刊上。这无疑是当年上海爱国学生运动中一个令人难忘的事件。

我的成长同大姊的教育影响更是分不开的。记得我在高中读书时，同大姊共睡一张床。大姊经常给我讲故事，从《三国演义》《水浒传》到《钢铁是怎样炼成的》和《卓娅与舒拉的故事》，还讲起亭林家乡农民抗粮造反以及红军二万五千里长征等故事。这些潜移默化的教育，对于我参加学生运动、走上革命道路，更是起到了直接的推动作用。

母亲去世后，父亲就带上姨娘及其子女搬回亭林老家去住了。这样，管理家务的重担就落到了还在上大学的大姊身上。而我们在上海长乐路828号的家从此却变成了热气腾腾的革命活动场所：“来复会”成员经常在这里议论国事，讨论当前的形势和走向；大哥作为来复会联谊组的负责人，经常在这里教唱革命歌曲；我们姊妹所在大、中学校的进步同学，也经常到这里来活动。后来我到爱群女中就读时，甚至地下党小组会也会来我家秘密召开。特别值得一提的是当我所在学校地下党的战友遇到生活上的某些困难需要帮助时，我曾多次偷偷从家里把被子、大米等拿出去支援他们，大姐虽有所察觉，却都默默地表示认可。总之，在大姊的支持下，当时我们长乐路的这个家，在一段时间内实际上就变成了革命活功的一个据点。

当我参加服务团、随军南下福建后，由于长期过惯了优越的城市生活，吃不惯闽南的地瓜饭，再加上水土不服，患上了讨厌的虐疾，一度思想斗争十分激烈，曾想找个借口回上海去治病。大姊知道后，当即写信严肃地批评了我的错误想法，并热情鼓励我克服困难，坚守岗位。由于机关领导和战友的关怀照顾，以及家中亲人来信帮助，我终于解决了不安心在福建工作的思想问题，决心扎根南方干一辈子革命。大姊还教育我们要正确对待剥削家庭及父亲的问题，使我们兄弟姐妹得以避免发生立场问题上的错误。

在祝贺大姊八十大寿辰的喜庆日子里，我通过回顾我们兄弟姊妹走向革命的历程，深感大姊的一生，是革命的一生、战斗的一生、无私奉献的一生。大姊在关键时刻和危难关头总是带头行动；在重要问题上，总是坚持原则，毫不含糊；在弟妹发生困难、碰到难题时，又总是关怀备至，体现出浓郁的亲情……想起这一切，我内心就情不自禁地浮现出对大姊的爱戴和敬重之情。

衷心祝愿大姊生日快乐，身体健康，家庭幸福，长命百岁！

您的妹妹 锐锋

弟弟 履德

2004年6月21日

这是顾氏两姐弟顾锐锋、顾履德写给大姐顾静专的一封祝寿信。

顾氏姐弟出生在江苏省松江县亭林镇（现划归上海市金山区）一个地主家庭。父母共生育他们同胞兄弟姐妹8人，4男4女，幼年时过着不愁衣食的日子。1937年抗日战争全面爆发，家乡沦陷，全家辗转逃难到上海租界定居下来。直到抗战胜利前夕，他们差不多都在上海的学校读书。在火热的革命斗争锻炼和地下党组织的培养教育下，他们五个年纪较大的兄姐都先后入了党。自全国解放到20世纪八九十年代，8个兄弟姐妹都积极投身到建设新中国的伟大事业中来，在各个不同的岗位上辛勤耕耘，默默无闻地做着本职工作。

顾家兄弟姐妹合影

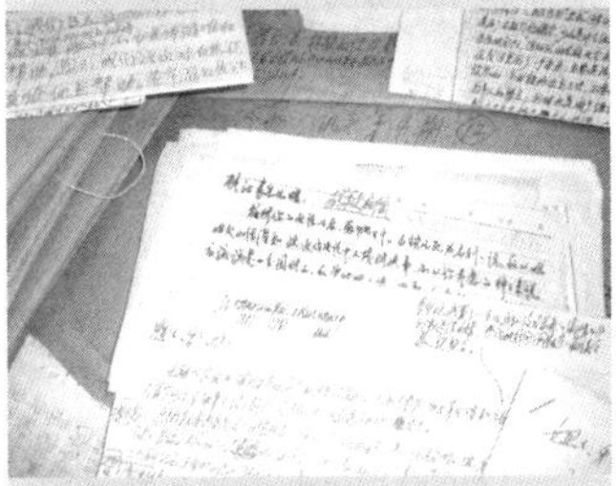

顾家兄弟姐妹之间互通的部分书信

余　旭

1986—2016

我在部队生活得很快乐

——2009年国庆前夕　余旭致爸妈

我最最亲爱的爸爸妈妈：

见信好!

此时此刻，我非常非常地想念你们……尽管平时电话联系频繁，但是，平时的言语中我不喜欢说这样那样我自己会感觉矫情的话，只是更愿意用行动去表达。但今天，我特别想对你们说点什么，并把它用文字记录下来。

五年前，第一次远离家门，我便一个人辗转于相隔十万八千里的北方大地。在这几年里，是吃了很多苦，受了不少累，但是，我真实地体会到了飞行成长这个过程带给我的那份特别的乐趣!所以，我在部队生活得很快乐，你们要放心!路虽然坎坷，但是在自己的努力下走到了现在，没有辜负你们的期望，我做到了!每次小小的成绩都是你们大大的开心，也是你们不尽的关怀理解和支持一直在支撑着我勇敢地向前!谢谢!

还有一个月就要参加国庆阅兵了，这是特殊时期的特殊任务，全空军乃至全国都很重视。现在每天的训练也很紧，我给你们打电话问候的时间将越来越少，希望你们多理解，同时也不用担心我，我一切都很好，心情好，身体好，工作顺!我的任务是好好飞行，你们在家的任务就是要好好照顾自己，保重好身体!期待国庆那天，在天安门上空划〔画〕下的那道最亮丽的色彩，就是我给你们致以的最幸福的笑容!给我加油，为我们所有人加油吧!

女儿：余旭

这封家书是余旭烈士在参加2009年国庆阅兵前夕写给父母的。能成为一只“金孔雀”，飞行员要付出艰苦的努力，当然也离不开家人的理解与支持，家人永远是军人温暖的港湾，余旭的家书让我们再一次读懂了军人的家国情怀。

余旭（1986—2016），四川崇州人。2005年考入中国人民解放军空军航空大学，成为第八批女飞行学员，中国首批歼击机女飞行员，也是中国第一位歼10战斗机女飞行员。2007年12月加入中国共产党。2009年10月1日，参加国庆60周年阅兵，担任教-8梯队三中队右二僚机，圆满完成阅兵任务。2016年11月，余旭在飞行训练中不幸牺牲，年仅30岁。

余 旭

宋乃龙

1988年生

使命重于家庭，荣誉高于生命

——2015年7月7日　宋乃龙致即将出生的孩子阅兵

亲爱的阅兵：

我是爸爸，离你出生的日子越来越近，离正式受阅也越来越近了，心里很忐忑。听你妈妈说你最近不是很老实，总在肚子里踹妈妈，是不是在里面太闷了，想早点来到这个世界？

我在阅兵训练基地过着忙碌而充实的日子，只有在睡觉的时候才开始想你，想象你的样子，想象你的鼻子、眼睛、嘴巴会像我还是像你妈妈，想听你第一声啼哭，想在你睁眼看世界的时候第一个出现在你的眼眸中，想握你的小手，想吻你的额头，想象所有你的画面。

然而这一切，都要等到爸爸执行阅兵任务之后。孩子，你千万不要怪爸爸不在身边，因为爸爸这次执行的阅兵任务意义十分重大，这是我们国家首次组织纪念抗战胜利阅兵，是对法西斯势力和日本军国主义分子的严正告诫和威慑。孩子，爸爸是一名军人，是一个8年的老兵，还是一名党员，我深知有国才有家这句话的含义，我是代表着你两百三十万解放军叔叔去接受祖国和人民的检阅的，这个任务我义不容辞，组织需要我的时候，我不会讲半个“不”字，祖国需要我的时候，我只会一往无前，因为这是工作，更是使命，是任务，更是荣誉。

使命重于家庭，荣誉高于生命。爸爸一定会尽全力搞好训练，奉献一流的阅兵盛典，把荣誉带回家，献给你和妈妈，献给我们的家，献给我们的祖国，成为你的英雄、全家的骄傲、祖国的自豪！

爱你的爸爸

2015年7月7日

这是2015年“9·3阅兵”训练期间“刘老庄连”英模部队方队队员宋乃龙写给即将出生的孩子的一封家书，表达了对孩子的关心、歉疚和对阅兵的看法。13天后，孩子来到世间，是个漂亮的小公主，取名“阅兵”。

宋乃龙，1988年生于郑州市高新区石佛镇新庄村。父母是普通职工，他从小的梦想就是当一名军人。2007年12月底，中专尚未毕业的宋乃龙毅然从军，成为解放军洛阳某部的一名战士。2008年，他参加了汶川地震救援。2009年，参加了国庆60周年阅兵。2015年初，宋乃龙以过硬的身体素质，经过层层选拔，入选纪念中国人民抗日战争暨世界反法西斯战争胜利70周年阅兵“刘老庄连”英模部队方队。他全身心投入训练，不仅自己训练刻苦，还利用之前参加阅兵的经验，担当起了编外教练员的任务。9月3日，天安门广场，宋乃龙所在济南军区“刘老庄连”英模部队方队，第七个亮相，步伐整齐，军姿威然，圆满完成阅兵任务。

阅兵集训时荣升父亲的宋乃龙

“刘老庄连”英模部队方队受阅中

柳小勇

1988年生

走与留都得服从组织的安排

——2015年9月4日 柳小勇致爸妈

亲爱的爸爸、妈妈：

你们好！这是我从军六年来，给你们写的第一封信。平常咱们更多的是电话联系，但有时书信交往也别有一〈番〉滋味。

近来几个月，跟你们的电话交流中，必有的一个话题是我什么时候能休假回家。虽然你们没有明说想我了，但我何尝不想念你们呢？自从年初母亲您动手术我回家了一趟，到现在也过了半年多了。幸好您康复得很好，我也就没啥担心的了。最近单位还有一项任务没完成，等这任务一结束，我就休假回家看望我那慈爱的双亲。

现在，我还是在原先的单位，这里的战友相互间都很团结友爱、互帮互助，他们的战斗力非常的强(完成各项任务都能以最快的速度、最高的标准)。这里的工作和生活节奏相对单调，甚至有些枯燥。上午主要是在业务区进行作业，下午一般是完成规定的安排，然后就一起进行90分钟左右的体能训练，训练器材也很丰富(5月份，仓库给我们队配置了一套综合健身器材)。他们的体能也很棒，偶尔也组织进行体能小竞赛(单杠拉20个以下基本上是买水请大伙的那个)。晚上除了必看的《新闻联播》，大家也看书(单位提供的，也有自己买的)，周二周四晚上单位都组织看红色电影。这红色电影，我感觉比好莱坞大片好看多了。有时候我们也利用早晚凉快的时间进行一亩多地蔬菜的种植、锄草等工作，自己种的蔬菜吃着不仅健康，更有一种收获的喜悦。

自从习主席裁军30万的命令公布后，网上就有各种各样关于裁军的消息。你们也比较关心这个话题，这时候，我们能做的就是用一颗平静的心来对待它，走与留都得服从组织的安排，能留自然最好，但走，又何尝不是一种奉献呢？选择穿上这身军装，我就从来没有后悔过，不论能穿多久。这些年来，始终让我后悔的一件事就是不该在武装部临上车前对你们说："我要是当兵当不出个样子来，我就不回来了，你们就当没生过我这一丁。"因为这，姑姑告诉我，说母亲哭了好几天，希望你们能原谅我的年少无知。

现在我们四个兄妹都找到了自己的路，但你们也成了"空巢老人"。我现在最大的心愿是你们二老一直都身体健康，等单位的事一结束，我就休假回家去看望你们。

祝：爸爸妈妈身体健康，天天开心！

你们的儿子：柳小勇

2015年9月4日

柳小勇与父母合影，摄于2021年2月23日

2015年9月3日纪念抗战胜利70周年大阅兵当天，中央军委主席习近平宣布将裁军30万，举国热议。然而，面对军队改革，当很多官兵都在为自己的走与留担忧时，柳小勇却始终用一颗平常心来对待。他在第二天写给父亲的家书中表示，走与留都会服从组织的安排。留，是组织的需要；走，也是一种奉献。

柳小勇，福建泉州人，1988年1月出生，2009年入伍，2011年7月入党。入伍之初，曾在六十五集团军甲一师炮兵团一五二加农榴弹炮营服役。2010年7月，参加北京军区大比武，获得炮兵侦察计算兵专业集团

亲爱的爸爸、妈妈：

你们好！这是我从军六年来，给你们写的第一封信。平常我们更多的是电话联系，但有时书信会别有一番滋味。

近来几个月，跟你们的电话交流中，问得最多的一个话题是我什么时候能休假回家。虽然你们没有明说想我了，但我何尝不想念你们呢！自从毕业分配到单位来我回家了一趟，[illegible]，我也就没啥担心的了。最近单位还有一次任务没完成，等这任务一结束，我就回家看望我那亲爱的双亲。

现在，我还是在原来的单位，这里的战友相互间都很团结友爱、互帮互助，他们的战斗力非常的强（完成各项任务都能以最快的速度、最高的标准）。这里的工作和生活节奏相对平稳，基本有些规律。上午经常是在业务室进行作业，下午一般是完成规定的安排，然后就一起进行90分钟左右的体能训练，训练器材也很丰富（5月份，仓库给我们队配置了一套综合健身器材）。他们的体能也很棒，偶尔也组织进行体能小竞赛（单杠拉20个以下基本上是完成不了的那个）。晚上除了必看的新闻联播，大家也看书（单位提供的，也有自己买的）。周二、周四晚上单位都组织看红色电影，以红色电影，我感觉比好莱坞大片好看多了。有时候我们也利用早晚凉快的时间进行一亩多地蔬菜的种植，锻炼身体工作，自己种的蔬菜吃着不仅健康，还有一种收获的喜悦。

自从习主席裁军30万的命令公布后，网上就有各种各样关于裁军的消息，你们也比较关心这个话题。这时候，我们能做的就是用一颗平静的心来对待它，去与留都得服从组织的安排，能留自然最好，但走了，又何尝不是一种奉献呢！选择穿上这身军装，我就从来没有后悔过，不论能穿多久。这些年来始终让我后悔的一件事就是不该在我当兵临上车前对你们说：“我要是当兵当不出个样子来，我就不回来了，你们就当没生过我这一个。”因为这，妈妈告诉我，这些年哭了好几次，希望你们能原谅我的年少无知。

现在我们四个兄妹都找到了自己的路，但你们也成了“空巢老人”。我现在最大的心愿是你们二老一直都身体健康。等单位的事一结束，我就休假回家去看望你们。

祝：爸爸妈妈身体健康，天天开心！

你们的儿子：柳小勇

2015年9月4日

军第三名；2011年7月参加宣化黄羊滩驻训，由于工作积极主动，表现良好，火线入党；2011年12月参加六十五集团军炮兵尖子集训比武获第一名，荣立三等功1次。2014年7月，柳小勇从解放军后勤工程学院毕业，被分配到涞源油料仓库保管三队任助理工程师。2015年6月任仓库警卫勤务排排长。2016年6月任仓库检修所代理所长（正营职单位）。2018年6月晋升上尉军衔。

2019年3月，柳小勇响应军队改革需要，主动申请转业。2019年12月安置到福建省泉州市泉港区应急管理局安全生产执法大队。2020年9月任泉港区应急管理局应急救援综合保障中心副主任，12月被中共泉州市泉港区委、区政府表彰为2020年度泉港区重点工作先进个人。

杨万义

1940年生

我们为有这样一位父亲骄傲

——2017年8月20日　杨万义致姐姐杨前进（节选）

姐：

你好！近来身体安好？病情稳定吧？十分挂念！

虽然如今已进入电子信息时代，可以通过电话、微信、QQ等互相联系，可是你长年卧病在床，又不会用微信和QQ。我在万里之外的美国每次和你通电话都不能详述思念之情。如今咱俩都是八十岁上下的人了，儿时的许多事常常浮现在我的脑海里，挥之不去，我觉得还是用书信的方式和你互诉衷肠，表达我的思念之情。特别是最近听说育才中学，就是我们上过的西北保小要纪念建校八十周年，我不由得思绪绵绵起伏，悠悠往事萦绕心间，我终于拿起笔来给你写这封信。

姐，从我懂事起，就听说咱们的父亲不在人世了，母亲由于悲伤过度也去世了。说我从出生就没有见过父亲。解放前咱俩一直和祖父母生活在高陵县农村，现在已改为西安市高陵区，直到解放后，我们才知道父亲是在抗日战争时期牺牲的革命烈士。

1949年中国人民战胜了国内外反动派，终于盼来了全国的解放。在时任西北军政委员会副主席（主席是彭德怀）兼西北局副书记习仲勋的关怀和亲自指示安排下，我们姐弟俩先后进入西北保小就读。

习仲勋伯伯为什么对我们姐弟俩这么关心爱护？除了他是一位伟大的无产阶级革命家，胸怀坦荡，公道正派，平易近人外，他还是我们的父亲杨新成（又名杨辛程）的上级和战友。父亲杨新成（辛程）1932年就入了党，1933年任高陵县特支宣传委员。同年春夏之交被调往陕西三原县渭北游击队，负责人就是习仲勋。1936年后，习又把父亲调到陕甘宁边区关中分区工作，先后在关中分区新正县任秘书、宣传干事、宣传部负责人、教育科长等职，后又调往分区机关任职。当时，父亲才二十出头，他信奉马列，胸怀远大抱负，投笔从戎，是风华正茂的文化青年。他写得一手好字，关中分区所在地马家堡大街小巷写满了“坚持发展抗日民族统一战线”“坚持团结，坚持抗战”“打倒日本帝国主义”等口号的大幅标语，均出自父亲之手。还有关中地委的机要文件，在当时没有铅印的情况下，刻蜡板、油印的任务都交给我们父亲完成。因此在关中分区机关，父亲的为人和才华有口皆碑。父亲同时也得到了时任关中分区书记兼专员的习仲勋的赞赏，分配他负责宣传和教育工作。

我们姐弟俩虽然从小失去父亲，但是我们为有这样一位父亲骄傲。

1938年7月底，父亲代表关中分区到西安办事，顺便回老家住了几天，他不失时机地给村里乡亲宣传共产党的主张，说明共产党代表了广大劳苦群众的利益，爱的是穷人，是真正抗日的，为的是建立富强的中国等等道理。他诚恳的态度、和善的言辞，当即就说服了村里的几个青年和我们的二姑，他们决定随父亲一道去陕北根据地参加革命。爷爷和奶奶也是开明人士，支持父亲的革命事业。隔天，父亲雇了一辆马车，拉了咱们家里400斤棉花，准备送给根据地做经费，并带领二姑、我们的母亲和不足一岁的姐姐你，还有焦峰和杨文等一行七人，历时三天两夜，途经高陵、三原、淳化、旬邑县，行程几百里，最后到达陕甘宁边区关中分区所在地马家堡。到后不久习仲勋伯伯和分区其他领导都到父母的住地看望。对父亲带到解放区的那几位青年也都非常关心，妥善安排了他们的学习和工作。

1940年春，国民党反动派变本加厉妄图消灭我关中分区。关中分区再次指派我们的父亲做我党代表与国民党谈判。后因谈判破裂，战斗不断升级，关中分区机关被迫从马家堡撤离。1940年4月，我方在旬邑县长舌头村激战，父亲殚精竭虑，连日辛劳，不幸身染重病。当时战斗环境十分恶劣，根本无法救治，遂于1940年5月3日在行军途中去世，年仅26岁。习伯伯得知消息后，非常悲痛，说他失去了一个好干部、好助手。关中分区就在离父亲牺牲不远的上墙村召开了数百人的追悼大会，习仲勋书记、张仲良司令员等及分区领导都参加了。

焦峰在纪念父亲的文章中写道：习伯伯在大会上讲话，他说“杨新成是个好同志，好干部，他的家庭并不缺吃少穿，但他却带领一家人参加革命，为了人民的利益，为党的事业奉献了年轻的生命，值得我们大家学习”。

时隔9年之后，西安刚刚解放，习仲勋伯伯作为西北地区的高级领导，工作繁忙，日理万机，但他还惦记我们母子三人。记得1949年9月，他派西北局干部薛和芳赴高陵县找到当时第一任县委书记韩学理和第一任县长邢子舟，询问母亲和咱俩的情况，并带去了三点指示：一是他做证明人追认父亲为“革命烈士”；二是准备安排母亲的工作；三是解决咱俩的上学问题。可他此时才得知母亲已于六年前去世了。了解了咱们的情况后，他要在西安接见我们。很快父亲被追认为“革命烈士”。

姐姐，如今我们曾就读过〈的〉西北保小，也就是被誉为红色摇篮的“延安保育小学”，从战争年代，已完成了它光荣的历史使命，在中国教育史上留下了浓墨重彩的篇章。而现在“西安育才中学”，更是跟着形势的步伐前进，它所弘扬的“校以育人为本，师以敬业为荣，生以成才为志”的校风和“博学笃志，切问勤思，求其惜时”的学风正在校园蔚然成风。我们在此祝愿母校在80大庆精神鼓舞下蒸蒸日上，越办越好，为实现中国梦培养出更多的栋梁之才！

我们姐弟俩虽然已经年老体弱，久病缠身，但我们是烈士后代，从小接受党的教育，热爱祖国、热爱人民的思想不会改变。我们希望，也相信中国在习近平总书记的领导下，一定会更加强大，人民的生活定会更加幸福！

祝你健康。

弟：万义

2017年8月20日于美国波士顿写

杨新成牺牲前遗照

在西安市育才中学（原西北保小）建校80周年之际，正在美国波士顿的杨万义老人给姐姐杨前进写了一封家书，密密麻麻9页，6000多字，满怀深情地讲述了他们的父亲杨新成烈士的革命经历，以及姐弟俩在党和政府的关怀下健康成长的故事。杨新成是习仲勋同志的战友，杨新成牺牲后，习仲勋对烈士后代给予了热情的关怀和照顾。

杨万义，生于1940年4月，陕西省西安市高陵区人。1954年从西北保育小学毕业，后入读西安市第25中学。1960年从该校高中毕业，被保送到空军导弹学院学习，次年加入中国共产党。1964年因受习仲勋案件牵连，转业到原西北电力建设局工作，1980年导弹学院纠正错误，承认他本科学历并补发了毕业证书。1990年被评为高级经济师，2000年4月退休。

收信人杨前进，原名杨千金，1937年生，西安市高陵区人。1952年前在西北保育小学上学，1955年西安女中毕业，在陕西师范大学上学时任系党支部书记。“文革”中受冲击，下放到户县。1977年调西安市纪委工作，1979年到西安市人民检察院工作，任副处级检查员。1992年退休，2018年去世。

洪余德

1989年生

没有国泰民安，哪有家庭幸福

——2020年1月28日　洪余德致父亲

父亲：

见信佳！

“新年快乐，祝您身体健康”，这句话本来是要在大年初一和您说的，以往每年都是这样的，没想到今年却没有这个机会。

二〇一九年腊月新型冠状病毒肆虐，在衡阳市卫健委和医院的号召下，我大年二十九就报名了支援湖北，抗击流病工作。怕您担心，只能开玩笑地和您说：“现在全国医务人员都在准备支援湖北，我也去报名吧？”看到您脸上闪过的凝重神情，您应该是料到了吧？

大年初一清早，因病人病情变化，未曾和您招呼便去了医院，我也没想到那就是出发湖北的日子。处理好病人马上参加医院组织的“壮行会”，然后匆忙赶回家收拾行囊，来不及和您一起吃个饭便夺门而去，出门瞟见您侧着身，弓着背，我没有半句告别，对不起，不是不想告别，而是不敢告别。

您生育5个儿女，劳累奔波一生，母亲去世十年，您孤单寂寞十载。本该颐养天年，您却要在古稀之年照顾幼孙。在您生病的时候，即便头痛难以起身，腰痛不能直立，依然要强撑着，独自一人照料小孩。您总说，我们上班不容易，其实我知道一人带小孩更累。对不起，是儿子不孝，不能给您舒适的晚年生活，给您添麻烦了！

我平时不善言辞，少和您沟通，当您和我说“有时候很孤独”时，我万分难过，对不起，是儿子不孝，不能体会您的寂寞，不能温暖您的心灵。

作为一名医生，一名共产党员，参加这场战役是我的责任和义务，您不会怪我吧？同为父亲，我的不舍与眷恋和您一样，但没有国泰民安，哪有家庭幸福。请您放心，我一定会和战友们勠力同心，战胜流病，早日回到您的膝下。

待到春暖花开之时，我们繁花与共。

祝父安康！

儿：余德

2020年1月28日于黄冈

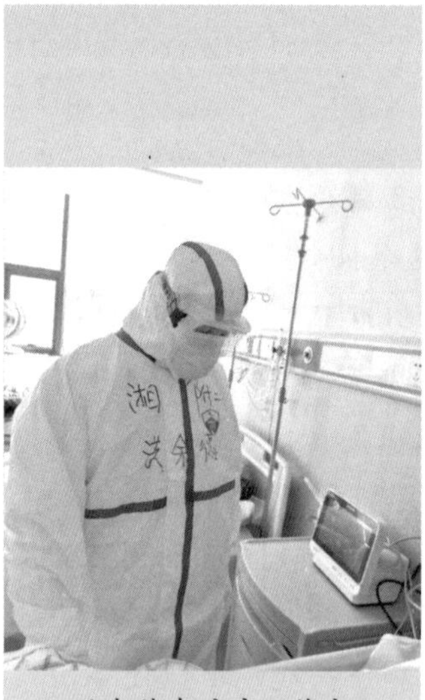

洪余德在病房工作中

家书作者洪余德是南华大学附属第二医院医生。2020年1月23日，农历腊月二十九，得知湖北抗疫一线需要援助，身为共产党员的洪余德主动请缨，却没敢告诉71岁的父亲。洪余德说，妻子同在医院，产后3个月就上班了，母亲去世十年，平时是父亲独自在家帮他带小孩，“怕老人家担心”。

大年初一，洪余德等湖南省第一批援助湖北医疗队共137人出征一线，驰援黄冈。到黄冈后，洪余德和同行的医务人员被分配在素有黄冈版“小汤山”之称的大别山区域医疗中心，立即投入紧张的工作。“作为一名医生，一名共产党员，参加这场战役是我的责任和义务。”洪余德的这封家书，被同事转发到朋友圈，信中这句话引起不少医务人员共鸣。

刘 英

1981年生

我被这个世界爱着，怎能不去爱这个世界

——2020年2月1日　刘英致父母

爸爸、妈妈：

我现在很好，这儿真没你们想的那么可怕。医疗队的好多领导，虽然咱都不认识，但他们把我们照顾得非常好，吃的用的都给准备得特别充分。工作也不累，下了班能休息很长时间，还有参加过“非典”抗疫工作的老同志帮我们，我的防护服都是他们帮着穿的。我特别喜欢这个环境，在有爱的集体里一起干着有意义的事。

所以，你们别瞎看网络报道瞎担心了，很多报道不一定是真的。你们亲闺女的汇报才是最真实的。我都不怕，你们还担心什么？

闺女有做得不对的地方，我来这儿不跟你们说不是故意瞒你们，是怕你们没事瞎担心。妈您也是，我来就来了呗，您还吓得肚子疼，怎么就那么没出息，那么大岁数了，什么没见过？这个时候您闺女像缩头乌龟一样，您就高兴了？您也不是这样的人啊！我之前不知道，你们已经知道了我来武汉的事，要是知道，我早就给你们打电话了。我答应你们，从现在开始，每天给你们报个平安。

老公，也谢谢你啊！我就说我命特别好，找到你就是我最好的运气。不过你一切由着我，只能让我更任性，看着你眼圈都红了我还挺不好意思的。可是你那么积极地给我准备行李，车开得跟飞一样地送我，就说明你是支持我的啊！我没事，你照顾好爸妈就行。

再代我跟公公婆婆说声抱歉，他们想各种理由阻止我来的时候，我态度不太好，他们害怕，我也没安抚他们一下。不过这几天我给他们报平安了。爸说，我是家里的骄傲，看样子也没有怪我。帮我跟他们说，我内心特别感激他们。我亲爸亲妈还大大咧咧地不咋管我，公

公婆婆都快把我宠天上去了！谢谢他们！

我今天生理期，躺床上也不舒服，好在不当班，闲着没事给你们写写信，表达一下从来没有表达过的爱。我觉得很幸福，有那么多爱我的家人，有我喜欢的同事，也有我想干的事。我被这个世界爱着，又怎么能不去爱这个世界，对吧？

行了，就写这些吧，天天聊微信，别的情况你们也都知道。

勿念，保重自己，在家待着别出门。疫情过去了，我带你们去旅游，让你们好好散散心。

刘英

2020年2月1日

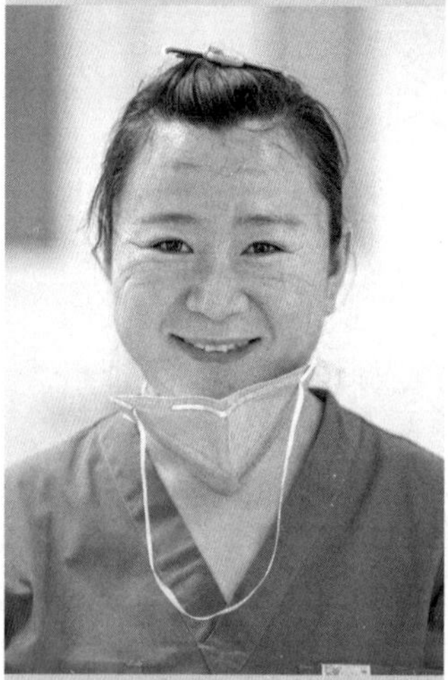

刘　英

刘英是北京世纪坛医院呼吸内科的一名护士，中共党员。2019年刚刚结婚，2020年春节前与丈夫一起去了河北的婆家。1月26日大年初二上午，医院接到了关于组派医疗队援助湖北的通知。通知在医院各科室群里发布后，不到10分钟，全院医护人员热烈响应，刘英也积极报了名。临出发前，她在朋友圈写道：若有战，召必还，战必胜！

1月27日深夜，刘英随北京首批援鄂医疗队到达武汉。经过系统培训后进入武汉协和医院西院，全力投入到繁忙的工作中。为了让父母等家人放心，她在武汉前线工作间隙写下了这封家书。家书里的话，简洁质朴，热情爽朗，铿锵有力，不时冒出“金句”，如“在有爱的集体里一起干着有意义的事”“我被这个世界爱着，又怎么能不去爱这个世界”等。这封信最早刊登在世纪坛医院的官网上，后被《见字如面》节目和媒体报道，广为传诵。

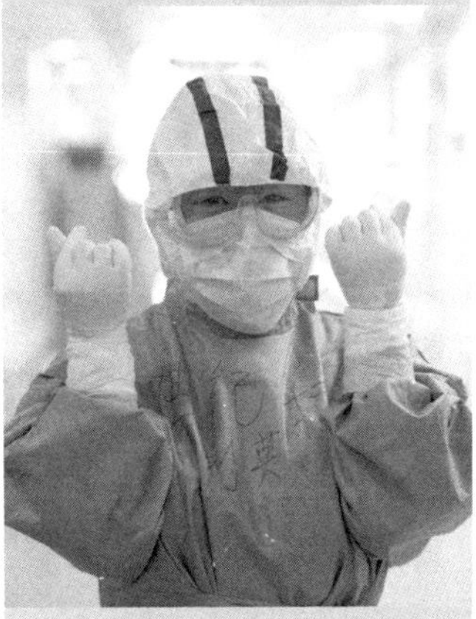

刘英在隔离病区

毛　丹

1983年生

余自当奋不顾身，勇往直前

——2020年2月13日　毛丹致父母、爱人和孩子

父母亲大人在上，冯磊吾爱，半夏吾儿：

敬悉康和，至为欣慰。

父母亲大人，此刻华灯初上，夜色迷离。女儿虽孤身在外，一切起居，无不惯适。元宵佳节，本应举家团圆，女儿响应国家号召，紧急与百数战友奔赴武汉疫区一线，不辞而别，恳请见谅。此次北上逆行出征江城，身为医生，身为党员，女儿义无反顾。且女儿坚信，举国上下之力，万众一心，定能斗破这弥天“瘟疫”，驱散这病毒邪气。寒冬将尽，只待春江水暖，樱花漫天，疫情平息，便是女儿归来之日。

吾父正直勇敢，吾母勤劳善良，汝等虽为农民，辛劳一世，却身体力行，教育女儿应当积极向上、大公无私、鞠躬尽瘁。时至今日，敦敦教诲，从不敢忘。余初问道岐黄之时，正值“非典”瘟疫肆虐，虽为医学生，却心有余而力不足。彼时，余即暗下决心，若他日国之有难，必当赴汤蹈火，一往无前。余从医数载，自知治病救人乃己之职责。正值疫情肆虐江城大地之时，百姓荼毒，一湖分两岸，荆楚本一家，余自当奋不顾身，勇往直前。既在前线，定当尽吾所能，救死扶伤，方能彰显医者仁心。然父母年过古稀，常抱恙欠安，瘟疫虽未侵袭家乡，然二老仍不能大意，注意防护。稚子年幼调皮，托付二老照看，方能让我在前线无后顾之忧，感恩之情，跪而叩谢！

至爱吾夫，离别情怀，今犹耿耿。忆往昔，吾等相识相知相爱，已逾十载。执子之手，与子皆〔偕〕老。情人节将至，分隔两城，思念之情，与日俱增。然你我同为医者，同着白衣，悬壶济世，乃吾等天职所在也，自当无暇顾及花前月下，卿卿我我。疫情蔓延，虽来势

汹汹，自当无所畏惧，坚守岗位，以血肉之躯，筑为城墙，冲锋陷阵，抵抗疫情，守护民众健康。春寒料峭，望夫君善自珍重，闲时则返乡陪伴幼子，照顾年迈双亲，无我在侧，无使我忧。情长纸短，不胜依依。

吾儿半夏，为娘虽身在异乡，最记挂之人莫过于汝。汝尚且年幼，懵懂无知，独自寄居于外祖家中，二老悉心照顾，虽无父母在旁，尚且欢快自在，无忧无虑。离别数日，吾闻得汝常于夜深人静时嘤嘤哭泣，实为思念父母，为娘不禁暗自神伤，潸然泪下。但父母身系人民健康，舍身赴一线，未可旦夕相顾，望日后能成汝之榜样，教以父母之志为志，以父母之职为傲。再无他想，唯愿汝平安健康。

书不尽意，恕不一一。

勿念。

毛丹

庚子年正月二十日夜于武汉

毛丹和爱人、孩子

家书作者毛丹，湖南宁乡人，中南大学湘雅二医院中西医结合科的一名主治医师，也是中南大学湘雅二医院援武汉同济中法院区医疗队的一员。

毛丹知道，这是一场极其危险甚至有去无回的战斗，家中父母均年过七旬，小孩还不到3岁，但她得知国家卫健委紧急调派湘雅二医院医疗队前往武汉实施救援的通知后，瞒着家人义无反顾地踏上了北去的列车。

在同济医院战疫期间，除了积极采用中医为患者治疗外，毛丹还和医疗队另外7名

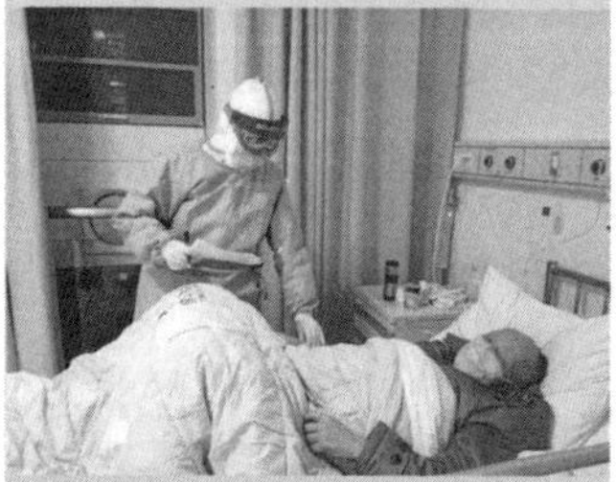

毛丹在隔离病房为新冠肺炎患者进行检查

毛丹

于武汉

医生一起，自发联系海外华人志愿者，组建了湘雅二医院援鄂医疗队海外咨询分队。他们通过微信群答疑等方式，义务为海外同胞提供线上咨询服务，指导他们在疫情期间如何正确进行自我防护、居家隔离、心理辅导等，让海外同胞感受到了祖国大家庭的温暖。

刘淑珍

1987年生

你比我想象中的要勇敢、要坚强

——2020年3月6日　刘淑珍致女儿

亲爱的女儿：

2020年3月6日，来武汉第40天，与你分开第53天，你从来没有离开妈妈这么久，妈妈好想你！这是你长这么大以来，妈妈第一次给你写信。这封信妈妈会一直留着，希望等你长大认识字了，能自己读出这封信时，它能给你带来更多的快乐与自信、更多的帮助与鼓励，也能理解妈妈的这一次缺席。

你一定很好奇，为什么年前送你回老家，爸爸妈妈却没有回来陪你过年？懵懂的你也许从外公外婆口中听到了一个叫“新型冠状病毒”的坏蛋，它在欺负其他的小朋友，伤害了许多哥哥姐姐、叔叔阿姨、爷爷奶奶。妈妈接到要去支援抗疫一线的通知时，内心最放心不下的就是你，其实妈妈当时内心也很忐忑，不敢告诉你。没想到在一次视频中，你突然问我：“妈妈，你那的病毒还多吗？”这一刻，我忽然觉得你比我想象中的要勇敢、要坚强。

有时通过视频，你会跟我说：“妈妈，今天我自己起床穿衣服的，没有让外婆帮忙。”“妈妈，今天我帮外婆做家务啦。”“妈妈，今天我只看了20分钟手机，我乖不？”……原来担心你在老家会不会跟往年一样水土不服、会不会抱着手机不放、会不会不听外公外婆的话，看到你如此乖巧听话，妈妈的心就踏实了。

作为医务人员，妈妈感觉到前所未有的压力和责任，比谁都懂得这场“战斗”中所面临的危险。宝贝，救死扶伤是我的职责，所以我必须得站出来，愿意付出更多努力，去疫情肆虐的前线，这在妈妈的眼里，是在换一个方式守护你，守护我们共同的家，努力让更多人享受一家团圆。也许，等你长大了，你会为妈妈感到自豪。

妈妈现在在这里一切安好，防护做得很到位，越来越多的病人在妈妈和其他叔叔阿姨的照顾下已经出院。妈妈相信在大家的共同努力下，很快就能回到你身边，亲你、抱你、接你回家啦。

还记得昨天跟你视频时，你给我背诵爸爸教的《黄鹤楼送孟浩然之广陵》，你突然问我："黄鹤楼是谁？它在哪儿？"它啊，它就在妈妈此刻奋战的城市啊，距离妈妈支援的医院才10公里远，但妈妈也还没有去看过它。你说："妈妈，等你回来了能带我去看看吗？"

宝贝，你放心，你我相见之时，一定不远。妈妈答应你，等妈妈和其他的叔叔阿姨把病毒消灭了，再来武汉时，一定带上你，我们一起好好看看这座美丽的城市！看看诗歌中的黄鹤楼。

宝贝，夜已经深了，之后会是一个很灿烂的黎明。就像对于你的未来，妈妈有太多太多的期许，妈妈希望自己成为［了］你心中勇敢而有担当的榜样，愿你长成为勇敢而有担当的人！

永远爱你的妈妈

2020年3月6日

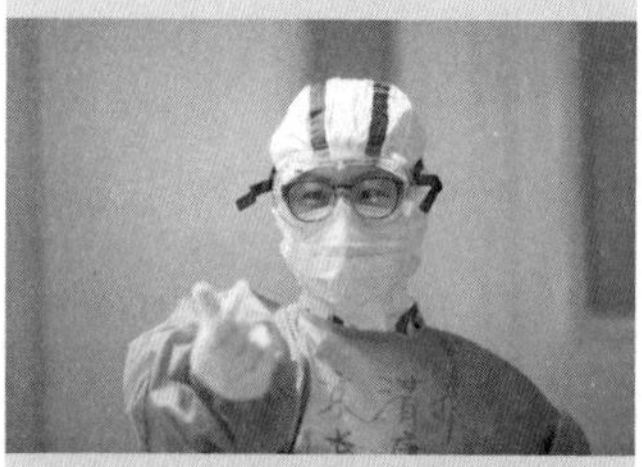

刘淑珍在隔离区

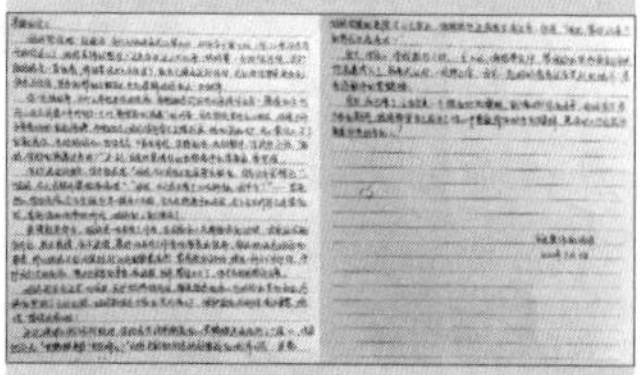

家书作者刘淑珍，北京清华长庚医院重症医学科护士长，中共党员。大年初一刘淑珍还在重症监护室上班，初二接到支援武汉的要求，没想到不到24小时，出发的通知就来了。

出征前，刘淑珍唯一瞒着的是自己4岁多的女儿。"没有敢告诉她妈妈可能要离开很久，因为她还太小，很多事她还不懂……"到达武汉战疫第40天，刘淑珍终于抽出时间给女儿写了一封家书，希望自己能够成为女儿心中的榜样，勇敢而有担当。

王均波

1981年生

请您原谅女婿的不孝

——2020年3月24日　王均波致岳父（节选）

尊敬的岳父：

您离开小莉[①]和我们整整一个月了，在那里还好吧，相信天堂没有疾病和疼痛！

在咱老家农村，二月二日可是龙抬头的好日子。就在那一天，我临时工作的武汉火神山医院，又有一批新冠肺炎患者康复出院，医院检验科核酸检测实验室也正式投入运行，实现了当天采样、当天检测、当天报告临床，大大提高了救治患者的效率，这些消息真令人高兴，更提振了全国人民战胜新冠肺炎疫情的信心。

下午16时16分，我正忙着联络媒体记者采访，突然收到小莉的信息："爸爸去世了。"我印象中您身体尚好，加上当时太忙，便以为是小莉粗心大意发错了信息。忙完手头工作，我本想质问她怎么能这么粗心大意，但电话接通，就听见一片哭声，小莉哽咽着说："爸爸走了……"话没说完，便泣不成声了。当时，我脑袋翁翁〔嗡嗡〕直响，犹如五雷轰顶……

稍坐片刻，我起身把媒体记者需要协调的事情办妥，将稿件报审。突然，又收到小莉的信息："你能回来吗？"区区5个字，对我来说，尤〔犹〕如千斤重锤砸在胸口。因为疫情，我大年初三提前返回部队参加抗击疫情，几经波折，来到武汉火神山医院，负责联络媒体与审核稿件，配合媒体及时向外界发布火神山"战报"。我想一定是小莉扛不住了，要不然，她不会这样问——姥姥3天前刚刚去世，后事还没料理完，您又突发心梗突然离她而去……3天时间，两位至亲至爱的家人离去，对她来说无疑就是天塌了！

按理说，岳父您走了，作为女婿说什么都应该回来尽孝。可是，我来武汉参加抗疫的事，为了不让小莉担心，我一直都没告诉她。再加上，当时的疫情那么复杂，就算组织特批我回家尽孝，也得隔离14天后才能离开武汉，更重要的是还需要别人替换我的工作，无疑给战友增添了麻烦和危险。

如果我不回去，从内心上又过不去，小莉带着两个年幼的儿女，在疫情蔓延下连个车都打不着，您的后事她怎么料理？结婚10年，这是小莉第一次向我“求助”，更是为人夫最应该做的事，我却无言以对……坐在通勤车上，我把帽檐压得很低很低，任凭泪水顺着口罩往下流，脑子里满是您的音容笑貌。

您这辈子除了上班和下班，也没干什么惊天动地的大事，退休后侍弄果园的那几年，您虽然很累，但能感觉到您是真的开心。2016年春节，我和小莉带着女儿笑笑来家里过年，您和妈妈整天乐得嘴都合不拢。特别是您每天陪着当时只有3岁的外孙女，做游戏、讲故事、玩沙堆，想着法子给我们一家子做好吃的，什么松鼠鱼、糖醋鱼，还有许多我未曾见过听说过的海鲜。10多天假期，您做的菜竟然没重过样。笑笑早就被您的各种美食所俘获，天天黏着您疯玩。回想起来，是多么幸福的时光啊，今后却再也享受不到了。

就在我无法回家尽孝悲痛〔恸〕欲绝的时候，单位领导来电话告诉我，在上级组织的关心帮助下，已经委托咱家附近的967医院领导到［来］家里看望慰问妈妈和小莉，还帮忙办理您的后事，让您的最后一程走得风光体面，享受军属的礼遇。听小莉说“967医院领导照顾得特别周到，不仅帮忙跑前跑后，代表各级组织给您敬献了花圈，还送来了慰问金”。

组织和领导的关怀令身处疫区无法尽孝的我感动万分，让我不再陷入两难之境，我唯有加倍努力工作，做到“绝不让事情在自己手中耽误，绝不让稿件在自己手头耽搁!”用最好的成绩回报组织和领导的关心厚爱——若有松懈，就愧对组织和这身军装。

一个月过去了，武汉的樱花已经盛开，街上的行人渐渐多了起来，火神山战疫也即将告捷。只待凯旋之日，再到您的碑前跪拜，请您原谅女婿的不孝！

女婿：王均波

2020年3月24日于火神山医院

①小莉：作者妻子。

这是一封永远也收不到的家书，反映了一位军人舍小家顾大家、忠孝不能两全的艰难选择。

作者王均波，郑州联勤保障中心宣传处干事，2020年抗疫期间任武汉火神山医院政治工作部干事。1981年生于浙江仙居农村，1999年应征入伍，2001年入党，2005年保送入学。历任战士、班长、干事、指导员、助理员、教导员、协理员、副政委等职，先后参加过国际维和、9·3阅兵、国庆70周年阅兵等重大活动及宣传工作，多次被上级表彰为优秀基层干部、优秀机关干部、优秀共产党员、新闻报道先进个人，荣立三等功4次，被联合国授予一级和平勋章。

王均波的岳父1957年出生，原大连钢厂工人，是位地地道道的普通工人，不善言辞，喜爱果树种植和钓鱼。2020年2月24日（农历二月二），因突发心梗，不幸离世。

全家福，中坐者为岳父岳母，摄于2019年春节期间

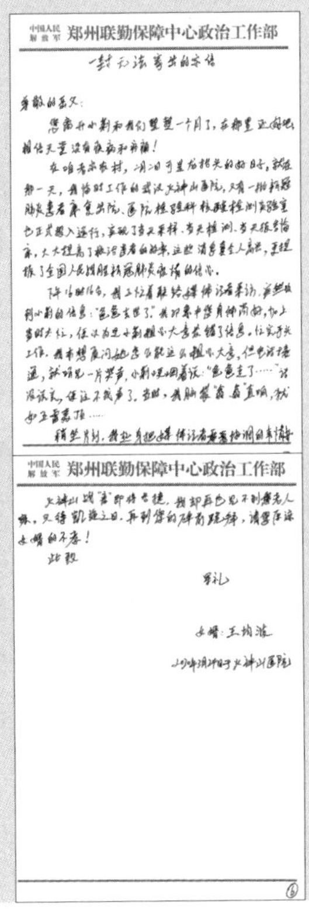

中国人民解放军 郑州联勤保障中心政治工作部

一封无法寄出的家信

尊敬的岳父：

您离开小莉和我们整整一个月了，在那里还好吧，相信天堂没有疾病和病痛！

在咱老家农村，明天是龙抬头的好日子。就在那一天，我临时工作的武汉火神山医院，又有一批新冠肺炎患者康复出院。医院核酸检测实验室也正式投入运行，实现了当天采样、当天检测、当天报告结果，大大提高了救治患者的效率。这些消息鼓舞人心，更提振了全国人民战胜新冠肺炎疫情的信心。

下午5时16分，我正接受媒体记者采访，突然收到小莉的信息："爸爸去世了。"我印象中您身体尚好，加上当时太忙，还以为是小莉粗心大意发错了信息。但实在手头工作，我本想质问她怎么这么粗心大意，但电话接通，就听见一片哭声，小莉哽咽着说："爸爸走了……"话没说完，便泣不成声了。当时，我脑袋"嗡嗡"直响，犹如五雷轰顶……

稍坐片刻，我起身把媒体记者要采访的事情

中国人民解放军 郑州联勤保障中心政治工作部

火神山战"疫"即将告捷，我却再也见不到您老人家，只待凯旋之日，再到您的碑前跪拜，请您原谅女婿的不孝！

此致

敬礼

女婿：王均波

2020年3月24日于火神山医院

张吉蔚

1995年生

到基层去，到祖国最需要的地方去

——2021年2月10日　张吉蔚致父母

亲爱的父亲、母亲：

明天就是大年三十了，此时此刻，我在吐曼塔勒乡人民政府大门口值班，为前来办事的民族同胞们测量体温、登记信息。今天人不多，我在传达室的桌子上写下这封信。不能回家过年，女儿心里有千言万语想和你们说，但是一打电话就不好意思说出口。毕竟这是我在新疆麦盖提县过的第三个春节了。2018年12月我和同事选择到西部去，到基层去，到祖国最需要的地方去，成为了一名援疆青年。喀什地区和我的家乡苏州市相隔4000多公里，刚到南疆时因为时差、气候、饮食习惯不同，我花了好长时间才适应过来，让你们担心了！

妈妈，还记得你怕我水土不服，给我从家乡邮寄了青团子、酱牛肉，我当时嘴里说着太麻烦不用了，可包裹到了看着同事一边啃着牛肉一边羡慕的小眼神，我心里还是感觉到满满当当的幸福。

2020年注定是不平凡的一年，突如其来的新冠肺炎疫情来势汹汹，每一个平凡的人都用热血和责任扛起了战疫的重任。回想2020年3月初，我被卫计委抽调〈到〉宝宏酒店隔离点从事疫情防控工作，与一众医务人员并肩作战了68天。爸爸，还记得我将隔离点的工作照发给你时，你在微信朋友圈骄傲地说："我家闺女穿白大褂的样子真美！"

爸爸，记得小时候你教我念的第一首唐诗，就是王昌龄的《从军行》："青海长云暗雪山，孤城遥望玉门关。黄沙百战穿金甲，不破楼兰终不还。"在隔离点看到医务工作者们逆行而上的背影、坚毅的眼神时，我脑海中不由自主浮现出这首边塞诗。

2020年10月24日，喀什地区疏附县对"应检尽检"人员进行定期检测中，发现1例新冠肺炎无症状感染者。疫情发生后，喀什地区疫情防控工作指挥部立即启动一级响应，我与11名同事主动请缨前往麦盖提县沙漠花园隔离点工作。经过全疆人民的努力，喀什地区疫情得到控制。12月初回到原工作岗位时，我计划在2月初向领导请一个月的探亲假，过年回家好好陪伴你们俩！2月本是让人期待合家欢聚的日子，但近期多地疫情点状爆发，给即将到来的春节蒙上一层阴影。爸爸、妈妈，你们在老家也要注意安全，尽量别串门走亲戚，减少集体活动。这半个月来，我内心一直非常纠结。作为一名普通基层工作者，面临“回”与“不回”的选择时，总是陷入“两难的抉择”，而“不给国家添麻烦”，“非必要不返乡”应是一名援疆青年应有的姿态。

“独在异乡为异客，每逢佳节倍思亲”，我想念妈妈的拿手菜松鼠桂鱼，想念每年春节爸爸给我包的虾仁蛋饺、芝麻汤圆。好在单位食堂的马姐是个贴心人，这几天晚上，她把我们这些援疆青年叫到食堂一块儿包饺子。揉面、擀面皮、拌馅儿、捏褶子，我们配合得天衣无缝。在食堂这个弥漫烟火气〈的〉地方团圆，我们围坐一圈，吃着自己包的饺子，心里热乎乎的。相信此时此刻，你们一定在〔是〕坐在沙发上，妈妈捂着热水袋，爸爸拿起遥控板打开电视机挨个转换电台，观看各地的春节文艺晚会了。哈哈，我猜得对不对?

爸爸，一直以来，我都知道你的性子，外表坚强内心柔弱，看到左邻右舍的孩子们逐个回家过年，你的心里肯定酸酸的。女儿千言万语就还是那一句话，照顾好自己，一切等我回来。因为这场疫情，春节所有的计划、安排都被打乱了，等春暖花开，等疫情结束，我们全家一起出门去，去看花看草看燕子归来……

作为麦盖提县疫情防控小组的一员、吐曼塔勒乡敏乃克村委会副主任，我最近非常忙碌。每天都要逐一摸排管辖区域的人员外出、返回情况，哪些是在〔从〕境外回来的，哪些是在〔从〕中高风险地区返回的，哪些是在〔从〕低风险地区回来的，有没有重点人员，要对辖区所有人员跟踪管控，掌握返回人员的行程及健康状况，有没有健康码，有没有进行核酸检测，监督督促返回人员按规定核酸检测和居家健康观察等等。

妈妈，上一次通话，你说晚上睡不好觉，心一直为我悬着。其实你们大可不必担心，我于2020年12月27日在吐曼塔勒乡卫生院打了第一针新冠疫苗，在2021年1月24日打了第二针疫苗，据说保护率可达80%。

只要心里有惦念，不在一两年的团聚；只要心中有惦念，哪里都是过年。这几天，吐曼塔勒乡的大街小巷都挂起了红灯笼，民族同胞们在路边摆摊卖着牛头肉、面肺子等西域美食迎接新年，西部边陲也有它独特的“年味”，不比咱江南水乡差！

亲爱的爸爸、妈妈，一名党员就是一面旗帜，自己不带头，别人更加心里没底，再难，女儿顶着压力也要上！时隔一年，疫情形势依然不容乐观，为战胜疫情，让村民过上一个温暖而安心的春节，有再多的思念也只能一封家书寄相思……

女儿张吉蔚于吐曼塔勒乡

2021年2月10日

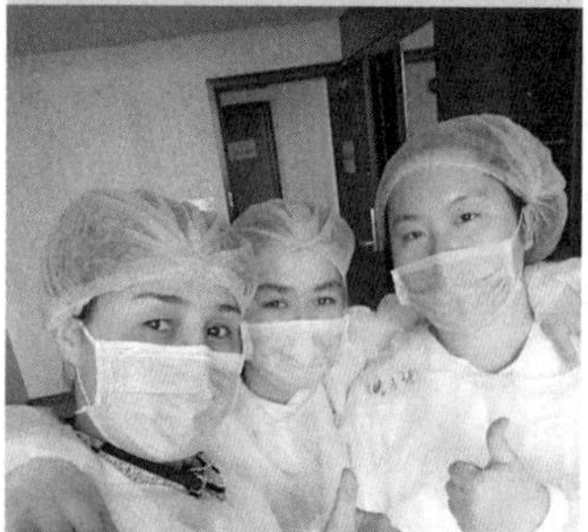

作者(右)与同事主动请缨前往隔离点

2021年初，境外新冠肺炎疫情持续蔓延，我国河北、北京、黑龙江、吉林等多地爆发聚集性疫情和零星散发病例，全国疫情防控形势骤然收紧。即将到来的新春佳节，巨大的人口流动给疫情防控带来严峻考验。为防止疫情蔓延，中央和各地均号召机关、事业单位和国有企业人员带头就地过年，把人员流动降到最低，防止因人员流动导致疫情传播扩散。因此，“就地过年”成为2021年春节的最强音，这意味着很多人无法与家人团聚。大年二十九，江苏援疆青年张吉蔚在西部边陲给父母写下了这封家书，向父母汇报了不能回家过年的原因以及在当地的生活，表达了一名青年党员心系边疆、勇于奉献的精神品质。

张吉蔚，女，1995年8月生于苏州吴江。毕业于南京理工大学环境工程专业。2018年加入中国共产党，当年12月随华东地区援疆，现任职于喀什地区麦盖提县委宣传部，在吐曼塔勒乡敏乃克村挂职村委会主任。她业余喜爱集邮，曾两次在中国邮政杯丝路信使自行车挑战赛给援疆干部送信活动中担任志愿者。

吐曼塔勒乡挂起了红灯笼